13층의 슈퍼 히어로

블랙홀
청소년 문고
002

13층의 슈퍼 히어로

테레사 토튼 지음 · 김선희 옮김

블랙홀

자신이 혼자라고 생각하는 사람들에게

1

문이 열리자마자 소년은 숨을 깊이 들이마셨다. 소녀는 열린 문틈으로 발을 한 걸음 내디뎠다. 소녀의 걸음에 맞춰 소년의 심장이 쿵쾅거렸고, 머릿속이 하얗게 변했다. 소녀는 웃지도, 머뭇거리지도 않고 반원 모양으로 놓인 의자로 걸어갔다.

소녀는 소년보다 나이가 많은 것 같았다. 어쩌면 이것은 아주 절망적인 사실이었다. 소녀는 반원의 가장자리, 소년의 맞은편에 있는 의자에 앉아서 늘씬한 다리를 근사하게 꼬았다. 소녀가 고개를 숙인 채 기다랗게 땋은 검은 머리를 손으로 쓸어 넘기는 순간 소년은 사랑에 빠지고 말았다.

소년은 소녀를 지금 처음 봤지만 소녀가 원하는 것이라면 무엇이든 내줄 준비가 되어 있었다. 그 순간 소년이 소녀에게 줄 수 있는 것은 아이팟3(소년이 더 이상 아이팟3를 사용할 수 없었기 때문에 더더욱 그랬다), 제롬 데이비드 샐린저의 〈아홉 가지 이야기〉 초판, 엑스박스, 야구 선수 로이 할러데이의 사인볼, 워해머 게임에서 자신이 가장 아끼는 캐릭터인 오크족 피규어 등이었다. 소녀를 위해서라면 성가신 '정화 의식'도 참고 얌전하게 있을 수 있을 것 같았다.

"어서 와라, 로빈. 환영한다!"

척 무틴다 박사가 소녀에게 인사를 건넨 뒤 너덜너덜한 파일을 들여다보았다. 이제 소년은 소녀의 이름을 알게 되었다.

로빈.

"감사합니다."

로빈이 고개를 숙이며 대답하자 소년은 숨을 완전히 멈추었다. 마치 로빈의 목소리에 최면이라도 걸린 것처럼 말이다.

로빈의 눈은 푸른색이었다. 방금 전까지만 해도 소년은 사람들의 눈동자가 무슨 색인지 관심도 없었고, 알지도 못했다. 무심하게 들리겠지만 소년은 심지어 엄마의 눈동자가 무슨 색인지도 몰랐다. 하지만 로빈을 만나고 나서 완전히 달라지고 말았다.

로빈은 눈부셨다. 그런데 기가 막히게도 방 안의 누구도 로빈에게 관심이 없었다. 소년은 사람들에게 자신의 마음이 짓밟힌 것 같다는 느낌이 들었다. 로빈을 바라보면 심장이 아팠지만, 시선을 뗄 수가 없었다.

이게 사람들이 말하는 사랑일까?

"로빈 플러머는 우리 모임에 조금 늦게 합류했어. 로저스 메모리얼 병원에 입원했다가 막 퇴원했단다."

입원.

'입원'은 '그럴 수 있어' 정도의 가능성만으로도 사람을 놀라게 하는 몇 안 되는 단어다.

소년의 심장이 잠깐 멎었다가 이내 다시 뛰었다. 소년은 척 박사가 가르쳐준 대로 호흡에 집중했지만 지금까지 제대로 해본 적이 없었기 때문에 크게 도움이 되지 않았다.

"로빈, 13B호에서 열리는 청소년 강박증 지원 모임에 온 걸 진심으로 환영한다. 13A호에 빈자리가 없어서 13B호에는 사람이 조금 많아. 오면서 눈치챘겠지만 엘리베이터에는 13층이 없어. 여기로 오려면 14층에서 내려야 해."

척 박사가 설명했다.

"맞아요, 박사님. 왜 그런 거예요? 여기 처음 온 날 그 빌어먹을 엘리베이터를 타려고 30분을 기다렸어요. 색다른 강박증 시험인가 했잖아요!"

피터 콜차크가 의자에 몸을 묻으며 말하자 몇몇 아이들이 동조하며 큰 소리로 깔깔거렸다.

"그래서……."

척 박사가 아이들의 말을 무시한 채 말을 이었다.

"존재론적으로 말하면, 우리는 그러니까, 존재하지 않는 거야."

척 박사는 아주 오래 전에 자메이카를 떠났지만 아직도 말에 그곳의 단조로운 억양이 남아 있었다. 척 박사가 다시 파일을 바라보았다.

"로빈은 열여섯 살이고……."

열여섯 살!

소년은 숫자에 집중했다. 16은 나쁜 숫자였다. 짝수이기 때문에 정화 의식으로 씻어내야 했다. 소년은 '이제 됐어'라는 느낌이 들 때까지 16이라는 숫자를 열다섯 번 되풀이하고, 서른세 번 발을 굴렀다.

괜찮아. 이보다 더 나쁠 수도 있는데, 뭘!

이렇게 생각하던 소년은 나이보다 더 큰 문제가 있다는 것을 문득 깨달았다. 사실 문제가 무엇인지는 로빈의 앉은키만 봐도 알 수 있었다. 로빈은 열여섯 살 여자아이치고는 꽤 컸고, 소년은 슬프게도 열다섯 살이 되는 남자아이치고는 꽤 작았다. 어리고 작다는 것은 아주 큰 문제지만 얼마든지 극복할 수 있는 문제이기도 했다. 그래서 지금 이 순간부터 소년의 목표는 빨리 자라는 것이 되었다.

척 박사가 모두에게 로빈을 소개하는 동안 소년은 자신의 오른손 집게손가락으로 왼손 손바닥에 글씨를 썼다.

- 빨리 성장한다.
- 용기를 갖는다.

• 용기를 지킨다.

• 정상적으로 행동한다.

• 로빈 플러머와 결혼한다.

꼭 그렇게 돼야 해.

소년은 의자에서 애써 몸을 곧추 세웠지만, 망가진 플라스틱 의자가 어깨뼈를 눌러서 조금 아팠다.

드디어 소년의 차례가 되었다.

"그리고 엘리자베스 멘도자 옆에는……."

"귀여운 로스."

척 박사의 말을 끊고 피터가 대답했다. 피터는 로빈의 옆에 앉아 얼굴을 바라보면서 로빈에게 조금씩 다가가는 중이었다.

귀엽다고? 내 어디가 귀엽다는 거야?

척 박사가 피터를 향해 눈썹을 치켜세웠다. 척 박사 나름의 경고였다.

"엘리자베스 옆에 앉은 사람은 우리 모임의 막내, 애덤 스펜서 로스란다."

안 돼!

애덤은 자신을 소개하는 척 박사의 말에 충격을 받았다. 엘리자베스는 애덤보다 고작 몇 달 생일이 빠를 뿐이니까 엄밀히 따지자면 척 박사의 소개는 퍽 부당했다. 척 박사는 지난주에도 똑같은 말로 애덤을 소개했는데, 그때는 이렇게 억울하지 않았다. 지난주에 척 박사가 애덤을 소개할 때 애덤은 발을 구르고 천장 타일을 세고 있었다. 하지만 지금은 불과 7분 전부터 목표가 생겼기 때문에 그러지 않았다.

애덤은 자신이 지금 무엇을 할 수 있는지 빠르게 생각했다. 신중하게 생각한 다음, 허리를 똑바로 세우고 앉아서 자신이 지을 수 있는 최고의 미소로 로빈에게 인사를 건넸다. 그러자 놀랍게도 로빈이 애덤에게 웃어주었다. 애덤의 심장이 또 갑자기 쿵쾅거리며 뛰기 시작했다.

로빈은 다른 아이들에게는 웃어주지 않았다. 애덤이 지난주에 자신보다 훨씬 더 미친 것 같다고 결론을 내렸던 다른 아이들에게 말이다.

애덤은 척 박사의 소개에 로빈이 어떤 반응을 보이는지를 유심히 살폈다. 수년간 정해진 순서대로 여러 가지 일을 한꺼번에 해왔기 때문에 발을 구르고 숫자를 세면서도 중요한 정보를 놓치지 않을 수 있었다.

"자, 이제 마지막으로 우리 신입 멤버인 로빈 플러머는……."

척 박사가 파일을 훑어보는 동안 척 박사의 레게 머리가 살랑살랑 흔들렸다.

"로빈은 11학년이란다."

그럴 줄 알았어! 망했어!

11학년은 10학년과는 거리가 멀었다. 마치 〈로미오와 줄리엣〉에 등장하는 주인공들의 입장과 비슷했다. 11학년은 사실상 고등학교를 졸업한 셈이어서, 이따금 대학생과도 사귀었다. 지금 로빈에게 추파를 던지고 있는 피터 콜차크는 대학생이다. 피터 콜차크가 자퇴하지 않았다면 그랬을 것이라는 뜻이다. 이럴 때 애덤이 세인트 메리의 영재 프로그램에 다닌다는 건 아무런 쓸모가 없었다.

엄마는 애덤을 3학년에서 4학년으로 건너뛰게 하는 것이 어떻겠냐는 수녀님들의 제안을 단번에 거절했다. 때문에 애덤은 지금 엄마에게 몹시 화가 났다. 엄마만 아니었다면 애덤과 로빈은 지금 같은 학년이었을 것이기 때문이었다. 애덤이 오른발을 스물아홉 번씩 세 세트를 구르고 추가로 가운데 손가락을 세 번 두드리는 동안, 방 안의 누구도 애덤의 행동을 알아차리지 못했다.

발을 구르고 손가락을 두드리자 엄마에 대한 짜증이 차츰 가라앉았다. 어쨌거나 엄마는 좋은 사람이었고, 엄마의 눈동자가 무슨 색이든 애덤은 엄마를 사랑했다.

로빈은 짙은 황록색 교복 코트 밖으로 나온 손을 무릎 위에 얌전히 올린 채 앉아있었다. 로빈의 교복 상의는 너무 작았고 치마는 너무 짧았지만 멋을 내려고 그랬다기보다는 때를 놓쳐서 그런 것일 터였다. 로빈의 예쁜 입술과 화장기 없는 환한 얼굴이 반짝반짝 빛났다.

손톱마다 옅은 파란색 매니큐어가 희미하게 빛났는데, 마치 자그마한 울새의 알 열 개가 나란히 놓여 있는 것 같았다.• 어쩌면 로빈이 일부러 그 색을 골랐을지도 몰랐다. 여기까지 생각한 애덤은 자신들이 왜 영원히 함께 있어야 하는지 또 다른 이유를 생각해냈다.

아이들이 웅성거리는 걸 보니 애덤이 무슨 말을 놓친 듯했다.

"얘들아, 나를 믿어. 이건 우릴 아주 자유롭게 해줄 거야. 그런지 아닌지는 직접 한번 해보는 게 어떨까? 캐릭터를 하나 골라보렴. 다른 누군가가 된다면 스스로에게 솔직해지기가 더 쉬워질 거야."

척 박사는 방 안의 소란스러움을 신경 쓰지 않는 것처럼 행동했지만 실제로도 그런 건 아니었다. 애덤은 척 박사가 이 모임에 들어오라고 제안하기 1년 전부터 척 박사에게 일대일 면담 치료를 받고 있었기 때문에 알 수 있었다.

척 박사는 모두에게 모임에서 부를 별명을 고르라고 했다. 아이들은 이제 괴로운 자아를 잠시 잊고 전지전능한 존재가 될 것이다. 애덤은 신이 나서 워해머 게임에 등장하는 캐릭터인 베너러블 로드 크로악이나 그림고르 아이언하이드를 떠올렸다.

그런데 세 번째 아이가 캐릭터를 고를 즈음 뚜렷한 흐름이 생겼다. 엘리자베스 멘도자가 리얼리티 텔레비전 스타인 스누키를 고른 것만 빼고, 나머지 아이들이 모두 슈퍼 히어로를 선택한 것이다. 어쩌다 보니 모임은 DC 코믹스의 '저스티스 리그'와 마블 코믹스의

• 로빈(Robyn)의 이름과 울새(robin)의 발음을 이용한 언어유희. 울새의 알은 파란색이다.

'어벤져스 리그'로 나뉘었다.

코니 브러너는 원더우먼을 선택해서 저스티스 리그에 합류했고, 피터 콜차크는 울버린을 외쳤다. 카일 갤러거는 아이언맨이 되고 싶어 했고, 티론 카펠은 모두가 괜찮다면 그린 랜턴을 하고 싶다고 했다.

"안 돼, 카펠! 그린 랜턴은 호모야. 게이라고."

새로이 별명을 얻은 울버린이 퉁명스레 말했다. 울버린의 말에 그린 랜턴은 잠시 생각에 잠겼다가 더듬거리며 말했다.

"어, 응. 그래서 그린 랜턴이 아주 딱 맞을 것 같아."

"아, 그래? ……좋네, 그럼. 어쨌든 멋지다."

로빈의 옆쪽에 앉은 제이콥 루벤스타인은 캡틴 아메리카를 골랐는데, 자신이 고른 슈퍼 히어로가 썩 마음에 드는지 웃음을 그치지 않았다. 척 박사가 대화에 끼어들어서 딴 생각에 골똘히 빠져 있던 니콜라스 레드몬드가 토르를 골랐다고 말해주었다.

"맞지, 니콜라스?"

그러자 애덤이 바이킹을 향해 미소 지으며 말했다.

"야, 토르가 최고야!"

새롭게 탄생한 토르가 애덤을 노려보았지만 애덤은 크게 신경 쓰지 않았다.

애덤은 토르가 등장하는 마블 코믹스를 무척 좋아했다. 책장에 마블 코믹스가 빼곡하게 꽂혀 있었는데, 마니아의 까다로운 눈에도 니콜라스 레드몬드는 완벽했다.

이제 로빈의 차례였다. 로빈이 자그맣게 말했다.

“괜찮다면, 전 로빈을 할게요. 그러니까 제 이름이 아니라, 다른 로빈이요.”

지금까지 애덤은 여자아이들에게 관심을 가진 적이 단 한 번도 없었다. 하지만 이제는 관심을 넘어서 자신이 로빈을 구할 사람이라고 생각하고 있었다. 애덤은 로빈을 위험에서 구해야 했고, 그것이 불가능하다면 구하다 죽기라도 해야 했다. 애덤은 불과 몇 분 전보다 훨씬 더 깊고, 사납고, 또 격렬하게 로빈이 좋아졌다.

로빈은, 그러니까 애덤의 로빈은 위대한 누군가가 필요했다. 정복자나 기사 같은 사람 말이다. 애덤은 로빈을 위해서 정상적이고 용감한 기사가 될 자신이 있었다. 말하자면 애덤이 로빈의 슈퍼 히어로가 되는 것이다.

바로 그거야!

토르와 로빈을 포함한 모두가 애덤을 바라보고 있었다. 애덤은 이제 자신이 무엇이 되어야 하는지 분명히 알게 되었다.

“배트맨!”

애덤이 분명하고 또렷한 목소리로 외쳤다. 애덤 스펜서 로스는 로빈의 배트맨이 되었다.

2

"애덤, 과제는 해왔니?"

면담 시간이 거의 끝나갈 즈음 척 박사가 물었다. 질문과 동시에 척 박사는 오른손에 쥔 만년필을 돌리기 시작했다. 돌아가는 만년필이 꼭 최면을 거는 것처럼 느껴졌다.

일대일 면담을 위해서 필요한 일은 목록을 작성하는 것뿐이었지만 애덤은 그마저도 하지 않았다. 정확히 말하자면 하지도 않았고, 할 수도 없었고, 하고 싶지도 않았다. 왜 그런지는 스스로도 알지 못했다. 척 박사는 지원 모임에서도 과제를 주었는데, 과제의 대부분은 지원 모임을 시작하기 전에 사는 강박증 안내 책자에 소개된 것들이었다. 사실 애덤은 그 과제들이 모두 쓸모없다고 생각했다.

반면에 학교 과제는 조금 달랐다. 조금 과장하자면, 세인트 메리에서 과제를 모두 하는 학생은 애덤이 유일할지도 몰랐다. 애덤은 학교 도서관 컴퓨터로 학교 과제를 완벽하게 해치우면서도 척 박사의 과제는 하지 않았다. 오늘까지는.

"네, 박사님. 했어요."

척 박사가 왼쪽 눈썹에 이어 오른쪽 눈썹도 치켜세웠다.

사실 척 박사는 자신을 박사님이라고 부르는 것을 싫어한다.

"뭐든 처음이 있는 거잖아요."

척 박사의 움직이는 눈썹도 만년필처럼 최면을 걸고 있는 것 같았다. 척 박사는 양쪽 눈썹을 따로따로 치켜세울 수 있었는데, 곰곰이 생각해보면 이것은 분명 엄청난 재주였다. 척 박사가 오른쪽 눈썹을 치켜세우는 것은 약간 난처하거나 당황했다는 뜻이고, 왼쪽 눈썹을 치켜세우는 것은 놀랐거나 궁금한 게 있다는 뜻이다. 마치 지금처럼.

애덤의 과제는 주간 단위로 열 가지 목록을 지키고, 심리 상태를 적는 것이었다. 척 박사는 이 과제를 4개월 전부터 내주었는데, 결과물을 받은 것은 오늘이 처음이었다. 오는 도중에 적은 것이긴 하지만, 어쨌거나 중요한 것은 애덤이 무언가를 적었다는 점이다.

애덤은 이제 과제를 꼬박꼬박 하겠다고 생각하고 있었다. 척 박사가 내준 과제를 하는 것이 병이 나을 수 있는 가장 빠른 길이라면, 기꺼이 과제를 할 용의가 있었다. 나으려는 이유는 당연하게도 '로빈이 기다리고 있으니까'다.

"목록을 함께 살펴볼까?"

"아니요! 그러니까, 지금은 말고요. 그래도 되나요?"

척 박사가 함께 살펴보자는 말을 꺼내자마자 애덤은 심장이 미친 듯이 쿵쾅거리고 숨이 턱 막혔다. 물론 척 박사는 애덤이 4개월 만에 처음으로 낸 과제를 함께 살펴보고 토론하고, 뜯어보고 싶을지도 모른다. 하지만 목록을 써낸 것이 애덤이 지금 발휘할 수 있는 최대한의 용기라는 것을 잊어서는 곤란했다.

척 박사는 안경을 코 아래쪽으로 미끄러뜨리며 안경 너머로 애덤을 바라보았다. 척 박사의 안경은 1980년대의 물건 같은 느낌을 주었는데, 안경테가 금속 재질로 되어 있었다.

애덤은 마음을 누그러뜨리려 한숨을 쉬고는 하도 많이 접어서 엉망진창이 된 종이를 건넸다. 척 박사가 종이를 읽는 동안 애덤은 마음을 가다듬었다. 종이 위에 쓰기 전에 머릿속으로 수차례 적어보았기 때문에 애덤은 그 목록을 달달 외우고 있었다. 물론 백 퍼센트 완벽하지는 않다.

9월 12일 목록 애덤 스펜서 로스

복용량 : 아나프라닐 25밀리그램, 하루 한 알씩

필요시 아티반 일주일에 네 알에서 여섯 알

주요 강박 증상 : 정리 정돈, 숫자 세기, 집착 즉 정화 의식

1. 내 생각에, 나는 지난 목요일 로빈 플러머와 사랑에 빠진 것 같다. 가능하기만 하다면 멈추고 싶다.
2. 내 생각에, 나는 4학년을 건너뛰도록 허락받았어야 했다. 그랬다면 지금 11학년이었을 것이고 내 삶은 달라졌을 것이다. 어쨌든 더 나았을 것이라는 뜻이다.
3. 내 생각에, 요 몇 년 동안 내 친구인 벤 스톤과 함께 워해머 게임을 한 것이 우리에게 큰 도움이 돼준 것 같다. 상태가 아슬아슬하긴 하지만.
4. 내 생각에, 네 살 먹은 의붓동생 스위티가, 우리들이 함께할 수 있도록 해준 어른들보다 나를 훨씬 더 많이 좋아하는 것 같다. 물론 그렇다고 해서 스위티가 아프지 않게 내가 할 수 있는 일이 있는 건 아니다.
5. 내 생각에, 우리 모임에는 괴짜들이 엄청 많은 것 같다. (아, 로빈은 빼고) 무슨 도움이 어떻게 된다는 건지는 모르겠지만 슈퍼 히어로는 좀 마음에 든다.
6. 내 생각에, 짝수는 특별한 경우에 복잡하고, 해롭고, 부정적인 기운을 만든다.
7. 내 생각에, 나는 거짓말쟁이다. 숨겨야 하는 것들을 전부 숨기기 때문이다. 거짓말이 어디에서 끝나고 어디에서 시작하는지 잘 기억나지 않는다. 거짓말이 사람을 바꾸고 아프게 하는 것 같다.

척 박사는 목록을 읽는 내내 조금도 움직이지 않았다. 애덤의 심장이 척 박사가 던질 질문을 기다리면서 폭발할 기회를 엿보고 있었다.

제자리에!

애덤의 심장이 세차게 뛰기 시작했다.

준비!

척 박사는 고개를 들지도 않은 채 애덤에게 호흡 연습을 꾸준히 했느냐고 물었고, 애덤은 그렇다고 대답했다. 애덤의 대답을 들은 척 박사의 왼쪽 눈썹이 올라갔다.

"정말? 그러면 지금 하는 게 좋겠다. 네 숨소리가 방을 가득 채우고 있거든."

출발!

애덤의 심장이 세차게 뛰기 시작했다. 척 박사는 애덤이 얼마나 거짓말쟁이인지 알고 있었다. 아니, 알아야 했다. 그리고 그에 걸맞는 비난을 해야 했다. 왜냐하면 애덤은…….

"애덤?"

척 박사가 부드럽게 말했지만 애덤은 자신의 이름을 들었는지 확신할 수 없었다.

"네, 박사님."

"모두가 거짓말을 한단다, 애덤. 모두 말이야."

척 박사가 애덤이 하고 있던 생각을 꼭 집어 이야기하자 심장의 쿵쾅거림이 점차 잦아들었다. 애덤이 고개를 끄덕였다.

“그리고 나를 박사님이라고 부르지 않았으면 좋겠구나. 앞으로도 말이다.”

척 박사는 말을 마치고 나서 다시 목록에 집중했다.

8. 내 생각에, 로빈에 대한 내 감정에 문제가 있는 것 같다. 엄청 큰 문제다. 이게 정상일까? 나아지긴 할까? 꼭 전기에 감전된 것 같다.
9. 내 생각에, 우리 엄마가 조금씩 이상해지는 것 같다. 그렇지만 뭐라고 설명하기는 어렵다.
10. 내 생각에, 나는 이 목록을 포함해서 앞으로도 강박증 과제를 할 것이다. 그러니까 전부 다! 로빈을 위해서는 빨리 다 나아야 하기 때문이다. 로빈 때문에 지원 모임이 그렇게 지루하지 않을 것 같다.

“많이 나아졌구나, 애덤. 대단해!”

척 박사가 종이를 다시 접으며 말했다.

“이걸 함께 살펴보지는 않을 거야. 네가 준비가 안된 거라면 목록을 분석하지도 않을 거란다. 그러니까 부담 가지지 말고 목록을 작성하기만 하면 돼. 알았지?”

“네, 좋아요.”

애덤은 고개를 끄덕이고서 시계를 올려다보았다. 아직까지는 베이지색으로 꾸며진 사무실에서 나가기 위해 정화 의식을 할 필요가 없었다.

50분이 넘었어. 가야 할 시간이야.

"애덤, 사소한 거 하나만 더 물어도 될까?"

애덤이 고개를 끄덕였다.

53분이야. 시간이 다 끝났어!

"네 어머님 말이다."

준비!

"네, 엄마가 좀 이상해요."

척 박사의 왼쪽 눈썹이 올라갔다.

"그러니까 2, 3일 전부터 이상해졌어요."

애덤은 척 박사에게서 시선을 거두었다.

"수업을 듣고 집에 갔더니 엄마가 편지랑 봉투를 북북 찢고 있었어요. 호흡이 엄청 거칠었고요. 엄마도 저도 서로 아무 일도 없었던 것처럼 행동했는데, 그 후로도 엄마는 그날 일에 대해서 설명해주지 않았어요."

척 박사가 파일에 무언가를 적었다.

55분이야. 시간이 지났어.

애덤은 대기실로 돌아가자마자 손 소독기로 손을 흠뻑 적셔야겠다는 생각을 하고 있었다.

"이혼과 관련된 문제 같아요. 돈이나 아빠 문제 아닐까요? 아무려면 어때요, 그중 하나일 텐데요, 뭐. 심각한 문제는 아닐 거예요. 그렇죠?"

척 박사가 파일을 닫고 고개를 끄덕였다.

"그래, 아마 그럴 거야. 내가 보기엔 약물 치료가 효과를 보는 것 같아. 아나프라닐이 큰 효과가 없는 게 조금 아쉽긴 하지만 새로운 약 때문에 고생했던 걸 생각하면 차라리 다행이다 싶구나. 가끔은 익숙한 게 더 나으니까."

애덤은 마치 척 박사의 말에 집중하고 있는 것처럼 고개를 끄덕였다.

"다음부터는 목록을 좀 더 자세하게 적어보자, 알겠지? 지금은 정해진 약의 용량을 지키는 게 중요해. 어쨌든, 오늘은 정말 잘했어. 앞으로도 계속 심호흡하고, 목록 작성하고, 운동하도록 해. 그러면 점점 좋아질 거야."

상태가 좋아질 수만 있다면 뭐든 다 할 거야. 난 얼른 정상이 되어야 하니까.

얼떨떨한 얼굴을 한 애덤이 엉거주춤한 자세로 척 박사와 악수를 나누었다.

"감사합니다."

애덤은 지금 정상이 되어 로빈에게 다가가는 중이었다.

오늘부터 애덤은 달려서 집에 가기로 했다. 아니, 적어도 기운차게 걸어갈 것이다. 이제 언제 어딜 가든 더 이상 버스나 택시를 타지 않을 생각이었다. 운동을 하면서 목록에 적을 내용을 생각하고, 심호흡을 연습하고, 지원 모임과 일대일 면담에 가고, 이렇게 하다 보면 이달 말 즈음에는 완벽하게 나을지도 모른다.

"그리고 말이다, 애덤."

애덤이 문가에 도착할 즈음 척 박사가 애덤을 불렀다.

"그 편지 말이다. 아무것도 아닐 거라는 네 생각에 동의하지만, 그래도 계속 내게 얘기해주겠니?"

애덤이 문손잡이를 돌렸다.

"중요한 거야."

애덤은 숨을 몰아쉬고 문을 열며 거짓말했다.

"네, 그럴게요."

3

애덤은 삼주 동안 끊임없이 로빈만을 생각했다. 그건 커진 사랑과 강박증 때문에 어쩔 수 없는 일이었다. 애덤이 화가라면 로빈을 그림으로 그렸을 것이고, 작가라면 로빈에 대한 글을 썼을 것이다. 스마트폰, 하다못해 평범한 컴퓨터라도 있었다면 로빈에 대해서 이것저것 검색했겠지만 그럴 수 없었기 때문에 애덤은 내내 생각만 했다.

작년, 애덤의 정화 의식은 몇 시간이고 스크롤바를 움직이며 커서의 깜빡임과 이미지, 낱말들 사이에서 특정한 글자를 찾는 것이었다. '이제 됐어'라는 느낌이 들기까지는 엄청나게 오랜 시간이 필요했다. 그 결과 약을 바꿔야 했고, 개인용 기기를 쓸 수 없게 되었다. 애덤은 그 누구도 자신의 생각을 빼앗을 수 없다고 생각하면서도 누군가 생각을 빼앗아갈 수 있기를 바랐다.

애덤은 로빈의 미소, 로빈의 목소리, 로빈의 다리, 로빈의 검은 머리카락, 로빈의 푸른 눈동자를 생각했다.

눈동자, 다리, 미소, 목소리, 다리, 머리카락, 눈동자…….

애덤은 로빈을 너무 많이 생각하느라 최근 두 번의 지원 모임에서 입을 꾹 다물고 있었다.

두 번의 모임을 하는 동안 애덤은 로빈을 바라볼 때를 뺀 나머지 시간 내내 몹시 어색해했다. 애덤만 그런 것이 아니라 모임에서 만난 모두가 여전히 무언가를 부끄러워하고 있었다. 지금까지의 모임은 마치 처음 참석한 중학교 댄스파티에서 상대를 탐색하는 시간 같았다. 작은 체육관에서 열리는 댄스파티 말이다. 울버린만이 끊임없이 무대에 올랐다. 문제는 울버린이 무대에서 빌어먹을 건강염려증에 대해 떠들며 극도의 남성성을 과시했다는 것이다.

"젊은 운동선수 중 백 명 정도가 비후성 심근증• 같은 심장병으로 매년 목숨을 잃는다는 거 알아? 난 이뇨제••를 좀 먹어야겠어."

울버린은 애덤보다 더 제정신이 아니었다. 울버린은 이리저리 움직이며 아이스링크 위에서 숨이 차 죽을 것 같은 아이스하키 선수처럼 말하고 행동했다. 애덤은 울버린이 로빈을 마음에 들어하는 것이 분명하다고 확신했다. 애덤에게는 불행한 일이지만 울버린은

• 좌심실 비후를 유발할 만한 대동맥판 협착증이나 고혈압 같은 다른 증세 없이 좌심실 벽이 두꺼워지는 심장 질환

•• 배뇨 촉진제

키가 컸다. 하지만 오늘은 애덤도 울버린처럼 무슨 말이든 할 마음의 준비가 되어 있었다.

애덤은 가끔 걸어서 학교에 갔다. 걸어서 등교를 하면 버스를 타고 갈 때보다 20분이 더 걸리지만 그 시간만큼 운동을 할 수 있고, 오는 내내 이야깃거리를 생각할 수 있어서 좋았다.

애덤은 지원 모임에 도움이 되고 싶었다. 지금까지의 모임에서 그린 랜턴은 드물게 아무 말이나 했고, 캡틴 아메리카는 적어도 겉으로 보기에는 진지한 태도로 이야기를 경청했다. 토르는 대부분 잠을 잤는데 부족한 잠을 보충하고 있지 않을 때는 으르렁거렸고, 스누키와 원더우먼은 기운 없이 앉아있었다. 척 박사는 그중에서도 특히 울버린에게 신경을 많이 썼는데, 울버린은 척 박사의 이런 태도를 무척 불편해했다.

애덤을 포함한 지원 모임의 아이들 모두가 척 박사를 좋아했다. 척 박사가 이 도시의 유일한 청소년 강박증 문제 전문의이기 때문만은 아니었다.

애덤은 면담 때 지난주에 받은 편지를 가져가야 할지 진지하게 고민했다. 편지는 엄청난 내용을 담고 있었다. 엄마는 편지가 온 것을 비밀로 하려고 한 것 같지만 그러지 못했다. 문제의 편지는 엄마에게 온 것이었으므로 말하자면 그건 엄마의 문제였다. 하지만 엄마는 편지 때문에 몹시 스트레스를 받았고, 그런 엄마 때문에 애덤도 덩달아 스트레스를 받았다. 그러니까 결국 그 편지는 애덤의 문제이기도 했다. 애덤은 엄마가 걱정스러웠지만 적어도 지금은 자신이 이 문제를 걱정할 때가 아니라는 것 정도는 알고 있었다. 엄마와 관련된 문제를 말하지 않는 것이 좋다는 것도 말이다.

애덤은 모임 장소인 클리닉에 도착할 즈음, 엄마와 관련된 문제를 제외한 다섯 가지 주제를 떠올릴 수 있었다.

★ ★ ★

원더우먼과 울버린, 그리고 로빈이 1층에서 구닥다리 엘리베이터를 기다리고 있었다.

"안녕, 배트맨!"

여자아이들이 동시에 인사를 건넸다. 울버린은 고개만 까딱했다.

"안녕, 얘들아. 코니, 아니 원더우먼, 로빈, 울버린."

원더우먼이 애덤에게 억지로 미소를 지어 보이더니 엘리베이터 층수로 다시 고개를 돌렸다. 엘리베이터는 14층에 있었다. 1층까지 내려오려면 영원, 어쩌면 그 이상의 시간이 걸릴지도 몰랐다.

원더우먼은 땀을 삐질삐질 흘리고 있었다. 애덤은 원더우먼의 뒤에 서있었기 때문에 목덜미에 구슬처럼 송골송골 맺힌 땀이 아주 잘 보였다. 원더우먼은 호흡을 유지하기 위해서 눈에 띌 정도로 긴장하고 있었는데, 긴장한 원더우먼을 보고 있던 애덤도 갑자기 배가 아프기 시작했다.

"왜 그래, 배트맨?"

로빈의 걱정스러운 목소리에도 애덤은 화가 나서 뒤로 돌아섰다. 로빈이 애덤을 보며 걱정스러운 표정을 짓고 있었다.

"많이 아픈 거 아니지?"

애덤은 곧장 로빈에게 걸어간 다음, 모두가 보는 앞에서 로빈을 안아 키스하고 데이트를 신청하고 싶었다. 남자라면 그렇게 해야 했다. 하지만 그렇게 하는 대신 원더우먼을 흘끗 바라보았다. 원더우먼은 마치 엘리베이터가 우주로 가는 열쇠라도 되는 것처럼 층수를 들여다보고 있었다. 엘리베이터는 점점 아래로 내려오고 있었다. 원더우먼의 살갗이 땀 때문에 미끄럽고 축축했다.

"있잖아, 너희 그거 알아?"

애덤이 생기가 도는 목소리로 재잘거렸다.

"나 지난주에 슈퍼 히어로의 몸매 관리 비법을 찾아냈어."

9층, 8층…….

애덤은 원더우먼이 토할 것 같아 하는 걸 알 수 있었다.

"예를 들면 난 게를 많이 먹지 않으려고 해. 그래서 난 엄마한테 퀴노아 샐러드를 만들어 달라고 했어."

제기랄, 엄마랑 퀴노아를 같은 문장에 말하다니!

'남자다운 남자'라는 평판이 땅에 떨어졌지만 그래도 애덤은 포기하지 않았다.

"운동도 해. 어디든 걸어다녀. 어디서든 조금씩 조깅하려고. 그러니까 난 계단으로 갈 거야. 누구 나랑 같이 계단으로 갈 사람?"

애덤의 목소리가 꼭 스폰지밥 같았다.

4층, 3층…….

로빈은 생전 처음 보는 사람을 보듯 애덤을 바라보았다.

"누구 없어?"

2층.

"내가 같이 갈게."

원더우먼이 손가락으로 계단 통로를 곧장 가리키며 말했다. 그사이 엘리베이터가 도착했다. 울버린이 엘리베이터에 냉큼 올라타더니 바닥에 깔린 닳고 닳은 초록색 카펫에 발을 얹은 채 문이 닫히지 않도록 열림 버튼을 눌렀다.

"정말 걸어갈 거야? 빌어먹을, 13층이라고!"

"나도 같이 갈게. 힘들긴 하겠지만 우리 모두 건강하고 용감해질 거야. 그치?"

로빈이 애덤을 돌아보더니 한쪽 눈을 찡긋하며 말했다.

결국 울버린은 엘리베이터 밖으로 나올 수밖에 없었다. 울버린이 콧방귀를 뀌며 중얼거렸다.

"좋아, 가자. 하지만 이건 진짜 멍청한 생각이야. 거기는 엄청 더러울 거야. 바이러스가 넘쳐날 거라고. 에라, 나도 모르겠다……."

5층에서는 모두들 숨이 넘어갔다. 울버린은 연신 맥박을 재며, 맥박이 불규칙하다고 불평을 늘어놓았다.

"내 심장이 부들부들 떨리는 게 느껴져."

계단을 104개째 올라서 9층에 도착했을 때, 운동선수 출신인 울버린은 너무 숨이 차서 아무 말도 하지 못했다. 그건 몹시 고마운 일이었다. 건물에는 층마다 계단이 13개씩 있었는데, 애덤은 계단의 개수가 홀수인 것이 썩 마음에 들었다.

"좋아."

어쩌다 선두에 있던 애덤이 말했다.

"2층을 올라갈 때마다 좀 쉬자. 지금은 죽을 것처럼 힘들어도 크리스마스 때쯤엔 모두 진정한 슈퍼 히어로가 되어 있을 거야!"

다 같이 멈춰서 쉴 때마다 원더우먼이 소리 없이 입모양으로 고맙다고 말했다. 아이들은 모두 그것을 못 본 체했다.

★ ★ ★

계단을 오르느라 아이들은 약속 시간에 조금 늦게 도착했다.

"아이쿠, 이제야 도착했구나! 범죄에 맞서 싸우느라고 조금 늦은 거지? 어서 오렴! 배트맨, 원더우먼, 로빈 그리고, 어, 울버린?"

척 박사가 반원 가운데에 놓인 자기 의자에 앉아서 소리쳤다.

"우리, 13층까지, 걸어왔어요."

울버린이 숨을 헐떡이며 말했다. 울버린의 말을 들은 스누키가 고함을 꽥 질렀다.

"13층을? 엘리베이터 고장 났어? 그놈의 낡아빠진……."

원더우먼은 스누키 옆에 앉으며 놀란 표정을 지었다. 이 일을 어떻게 설명해야 할지 몰라서 걱정하고 있는 것이었다. 그때 로빈이 자리에 앉으며 말했다.

"아니, 배트맨이 우리 몸이 좀 좋아져야 할 것 같다고 해서."

네 명을 뺀 다른 아이들은 모두 도착해서 자리에 앉아 있었다. 애덤이 시계를 흘끗 바라보았다. 오후 4시 33분이었다. 심한 강박증 환자들로 구성된 모임에서 3분이면 상당히 늦은 편이었다. 애덤은 다음 주에는 조금 더 일찍 계단을 올라야겠다고 생각했다.

아이들은 늘 하던 대로 서로에게 인사를 건넨 다음, 아이언맨이 그 주에 부득이하게 손해를 입힌 사람에 대해서 길고도 난해한 이야기를 들었다. 이런 종류의 이야기는 아이들과 척 박사가 일상적으로 나누는 이야기였다. 아이언맨이 엄청난 고통에 빠져 있었기 때문에 결국 모두가 달라붙어 아이언맨의 마음을 달래주는 힘겨운 역할을 수행했다. 맡은 역할을 훌륭히 끝낸 아이들은 정신이 멍해질 정도로 지치고 말았다. 아이들은 떠들고, 다독이고, 불평을 터뜨렸다. 토르를 제외한 모두가 그랬다. 그런 토르조차도 모임을 하는 내내 깨어있었다. 애덤이 말했다.

"아이언맨, 내가 보기에 넌 항우울제든 뭐든 네가 복용하고 있는 약을 확인해야 할 것 같아. 약의 용량 말이야."

모두가 애덤을 바라봤다. 애덤이 숨을 몰아쉬었다.

"내 말은, 특별한 이유가 없는데 증상이 심해지면 약 조절을 잘못했기 때문인 경우가 많다는 거야. 있잖아, 난 복용량 조절에 실패

했었어. 하지만 난 너희들이랑 같이 제대로 해낼 거야. 너희도 내가 매번 정화 의식을 하는 거 알지? 난 여기서 이걸 치료할 거야. 그러니까 내 말은, 우리가 해낼 거라는 거지."

"맞아!"

캡틴 아메리카가 말했다. 반복해서 말하는 것이 캡틴 아메리카의 증상이었기 때문에 캡틴 아메리카는 그 말을 세 번 더 반복해 말했다. 울버린은 당장이라도 욕을 퍼부을 것처럼 보였다. 하지만 모임의 나머지 아이들은 복용량의 문제에 대해서 동의했다.

"배트맨의 말에도 일리가 있구나."

척 박사가 말했다. 애덤은 아이언맨이 자신이 복용하는 약에 대해 곰곰이 생각하고 있다는 것을 알 수 있었다. 심지어 척 박사가 말을 하고 있는 동안에도 그랬다.

"아이언맨, 이번 주부터 복용 일지를 써보자. 매일 약에 대한 네 반응을 적도록 해. 몇 시에 무슨 약을 먹었는지 같은 거. 내가 다음 주에 살펴보마. 나랑 상의할지 말지는 네가 결정하면 돼. 종이하고 펜을 사용해야 하고 디지털은 안 돼. 어떠니?"

"그럴게요."

아이언맨이 고개를 끄덕였다.

토르가 애덤을 노려보고 있었다. 어쩌면 평상시처럼 심하게 노려보는 것은 아닐지도 모른다. 토르는 말 한마디 하지 않고도 무시무시하게 굴 수 있었지만 애덤은 그것과는 상관없이 여전히 토르가 가장 마음에 들었다.

원더우먼이 다음으로 입을 열었다. 원더우먼은 폐소공포증•이 있었는데 차도가 조금 있었고, 채소를 먹지 않는 문제도 나아졌다고 고백했다. 스누키는 원더우먼에게 "그건 그냥 학교 때문이야. 나도 먹는 것에 문제가 약간 있는걸" 하고 말했다. 로빈도 그 말에 맞장구를 쳤다. 그래도 음식을 먹고 토한 적은 없다고 덧붙였다.

토한다고? 로빈이 토하는 증상이 있나?

대화는 계속 이어졌다. 토르를 제외한 모두가 무언가를 말하고, 인정하고, 마음을 열어 사소한 비밀을 공유했다. 하지만 어쩌면 이들이 모두 거짓말을 하고 있을 수도 있었다.

애덤은 자신이 거짓말을 하고 있다는 것을 알고 있었다.

• 출구 없는 좁은 공간에 대한 공포증

4

모임이 끝난 뒤, 애덤은 척 박사를 도와 정확히 7분 동안 의자를 정리했다. 덕분에 로빈과 떨어져 있는 시간이 충분히 생겼다.

"박사님, 오늘 모임은 정말 멋졌어요!"

재빠르게 말을 마친 애덤은 로빈을 따라나서기 위해 방을 쏜살같이 빠져나가 복도를 지나 계단 통로로 향했다.

애덤은 지난주와 지지난주에도 로빈을 따라갔었다. 마흔한 걸음쯤 뒤에서 자신의 소심함을 원망하면서 말이다. 하지만 오늘은 기필코 로빈에게 말을 걸기로 마음먹었다. 오늘도 실패한다면 스스로가 바보 같다는 생각을 하게 될 것 같았다.

로빈은 플레전트빌 공동묘지를 가로질러서 집에 갔다. 공동묘지는 도시 한가운데 뚝 떨어진 커다란 공원 같았는데, 로빈은 클리닉에서 세 블록 정도 떨어진 베이필드 문으로 들어가서 반대편 메인 스트리트 문으로 나왔다. 매번 로빈이 길을 가다 중간에 멈추었기 때문에 애덤은 그때 마치 우연히 마주친 것처럼 굴기로 했다.

애덤의 사랑, 로빈은 괴물처럼 생긴 버드나무 옆에 위치한 무덤 근처에 머물렀다. 애덤은 로빈이 자리를 떠난 뒤 로빈이 멈추었던 곳을 살폈지만 들키지 않기 위해 멀찌감치 떨어져서 따라갔기 때문에 로빈이 어떤 무덤을 보았던 것인지까지는 알 수 없었다.

그곳에는 1918년, 열아홉 살에 죽은 아키발드-루이스 중위의 무덤이 있었는데, 묘비 위에는 날개 달린 천사 동상이 있었다. 이 무덤에 있는 천사 동상이 늙은 버드나무를 둘러싼 다양한 크기와 모양의 석조 천사 중에서 가장 컸다. 애덤의 눈에는 이 천사들이 모두 울고 있는 것처럼 보였다. 묘비에는 대부분 근사한 헌사와 시, 성서가 새겨져 있는데, 중위의 묘비에는 '마침내 동이 트고 그림자는 멀리 달아나리'라고 쓰여 있었다. 하지만 애덤은 로빈이 중위의 무덤에서 멈춘 것은 아니라고 생각했다.

중위의 무덤 바로 옆에는 커다란 기둥 같은 기념비 두 개가 있었는데, 네 면의 바닥에 엄청나게 많은 사람의 이름이 새겨져 있었다. 대부분 아주 오래전에 죽은 사람들이었다. 첫 번째 기념비의 꼭대기에는 유골함이 있었고, 두 번째 기념비에는 밋밋한 분홍색 화강암 오벨리스크•가 하늘을 찌를 듯 높이 솟아 있었다. 천사들이 둥

• 피라미드처럼 생긴 뾰족한 탑 모양의 조형물

글게 모여 있고 안쪽이 움푹 들어간 커다란 회색 묘비에는 장미로 휘감긴 십자가가 정교하게 조각되어 있었다. 이 묘비는 마니 위더롤의 것인데 '1935년-1939년 마침내 우리는 함께 구름 속을 산책하리'라고 쓰여 있었다. 네 살에 죽다니 몹시 안타까운 일이었다. 하지만 그곳도 로빈이 멈춘 곳은 아니었다.

떠올려보니 로빈은 광택이 나는 검은색 화강암 묘비 앞에서 멈췄던 것 같았다. 커다란 화강암은 빛을 모두 빨아들이고 있었다. 묘비는 음울하고 현대적이었는데, 뾰족한 모양의 천사들로 장식되어 있었다. 날짜를 보니 무덤의 주인인 제니퍼 로햄프턴은 서른여섯 살에 이곳에 묻혔다. 로빈의 성은 플러머인데 여인의 성은 로햄프턴이었다. 검은색 화강암에는 '1971년 5월 7일-2008년 10월 14일'이라는 글 외에는 아무것도 적혀 있지 않았다. 애덤은 그 점이 조금 슬펐다.

★ ★ ★

애덤은 슈퍼 히어로처럼 베이필드 문으로 들어와서 커다란 버드나무 옆, 묘비가 잔뜩 있는 곳에서 잠시 발걸음을 멈추었다. 역시나 그곳에 로빈이 있었다.

좋아.

말을 건네기로 굳게 다짐한 애덤은 버드나무로 곧장 다가가 로빈의 바로 뒤에서 걸음을 멈췄다. 로빈은 검은색 화강암 묘비 앞에서 고개를 푹 숙인 채 서있었다.

애덤이 목소리를 한껏 가다듬고 말했다.

"와! 너구나, 로빈?"

거울 앞에서 3주를 연습한 작업 멘트가 고작 이런 거라니! 진짜 배트맨이라면 폼나게 등장했어야지!

로빈은 묘비에서 한 발 물러섰다. 로빈의 눈동자가 애덤을 보고 놀라더니 이내 밝아졌다.

"안녕, 배트맨. 아, 애덤. 아니 그러니까, 애덤 배트맨. 여긴 어쩐 일이야?"

"어……."

혼자 연습하면서 이런 상황은 미처 준비하지 못했다. 애덤은 배워야 할 것들이 아직 너무나도 많았다.

"어, 집에 가는 중이었던가?"

슬프게도 애덤의 대답은 슈퍼 히어로라기보다는 키가 작은 어린 아이에게서 툭 튀어나온 대답처럼 들렸다. 다행히 로빈은 알아차리지 못한 것 같았다.

"아, 나도 그래."

로빈이 대답했다. 애덤이 검은색 묘비를 내려다봤지만 로빈은 이 사실을 알아차리지 못하고 애덤의 교복 재킷을 빤히 바라보았다.

"너 세인트 메리에 다녀?"

로빈이 물었다.

로빈은 가슴이 아플 정도로 숨 막히게 아름다웠다. 애덤은 로빈 때문에 미칠 것 같았다. 로빈은 애덤에게 지나치게 넘치는 상대였고, 세상의 모든 것이었다.

"세인트 메리는 가톨릭 학교지?"

"물론이지!"

애덤이 애정을 담아 대답했다.

로빈이 가톨릭을 싫어하면 어쩌지?

"그러니까 너도 가톨릭 신자고?"

로빈의 질문에 애덤이 침을 꿀꺽 삼켰다.

"난 무교지만 가톨릭은 진짜 멋진 것 같아. 가톨릭에 대해 배우고 싶어."

"난 가톨릭 신자야."

뭐?

애덤이 가톨릭 신자라고 말하자 기적처럼 로빈이 다시 웃었다. 두 사람이 처음 만난 뒤로 로빈이 애덤을 보고 웃은 것은 이번이 네 번하고도 반 번째였다. 애덤의 귓불이 붉게 달아올랐다.

"내 말은, 네가 알고 싶은 건 뭐든 알려줄 수 있다는 뜻이야. 네가 궁금한 게 있다면 언제라도 말이야."

"약속할 수 있어?"

뺨에 간간히 있는 주근깨가 보이지 않을 정도로 로빈의 얼굴이 몹시 붉어졌다.

"약속해."

애덤은 로빈을 위해서라면 용과도 싸울 준비가 되어 있었다.

"저기서 말이야, 너 참 잘했어."

로빈이 고개로 클리닉이 있는 방향을 가리켰다.

"어떤 거? 아이언맨?"

로빈이 애덤을 향해 몸을 돌렸지만 다가오지는 않았다.

"아니. 그것도 좋았는데, 난 원더우먼을 말하는 거야. 엘리베이터 앞에서 말이야. 멋지더라."

로빈이 미소 지었다. 하지만 동시에 슬퍼 보이기도 했다. 애덤은 지금까지의 삶을 통틀어 바로 그 순간, 그러니까 묘지에서 로빈과 함께였던 순간 자신이 살아있다는 느낌을 가장 강하게 받았다. 로빈과 이야기를 나누는 순간 애덤의 세상은 완전히 달라졌다. 어쩌면 로빈과 사귈 수 있을지도 모른다는 생각도 들었다. 애덤이 실수하지 않았다면 그랬을지도 몰랐다.

실수하지 마. 실수하지 마. 실수하지 마…….

하지만 그만 실수하고야 말았다.

5

공동묘지에서 삶이 완전히 변화하는 순간을 경험하는 것과 그 변화의 한가운데서 창피를 당하는 것은 완전히 별개의 문제였다.

문제는 로빈이 애덤과 너무 가까이 있다는 것이었다. 강렬한 충동이 날개를 퍼덕거렸다. 애덤의 몸 안에서 무언가가 바뀌고 있었다. 바로 그것 말이다. 이대로라면 애덤은 언제든 망신을 당할 수 있었다. 정화 의식이 불쑥 튀어나와 모든 것을 엉망으로 만들면 어떻게 해야 할지 고민하는 사이, 애덤은 다행히 같은 반 남자아이들이 "다리를 꼬고 마가렛 수녀님을 생각해봐. 그게 찬물로 샤워하는 것보다 훨씬 효과적이거든"이라고 했던 말을 떠올릴 수 있었다.

세인트 메리의 교감 선생님인 마가렛 수녀님을 생각하자 놀랍게도 효과가 있었다. 어쨌든, 결국에는 말이다. 애덤은 모호하고, 전혀 위협적이지 않고, 절대 섹시하지 않은 표정을 지으려 애썼다. 당황스러워하는 로빈을 본 애덤은 오늘 당장 욕실 거울을 보며 표정을 연습하겠다고 다짐했다.

로빈이 집게손가락을 들어올리며 말했다.

"아, 1분만 기다려줘. 괜찮지?"

그러더니 검은색 화강암 묘비를 향해 돌아섰다. 로빈이 묘비를 부드럽게 어루만졌다. 애덤은 실제로 로빈의 모습을 볼 수 없었기 때문에 이건 그저 애덤의 상상이었다. 애덤은 오른쪽으로 몸을 틀어서 로빈을 슬쩍 엿보았다. 로빈이 고개를 숙인 채 눈을 감고 있었다. 애덤은 사실 이것도 제대로 볼 수 없었다. 아마 그렇게 했을 것이라고 추측했다.

로빈은 무릎을 꿇고 가슴에 십자가를 그었다. 한쪽 무릎이 땅에 닿지 않은데다가 십자가의 모양은 엉망이었다. 로빈이 세 번 더 십자가를 긋는 동안 애덤은 로빈의 행동을 유심히 관찰했다. 지켜본 결과 로빈의 자세가 몹시 엉성하다는 것을 알게 되었다. 이번이야말로 애덤이 로빈에게 도움이 되는 남자라는 것을 알릴 수 있는 좋은 기회였다. 로빈은 자신이 어떻게 행동하는지 모르고 있었다.

로빈이 몸을 뒤로 돌리자마자 애덤은 얼른 고개를 들어서 버드나무 나뭇가지 사이로 하늘을 바라보는 척했다. 훔쳐보던 모습을 들키고 싶지 않았기 때문이었다.

"와, 저것 좀 봐봐. 진짜 멋져!"

로빈이 목을 쭉 빼고 하늘을 보다가 애덤과 시선이 마주쳤다.

"진짜 예뻐! 하늘이 저렇게 예쁘다는 걸 어떻게 알았어?"

지금 내 얼굴이 빨개졌을까?

햇빛이 나뭇가지 사이로 슬금슬금 빠져나와서 로빈을 비췄다. 햇빛을 받은 로빈이 마치 영화 예고편에 나오는 배우처럼 포즈를 잡고 있는 것 같았다. 애덤은 로빈에게 키스하고 싶었다.

애덤이 고개를 끄덕이며 말했다.

"눈에 보이는 게 전부는 아니거든."

애덤은 자신이 이런 말을 할 수 있다는 것을 이전에는 미처 알지 못했다. 그래서 자신이 매우 낯설게 느껴졌다. 그중에서도 가장 낯선 것은 자신이 로빈을 원한다는 사실이었다. 로빈에 대한 욕구는 크고, 또 노골적이었다. 이것이 무엇이든 전에는 느껴본 적 없는 감정이었다. 이 순간 애덤은 이 감정을 강하게 느끼고 있었다.

애덤은 마치 강박증 증상 때문인 것처럼 자리에 잠깐 앉아서 이 욕구가 지나가기를 기다렸지만 효과는 없었다.

로빈은 무슨 향기가 날까?

엄마는 스타벅스 커피 냄새가 났다. 아빠와 재혼한 브렌다 아줌마는 크레스트 시나몬 러시의 치약 냄새가, 브렌다 아줌마와 아빠 사이에서 태어난 스위티는 강아지 냄새가 났다. 그리고 아빠는…… 아빠는 애덤과 뻣뻣한 포옹만 해서 무슨 향이 나는지 알 수 없었다.

애덤은 무슨 말이든 해야 했다. 애덤이 입을 꾹 다물고 있었던 것은 자신이 말할 차례인지 헷갈려서가 아니라, 자기 안의 충동과 여전히 씨름하고 있었기 때문이었다. 애덤은 오롯이 마가렛 수녀님만을 생각하기 위해 정신을 집중했다.

애덤이 예전처럼 컴퓨터를 할 수 있었다면, 밤새 인터넷에 '연애하는 법' 또는 '여친 구하기' 사이트를 검색했을 것이다. 이것이 바로 애덤의 컴퓨터 사용이 금지된 이유였다. 애덤은 열여섯 시간 동안 줄곧 전염병을 치료하는 약품 사이트를 검색하고, 숫자를 세고, 표를 만들던 때를 떠올리며 몸을 움츠렸다. 천연두, 스페인 독감, 흑사병, 조류 독감, 사스, 돼지 인플루엔자, 서부 나일강 열병 따위의 전염병에 관한 것들이었다. 검색을 끝낸 다음에는 숫자를 세고 또 셌다. 밥도 먹지 않고 잠도 자지 않았다. 그 결과 두 집에 있던 컴퓨터가 모두 사라졌고, 학교에서는 감시를 받았다. 이건 애덤의 흑역사다. 어쨌든 그땐 그랬다.

애덤이 묘비에 대해서 물어볼까 하고 생각하던 순간, 로빈이 자신의 치마를 잡아당겼다. 습관적인 행동은 아니었다. 애덤은 로빈에게 무슨 말을 해야 할지 까마득하게 잊고 말았다.

학교에는 로빈보다 다리가 멋진 여자아이가 단 한 명도 없었다. 왜인지는 모르지만 검은색 옥스퍼드와 단정치 못한 진청색 니삭스가 로빈의 다리를 훨씬 더 멋있어 보이게 했다.

하느님, 감사합니다.

"있잖아, 배트맨……."

"너 잘못했어."

애덤이 불쑥 말을 꺼냈다.

"그래?"

로빈이 얼굴을 살짝 붉혔다가 다시 평상시의 모습으로 돌아왔다.

"정말? 정확히 뭐가? 기도하는 법을 말하는 거야, 아니면 내 다리를 말하는 거야? 너 계속 내 다리만 쳐다보고 있었잖아."

애덤의 얼굴이 새빨개졌다.

"아니, 아니야. 기도 순서 말이야. 그러니까 십자가를 긋는 거. 그게 정확하지 않았다고."

애덤은 이렇게 행동하면 로빈과 잘되기 힘들다는 것을 알고 있었다. 하지만 그럼에도 불구하고 부산하게 움직였다. 로빈이 기대에 가득 찬 얼굴로 애덤을 바라보았다. 로빈의 눈동자는 차분한 회색빛이 도는 파란색이었다.

"아, 그렇구나. 어떤 부분이?"

"그렇게 하면 안 돼. 자리를 잡아봐."

애덤이 마니 위더롤의 묘비 위에 앉자 로빈이 묘비를 흘끗 바라보았다.

"왜? 마니가 기분 나빠할까?"

로빈이 고개를 저으며 대답했다.

"아니, 마니는 어린애야. 분명 친구가 생겨서 반가울 거야."

"알았어. 자리를 잡아. 어, 그러니까 기도하는 자리 말이야."

이제 두 사람은 서로를 마주보았다.

"나를 따라해. 같이 말하는 거야."

로빈이 고개를 끄덕였다.

"이제 십자가를 그을 거야. 손가락을 이마에 대."

진지하게 따라하는 로빈의 모습에 애덤은 더 깊이 빠져버렸다.

"성부와."

두 사람은 함께 말했다.

"이제 손을 가슴 한가운데에 둬."

애덤이 일러주었다.

"성자와."

애덤이 자그맣게 속삭이자 로빈이 놀란 표정을 지었다. 로빈이 빼먹었던 동작이 바로 이 부분이었기 때문이었다.

"그러고 나서 왼쪽, 오른쪽 어깨에 순서대로 손을 대야 해."

"성령의 이름으로."

둘은 함께 말했다.

"손을 같이 이렇게……."

"아멘."

두 사람이 함께 미소 지었다. 로빈이 고개를 끄덕였다.

"알았어. 맞는 것 같아. 그럼 무릎 꿇는 건 어떻게 해?"

"무릎이 땅에 닿아야 해. 안 그러면 캐서린 수녀님이 갑자기 나타나서 네 뒤통수를 탁 치실걸? 네가 휠체어를 탄 게 아니라면 항상 이렇게 해야 해."

"고마워. 배울 게 많구나. 그냥 내 느낌대로 한 건데 엉망진창이었네."

"근데 이건 왜 하는데? 마음을 차분하게 하려고?"

"응, 제대로 된 방법으로 해보려고. 일단 내 생각은 그래."

애덤이 고개를 끄덕였다.

기도를 마친 두 사람은 메인 스트리트 문으로 향했다.

"네 친구들은 모두 가톨릭이야?"

로빈이 애덤에게 물었다.

"응, 가톨릭 학교니까. 대부분은 아주 착해. 하지만 난 학교에서 친구가 많지 않아. 할 일도 많고, 숨길 것도 많거든."

정보를 너무 많이 줬어, 바보 같으니라고!

애덤은 잠시 마음을 가다듬었다.

"내 단짝 친구는 벤 스톤인데, 유대인이야. 우리는 같이 워해머 게임을 해. 게임을 하면 마음이 가라앉거든. 당연히 강박증적인 방법은 아니야."

로빈이 애덤의 팔을 툭 쳤다. 그러면서도 얼굴에는 미소가 가득했다. 그러니까 그건 분명 엄청난 순간이었다.

* * *

철문에 다다른 두 사람이 머뭇거렸다.

이제 어떻게 하지?

애덤은 공동묘지의 반대쪽, 그러니까 북쪽으로 세 블록 떨어진 곳에 살았다. 애덤은 지금 당장 로빈에게 이것을 말해야 했다. 사랑하는 사람에게는 거짓말하지 않아야 하기 때문이었다. 애덤은 이렇게 해야 연인이 될 수 있다고 믿었다.

로빈이 이윽고 침묵을 깼다.

"배트맨, 난 왼쪽으로 간 다음 파머스톤노스로 가. 파머스톤노스 중간에 우리 집이 있어. 너는?"

"어, 나는 오른쪽으로 가."

애덤의 이 말은 사실이기도 하고, 아니기도 했다. 애덤은 공동묘지를 끼고 오른쪽으로 돌아서 집에 가야 했다. 출발했던 곳으로 다시 돌아가 집에 가려면 평소보다 적어도 40분은 더 걸릴 것이다.

"그래. 그럼 다음 주 월요일에 보자, 배트맨."

애덤은 길에 서서 로빈이 걸어가는 모습을 바라보았다. 로빈은 멋지게 걷다가 골목에 이르자 뒤를 돌아보고 손을 흔들었다.

"가르쳐줘서 고마워, 배트맨!"

"언제든 부탁만 해!"

애덤이 소리쳤다. 애덤은 집에 도착하자마자 키를 재봐야겠다고 생각했다. 물론 굳이 잴 필요는 없었다. 적어도 2센티미터는 자랐을 테니까.

6

애덤은 집 현관문 앞에서 잠시 멈춰 섰다. 애덤이 '채츠워스 97번지'로 들어갈 수 없게 막는 것은 아무것도 없었다. 육체적이거나 감정적인 것, 강박증이나 혹은 그 이외의 어떤 것 때문도 아니었다. 안으로 들어가려는 힘과 밖에 있으려는 힘이 다르다는 것을 애덤은 이제야 알게 되었다.

척 박사는 애덤에게 이런 현상을 다룬 기사 한 뭉치를 주었다. 많은 사람이 이런 초현실적인 욕구를 경험하는데 참전 용사, 특히 다리를 잃은 젊은 사람들이 많이 경험했다. 이 현상에는 깨어 있지만 깨어 있지 않은 것 같은, 막연한 상태의 시간이 존재했다. 마치 잠에서 깨어나기 직전과 같은 상태다.

포근한 이불을 걷어차고 화장실로 들어가 오줌을 누고 양치질을 해야 한다는 생각을 하면서 잠에서 깬다. 하지만 그 후에 잠에서 깰 수 없다는 것을 깨닫는다. 자신이 아직 일어나지 않았고, 화장실에 가지도 않았기 때문이다. 그다음 날에도 이런 일을 반복한다. 그다음 날 밤도, 또 그다음 날 밤에도…….

애덤은 이 이야기가 몹시 멋있게 느껴졌다. 7년 전 아빠가 떠난 뒤로 애덤은 울지 않았지만 할 수만 있다면 엉엉 울어버렸을 것이다. 어쨌든 울 수 있었다면 분명 울었을 것이라는 뜻이다.

몇 주 동안, 아마도 편지가 오기 시작하고 나서부터 애덤은 다른 방식으로 문을 열고 집으로 들어가려 했다. 하지만 그건 애덤이 문으로 들어갈 수 없는 것과는 또 다른 문제였다. 지금 이 순간, 대략 21퍼센트의 문지방이 애덤에게 다양한 난이도로 문제를 제시했다. 정확히 말하자면 22퍼센트였지만 이 숫자는 애덤이 도저히 받아들일 수 없는 짝수였다. 2에 2가 더해진 숫자였기 때문이다.

실험실과 영어 교실 문 같은 아주 시시한 것에서부터 안으로 들어가려면 약간의 정화 의식을 치러야 하는 문, 상당히 오랜 시간의 정화 의식을 해야 하는 문, 마지막으로 도저히 들어갈 수 없는 문에 이르기까지 애덤에게는 상당히 다양한 단계의 문제가 있었다. 마지막 유형의 문은 애덤이 아무리 정교하게 정화 의식을 반복해도 마음을 가라앉히기가 쉽지 않았다. 이런 장해물을 그냥 지나친다면 애덤은 쓰러지고 말 것이다.

최악의 경우 애덤은 엄마와 아빠, 브렌다 아줌마, 스위티, 척 박사를 곤란하게 만들 수 있었다. 더 무시무시한 것은 애덤 때문에 곤란해질 사람이 버스 운전사나 편의점 점원에 이르기까지 어마어마하게 늘어날 수 있다는 사실이었다. 애덤은 이것이 사실이 아니라는 것을 머리로는 알고 있으면서도 마음속으로는 계속 그렇게 믿어왔다. 지금까지 애덤은 허드슨 스트리트 지하철의 남쪽 입구만 들어갈 수 없었다. 하지만 들어갈 수 없는 장소가 점점 늘고 있었다.

* * *

한참을 애쓰던 애덤이 마침내 현관문을 열었다. 애덤이 아이였을 때, 아빠가 함께 살았을 때 복도였던 장소가 어스름에 묻혀 있었다. 애덤은 참전 용사처럼 바짝 긴장한 채 집으로 들어가 문을 닫았다. 양쪽 벽을 따라 반쯤 정리된 잡동사니 더미가 줄지어 있었다. 아직은 통로가 보일 정도니까 그리 나쁜 것은 아니었다.

여러 가지 의미로 계단과 복도는 언제나 똑같았다. 오늘은 어제 같았고 어제는 지난주, 지난달, 작년처럼 보였다. 일종의 눈속임이다. 애덤은 이런 사례를 알고 있었다.

애덤의 단짝 친구 벤이 살이 엄청나게 쪘을 때의 일이다. 벤의 가족들은 모두 거구였기 때문에 가족들에게는 벤이 살찐 것이 그리 놀라운 일이 아니었다. 또 이전의 애덤은 거의 매일 벤과 어울렸기 때문에 벤이 달라졌다는 것을 알아채지 못했다. 하지만 이제 두 사람은 2, 3주에 한 번 정도 만날 뿐이고, 영상통화도 할 수 없다. 그래서 애덤은 자신에게 뚱뚱한 친구가 있다는 사실을 불현듯 깨닫고 말았다. 말하자면 애덤에게는 벤이 하룻밤 만에 평범한 '닭'에서 거대한 '칠면조'가 된 것이다.

엄마의 잡동사니도 이것과 같았다. 잡동사니 더미는 단정하게 쌓인 작은 무더기에서 시작해서 지금의 지경에 이르렀다. 애덤은 자신이 아프지 않았을 때 살던 집과 지금의 집만 떠올릴 수 있었다. 중간이 있어야 했지만 둘 사이에는 아무것도 존재하지 않았다.

주방만 사용할 수 없었던 때가 있었다. 하지만 어느새 의자 위와 찬장, 다른 공간들이 물건으로 가득차기 시작했다. 그다음에는 주차장이 크리스마스 조명과 근사한 전동공구, 빗자루, 삽, 운동기구가 든 플라스틱 상자로 가득 찼다. 이런 물건들은 점점 불어나더니 지하실과 2층 복도, 이제는 엄마의 방과 방에 딸린 창고까지 침투했다. 채츠워스 97번지의 작고 사랑스러웠던 집은 점점 더 기이해지고 있었다. 애덤은 여전히 집이 왜 이렇게 되었는지 이해하지 못했다.

1년 동안 두 사람 외에 이 집에 발을 들인 사람은 아무도 없었다. 엄마는 애덤의 친구들이 집에 오지 못하게 했다. 물론 집에서 하는 모임도 할 수 없었다. 대신 애덤이 도시 건너편에 사는 벤의 집에 갈 수는 있었다. 벤의 집에 가기 위해서는 대중교통을 이용해야 했다. 애덤이 아빠에게 가 있을 때는 브렌다 아줌마가 애덤을 데려다 주었는데, 애덤은 브렌다 아줌마에게 이런 것을 부탁하는 게 조금 미안했다.

엄마는 자동차를 운전하지 않는다. 정확히 말하자면 '더 이상 자동차를 운전하지 않는다.'

애덤의 엄마, 그러니까 카멜라 로스 여사는 매우 유능하고 다정다감한 여인이었다. 모두들 엄마를 '하나부터 열까지 친절한 사람'이라고 평했다. 그리고 그건 사실이었다. 엄마는 글렌 오크스 병원에서 수간호사로 일하고 있는데, 사소하고 자질구레한 스케줄에서부터 생명이 위독한 사람들에 이르기까지 온갖 갈등과 위기를 책임졌다. 엄마가 이 모든 일에 능숙해서 사람들은 늘 감탄하고는 했다.

"뭔가 도움이 필요하다면, 그것도 당장 필요하다면 카멜라에게 부탁해."

이렇게 유능한 엄마가 애덤과 함께 마당에 앉아서 이웃 사람들에게 애덤이 집에서 만든 레모네이드와 진흙으로 만든 만두를 사라고 몇 시간씩 소리를 치기도 했다.

"진흙 만두요! 갓 구운 진흙 만두 사세요! 1달러에 세 개요. 있을 때 사세요!"

길 건너에 사는 폴란스키 부인은 매년 2달러어치 진흙 만두를 사 주었다.

엄마는 학부모 회의에도 절대 빠지지 않았다. 크리스마스 가장 행렬 때마다 엄청나게 요란한 박수를 쳐주었고, 애덤이 주니어 마라톤 대회에서 여느 때처럼 네 번째로 들어왔을 때 경기 진행 요원들에게 저주를 퍼부었다.

"넌 맥쿼리에게 메달을 빼앗겼어! 수녀님들이 엉뚱한 길을 보고 있었다니까! 릭 신부님이랑 교황님의 이름을 걸고 맹세할 수 있어!"

그리고 3년 전에 애덤의 병명을 들었을 때, 엄마는 눈물을 흘렸다. 애덤이 죄책감에 사로잡혀 있자 엄마는 이렇게 위로했다.

"신경 쓰지 마, 애덤. 긴장하지도 말고. 다 괜찮아. 넌 내가 이혼 때문에 힘들어할 때 곁에 있어줬잖아. 오히려 내가 너한테 고마워해야 해!"

엄마는 다부졌었다. 하지만 이제는 아니다.

★ ★ ★

애덤은 계단을 오르는 동안 물건들은 거들떠보지도 않은 채 퍼즐 박스 몇 개를 벽으로 밀쳤다. 혼돈은 애덤의 방에서 돌연 멎었다. 애덤의 방은 까다로운 수도사가 사는 곳 같았다. 방에는 워해머 게임 미니어처와 관상용 열대어를 위한 안락한 장소가 갖춰져 있었다. 애덤이 자신의 완벽한 130리터짜리 어항으로 걸어가자 버트와 피터, 스티븐이 애덤을 맞으러 헤엄쳐왔다.

"안녕, 애들아!"

애덤은 물고기 먹이로 손을 뻗어 녀석들의 먹이를 물 위로 흩뿌렸다. 스티븐은 지난봄에 새끼를 낳았는데, 버트와 피터가 새끼를 전부 먹어버렸다. 애덤은 그런 일이 또 일어나지 않도록 지켜보는 중이었다.

평소에는 물고기가 이리저리 돌아다니고, 뽀글뽀글 거품이 일고, 정수 필터가 나지막하게 돌아가는 어항이 애덤의 마음을 차분하게 가라앉혀주었다. 하지만 오늘은 그렇지 않았다. 애덤은 여전히 짜증스러웠다.

"야, 사랑은 아픈 거야."

애덤은 스티븐에게 속삭였다. 스티븐은 우물거리며 먹이를 먹고 나서 애덤에게 돌아와 고개를 끄덕였다.

애덤은 월요일이나 지원 모임이 있는 날 대부분 그랬던 것처럼 학교에서 과제를 끝내고 돌아왔다. 오늘은 저녁 식사 담당도 아니었기 때문에 시간이 꽤 남아있었다. 애덤이 어항이나 청소해야겠다고 생각하고 있을 때, 엄마가 집으로 들어오는 소리가 들렸다.

"안녕, 아들! 위층에 있니?"

"네, 엄마!"

애덤은 물고기들에게 손을 흔들어주고 좁아터진 계단을 달려 내려갔다. 엄마가 애덤의 이마에 입을 맞추고는 뒤로 물러서서 애덤을 쳐다보았다.

"애덤, 너 키 컸니?"

그러고는 애덤이 미처 대답하기도 전에 자랑스레 갈색 쇼핑백을 가리켰다.

"내가 거친 날씨를 뚫고 가서 사왔어. 아름다운 가을에 도시를 가로질러서 이걸 사왔지!"

애덤은 엄마가 사온 것이 무엇인지 단박에 알아챘다.

"엄마, 헝가리 식당에 갔어요?"

엄마가 쇼핑백에 손을 넣어 커다란 은박지 도시락을 꺼냈다.

"기대하시라, 개봉박두! 세계적으로 유명한 노박 부인의 굴라시• 랑 버터를 넣은 달걀 국수야. 내가 가장 좋아하는 우리 아들한테 딱 맞는 요리지!"

엄마와 아들은 부엌으로 향했다. 부엌은 아직까지는 정상에 가까웠다. 두 사람은 저녁 식사에 필요한 접시와 컵, 나이프와 포크를 허겁지겁 꺼내서 둘만의 성찬을 준비했다. 애덤은 엄마에게 레드 와인을, 엄마는 애덤에게 알갱이 없는 오렌지 주스를 따라주었다. 식사를 하며 엄마는 일 이야기를, 애덤은 학교 이야기를 했다. 엄마는 연말에 승진할지도 모르겠다고 말했고, 애덤은 지원 모임이 어쨌든 효과가 있는 것 같다고 말했다. 이야기하는 내내 두 사람은 서로 언급하지 않는 그 부분만 빼고 모든 것을 이야기했다. 엄마와 아들은 서로에게 거짓말을 하면서도 동시에 아주 정직했다.

그때 갑자기 전화벨이 울렸다.

• 쇠고기와 양파, 파프리카가 든 스튜

7

"아, 안녕. 브렌다."

엄마가 한숨을 쉬고는 벽에 몸을 기대며 말했다.

"저런, 안 됐네. 응, 있어. 내가 막 들어와서 식사는 아직……. 그래, 그래. 그건 고마워, 정말로. 하지만 오늘은 지원 모임이 있는 날이었고 게다가……."

엄마가 애덤이 앉은 쪽으로 몸을 돌리며 전화기에 대고 고개를 끄덕였다.

"나 과제 다했어."

애덤이 소리 없이 입모양으로 말했다. 엄마의 어깨가 툭 떨어졌다. 싸움은 끝났다.

"브렌다, 내가 스위티를 사랑하는 거 알잖아. 알았어. 애가 고생한다고 하니까 할 수 없지. 애덤이 괜찮다면 저녁 식사를 마칠 때쯤

와서 애덤을 데려가도 좋아. 잠깐만."

엄마가 수화기 위에 손을 올려놓고 말했다.

"그래도 괜찮아?"

애덤은 고개를 끄덕였다.

"내일 아침 학교에 일찍 가야 되는 거 아니야?"

애덤은 내일, 친구인 에릭 야신스키와 함께 정확히 7시 45분에 물리 실험실에 갈 예정이었다. 두 사람 다 10학년에서 AP• 물리학 학점을 딸 특별 기회가 생겼지만 일정을 맞추기가 어려워서 일주일에 두 번, 터무니없이 이른 시간에 학교에 가야 했다. 심지어 요일도 정해져 있지 않았다.

"물리학."

애덤의 대답에 엄마가 씩 웃었다.

"브렌다, 내일 물리학 들으러 가는 날이래. 새벽에 애덤을 학교로 데려다줘야 할 것 같아."

엄마가 고개를 끄덕이며 말했다.

"응, 정확히 7시 45분. 안 그러면 마가렛 수녀님이 묵주를 들고 잔소리를 퍼부으면서 브렌다를 쫓아올 거야. 신이 주신 기회를 애덤이 낭비하게 할 수는 없지."

엄마가 벽시계를 흘끔 바라보았다.

• advanced placement. 미국에서 고등학생이 대학 진학 전에 대학 인정 학점을 취득할 수 있는 고급 학습 과정

"좋아, 40분만 줘. 저녁 식사는 마저 해야지. 아니, 괜찮아."

엄마는 조금 더 고개를 끄덕이다가 이어 말했다.

"그렇다니까. 알았어, 안녕."

애덤이 은박지 도시락을 열었다.

"스위티가 또 그 '상태'래요?"

엄마는 국자로 굴라시를 떴다.

"그렇대. 왜 그러는지는 모르겠지만 말이야. 어쨌든 넌 절대 그런 '상태'가 된 적이 없어. 하지만 브렌다가 왜 그러는지는 알 것 같아. 사실 난 네가 왜 그 집에 가려는지 모르겠어. 아, 기분 나쁘게 듣지는 말고."

엄마가 굴라시 위에 번들거리는 버터 국수를 넣었다. 애덤이 얼굴을 찌푸린 채 자기 몫의 국수를 휘저었다.

"엄마, 내가 스위티를 바보로 만든 걸까요? 왜냐하면 내가 그러니까?"

"그렇게 말하지 마!"

엄마가 버럭 소리치며 손을 잡는 바람에 애덤은 깜짝 놀랐다.

"너랑 스위티에 대해서 그렇게 생각하면 절대 안 돼! 그 애는 바보가 아니라 그냥 신경이 날카로워진 거야. 브렌다가 지나치게 신경 쓰고 있는 거라고. 스위티는 강해질 거야. 내 말 명심해."

"하지만 스위티가 나 때문에 신경이 날카로워진 걸지도 몰라요."

"맞아, 그럴 수도 있지. 지금 상황이 어떤지는 너도 잘 알지? 너희는 아빠는 같고 엄마는 달라. 넌 그 가족 안에 들어갈 수 없어, 절대로. 사실 스위티는 네 아빠를 닮은 구석이 하나도 없어. 네 아빠는 멍청하지만 스위티는 사랑스럽거든."

"엄마!"

"그러니까 그건 사실이야."

"어떤 부분이요?"

엄마가 씩 웃었다.

"둘 다. 넌 스위티에게 정말 잘해주고 있어. 나는 네가 그 집에 가는 게, 스위티에게 주는 선물이라고 생각해."

두 사람은 어색한 침묵 속에서 굴라시를 마저 먹었다.

★ ★ ★

애덤이 양말을 가방에 집어넣고 있을 때, 브렌다 아줌마가 밖에서 자동차 경적을 울렸다. 아빠 집에서 많은 시간을 보내서 이미 그곳에는 애덤의 물건이 상당히 많았다. 단 몇 초면 준비를 모두 마칠 수 있을 정도로 말이다. 애덤이 손목시계를 흘끗 쳐다보았다. 25분. 분명 나쁘다.

브렌다 아줌마가 다시 예의 바르게 경적을 울렸다.

브렌다 아줌마는 매너의 여왕이다. 새 로스 부인은 이 집에 들어오려는 생각을 조금도 하지 않았는데, 그건 전 로스 부인이 들어오라는 말을 하지 않았기 때문이었다. 두 여인 사이에 자연스럽게 생긴 적개심 때문이라기보다는 채츠워스 97번지의 상태와 관련이 깊었다. 사실 두 사람은 사이가 그리 나쁘지 않았다.

아빠가 엄마를 잊기 위해 완전히 다른 사람을 찾기라도 한 것처럼 두 명의 로스 부인은 서로 완벽하게 다른 사람이었다. 카멜라가 검은색 머리카락에 지나칠 정도로 활기가 넘치는 성격이라면 브렌다는 금발에 순박하고 예의가 발랐다. 카멜라의 집은 혼돈 그 자체지만 브렌다의 집은 지금 당장 잡지에 실려도 될 법한 모양을 하고 있었다. 마치 방들이 저마다 촬영을 기다리고 있는 것처럼 느껴질 정도로 잘 정돈되어 있었다.

카멜라와 브렌다는 혼란스러운 나날을 보내고 있음에도 불구하고 매력적이었다. 두 사람의 외모는 세인트 메리에서 열리는 학부모 행사에서도 소문이 자자했다. 애덤은 엄마를 많이 닮았지만 아빠도 닮았다. 이것은 애덤이 두 집 모두에 잘 어울린다는 뜻이기도 했고 동시에 두 집 어디에도 어울리지 않는다는 뜻이기도 했다.

늘 그대로인 것은 로스 씨가 끊임없이 자리를 비운다는 사실이었다. 시내에 있는 사무실에서 근무하고 있고, 멀리 떨어진 곳에서 열리는 엔지니어 프로젝트에 참가해야 했기 때문이다. 두 아들을 포함한 로스 씨의 가정생활이 점점 복잡해질수록, 로스 씨의 부재는 점점 더 길어졌다. 로스 씨는 카멜라와 브렌다가 아는 것처럼 무신경한 남자가 아니라 그저 사라져가는 사람이었다.

애덤이 집 밖으로 발을 내딛자마자 자동차의 뒷문이 활짝 열렸다. 웬델 '스위티' 로스는 유아용 카시트에서 튀어나와 로켓처럼 형의 품으로 곧장 내달렸다. 힘껏 버텼는데도 애덤은 넘어질 뻔했다.

"형아! 애덤 형! 형아!"

"배트맨이야. 기억 안 나? 이제 난 배트맨이라고."

"아, 맞다! 깜빡했어, 배트맨. 이제 다시는 안 까먹을게. 됐지, 배트맨?"

애덤이 동생을 꼭 껴안았다.

"좋아, 꼬맹이. 훌륭해."

애덤은 동생의 작은 심장이 조금 빨리 뛰고 있다는 것을 알 수 있었다.

웬델에게 '스위티'라는 별명을 붙여준 것은 엄마였다. 엄마는 누구든 스위티라고 불렀다. 그렇게 하면 이름을 기억해야 할 수고를 덜 수 있었기 때문이었다. 직장에서는 특히 더 그랬다.

어쨌거나 스위티에 대해 엄마는 종종 이렇게 말했다.

"인정하기는 싫지만 그 꼬맹이는 진짜 귀여워."

다른 사람들, 웬델을 담당하는 소아과 의사 선생님과 유치원 선생님, 심지어 스위티 본인까지도 이 사실을 인정했다. 스위티는 말을 할 수 있게 되자마자 자신을 스위티라고 부르기 시작했다. 스위티는 이제 막 다섯 살이 되었기 때문에 스스로를 그렇게 부른다고 해서 이상할 것은 전혀 없었다. 스위티는 귀여웠고 그래서 모두들 그렇게 불렀다.

스위티가 애덤을 보호하려는 듯 딱 달라붙은 채 차에 자리를 잡고 앉았다.

"안녕하세요, 아줌마."

"고마워, 애덤."

"배트맨이야!"

스위티가 뒷좌석에서 브렌다 아줌마의 말을 고쳐주었다.

"엄마들은 예외야."

애덤이 말했다.

"예외야."

스위티가 애덤의 말을 따라했다. 애덤은 스위티가 '예외'라는 말을 잘 기억했다가 정확하게 사용할 수 있을 때까지 연습할 것을 알고 있었다.

"진심이야, 고맙다."

브렌다 아줌마가 차를 몰며 말했다.

"우리 둘 다 힘들다는 거 알아. 하지만 있지……."

그러면서 고개로 스위티를 가리키더니 목소리를 낮추며 말했다.

"이번에는 심각했어. 한 시간 전에야 겨우 진정됐단다."

브렌다 아줌마의 말에 따르면 스위티는 동요 〈퍼프 더 매직 드래곤〉에 나오는 못된 용처럼 난리법석을 떨었다고 했다. 〈퍼프 더 매직 드래곤〉은 엄마가 애덤을 병원에서 집으로 데리고 오면서 불러주었던 노래다. 애덤은 브렌다 아줌마와 아빠가 남동생을 병원에서 집으로 데리고 왔을 때 이 노래를 불러주었다. 두 사람이 밖에 나갈 때 부르는 〈퍼프 더 매직 드래곤〉은 스위티를 빨리 진정시켜야 할 때 아주 효과적이다.

"용은 영원히 살지만 작은 소년은 그렇지 않았어. 색칠한 날개와……."

"아빠는 집에 있어요?"

스위티의 노랫소리를 뒤로하고 애덤이 브렌다 아줌마에게 물었다. 브렌다 아줌마가 고개를 저었다.

"아르헨티나에 가셨어. 그래도 다음 주 너희 생일에는 돌아오실 거야. 아빠는 너희 생일 때 라 토란젤에서 주방장의 특별 요리를 먹을 수 있도록 준비하고 있단다. 아주 멋진 케이크도 준비할 거야!"

애덤은 '완벽주의자를 위한 최고의 완벽함'이라고 생각했지만 그 생각을 말하지는 않았다.

"우리 정말, 진짜 멋진 레스토랑에 갈 거야! 내가 봤어. 나 굴 요리도 먹을 거야! 배트맨, 굴이 뭔지 알아? 난 세 개 먹을 거야. 그리고 형네 엄마도 올 거야. 벤 형도 올 거고. 하지만 그건 깜짝 선물이야."

"스위티!"

브렌다 아줌마가 혀를 찼다.

"미안."

자그마한 목소리가 뒷좌석에서 흘러나왔다.

"괜찮아. 집에 도착할 즈음이면 다 잊어버릴 거야. 아, 너희 집 말이야."

애덤이 대답했다.

"우리 집이야, 애덤."

브렌다 아줌마가 말했다.

★ ★ ★

애덤은 스위티의 방에 있는 두 개의 침대 중 하나에 가방을 툭 던졌다. 이 집에도 물론 애덤의 방이 따로 있다. 하지만 스위티가 걸음마를 배우자마자 형의 침대로 몰래 숨어들어가 침대보를 전부 파헤치고, 시시덕거리고, 밤새도록 뒤척이는 법을 익히는 바람에 도저히 그 방에서는 잠을 잘 수가 없었다. 애덤은 스위티가 좀 더 크면 그 방을 다시 달라고 할 생각이었다. 그때까지 애덤은 침대 하나로 만족하기로 했다.

스위티는 자신의 침대로 껑충 뛰어오른 다음 두 손을 무릎 위에 단정히 모으고 앉았다. 애덤은 스위티의 맞은편에 앉아서 스위티를 똑같이 따라했다. 애덤의 발이 스위티와 달리 바닥에 닿은 것만 빼고 말이다.

"좋아. 무슨 일이야, 꼬맹이?"

스위티는 이 말을 형을 향해 달려들어도 좋다는 신호로 여기고 애덤의 품으로 파고들었다.

"안 좋은 거야?"

스위티가 천천히 고개를 끄덕였다. 애덤은 눈이 아니라 마음으로 그것을 느낄 수 있었다.

"무시무시한 조각들이 나를 물고 있어."

"알았어."

무엇이 스위티에게 이런 생각을 하게 했을까?

"뭔가 멋진 걸 생각해보자, 좋지?"

스위티가 고개를 끄덕였다.

"우리 차근차근 잘 생각해볼까?"

애덤은 동생의 어깨에 팔을 둘렀다. 작은 심장이 지나치게 빨리 뛰고 있었다.

"소수(素數)만 이 상황을 해결할 수 있어. 17은 39처럼 멋져. 또 우리는 둘 다 200 같이 큰 숫자는 좋아하지 않아, 그렇지?"

사실 스위티는 200까지 숫자를 셀 수 없었고, 형의 말이 정확히 무슨 뜻인지 알지 못했지만 형이 싫어하는 것은 자신도 싫다고 생각했다.

"좋아, 이제 진짜 예쁜 숫자를 생각해보자. 우리가 진짜 좋아하는 슈퍼 소수 중 하나 말이야. 숫자 11은 1하고 1이지? 너 11 좋아하잖아."

스위티가 아주 열심히 고개를 끄덕였다.

"좋아. 이제 11에 1을 하나 더 더하는 거야. 그러면 111이야! 1

하고 1하고 또 1이지."

"11에 친구가 하나 더 있네! 1, 1, 1, 진짜 예뻐. 난 111이 진짜 엄청 좋아!"

스위티의 긴장이 점점 풀리면서 심장이 천천히 뛰었다. 스위티는 애덤과는 달리 숫자 하나를 골라서 생각하는 것을 좋아했는데, 그 숫자는 '예뻐야 했다.' 애덤은 아빠와 브렌다 아줌마에게 예쁜 숫자에 대해서 가르쳐주려고 했지만 두 사람은 이것을 이해할 수 없었다. 어쩌면 믿지 않는 것 같기도 했다.

스위티는 잠시 숫자에 푹 빠졌다.

"이제 괜찮아졌지, 스위티?"

스위티가 한숨을 쉬며 애덤에게 몸을 기댔다.

"이제 다 나았어. 형이 고쳤어."

애덤은 스위티를 낫게 할 수 있었다. 적어도 지금은 말이다.

"다행이야, 스위티."

애덤이 속삭이면서 자그마한 몸을 꼭 껴안았다.

"다행이야."

8

애덤과 함께 계단을 걸어온 아이들은 자리에 앉아 5분 내내 헐떡거렸다. 곧 나머지 아이들이 도착했고, 1분 30초가 지나자 척 박사가 도착했다.

"안녕, 계단 오르기 슈퍼 히어로들! 어떻게 지내?"

척 박사가 발을 질질 끌며 문에 들어서더니 물었다.

"이번 주에는 더 많이 참여했네?"

사실이었다. 오늘은 그린 랜턴과 아이언맨이 원더우먼, 로빈, 울버린, 배트맨의 계단 오르기 운동에 우연히 합류했다. 스누키도 함께할 뻔했지만, 다른 약속이 있었기 때문에 참여할 수 없었다.

척 박사가 빛바랜 재킷을 벗어서 의자 등받이에 조심스레 걸쳤다. 척 박사는 파일을 옆 의자에 내려놓고서 지난주에 쓴 메모를 찾으려고 열심히 뒤적였다. 그사이 지원 모임의 아이들은 넋을 놓고 앉아있었다.

한편 애덤은 로빈을 몰래 훔쳐보려고 애썼다. 로빈은 딱 맞는 새 교복을 입고 있었는데, 치마는 이전과 같이 짧아서 여전히 애덤의 심장이 쿵쾅거렸다.

“괜찮니, 배트맨?”

척 박사가 안경을 벗고 애덤을 곁눈질했다. 로빈이 척 박사를 흘끗 보고는 다시 바닥을 들여다보았다.

“저요? 네, 물론이죠. 여전히 몸매는 엉망이지만요. 음, 그러니까, 노력하고 있어요.”

“멋진데? 너희 모두 대단해.”

척 박사가 고개를 저으며 말했다.

애덤은 다음 일대일 면담 때 로빈에 대해 이야기하겠다고 스스로 다짐했다. 하지만 로빈이 여전히 고개를 들지 않아서 애덤은 몹시 불안해졌다. 애덤은 천장 타일의 수를 세고, 마가렛 수녀님을 생각하고 나서야 손에 든 과제를 생각할 수 있었다.

척 박사가 메모에 열중하는 동안 애덤은 생각을 정리하고 모임에서 무슨 말을 할지 생각할 시간을 충분히 가질 수 있었다. 애덤에게는 무언가가 필요했다. 어쩌면 편지에 대해 말해야 할 시간이 되었는지도 몰랐다.

엄마는 어제 오후에 또 편지를 받았다.

전부 몇 통이었더라?

엄마는 등을 돌리고 편지를 찢었지만, 애덤은 그 편지의 내용이 나쁘다는 것쯤은 알고 있었다. 엄마가 편지 조각을 쓰레기통에 던져 넣는 손에서 핏기가 사라지는 것까지 숨기지는 못했기 때문이었다. 메스꺼운 것이 종잇조각에 덕지덕지 붙어 있었다. 편지 안에 들어있는 것이 무엇이든 엄마를 몹시 겁주고, 애덤을 불안하게 만들고 있었다.

애덤은 자신만의 정확한 방식으로 워해머 오크족 피규어를 선반 위에 일정한 대형으로 다시 정리하느라 밤을 꼬박 지새웠다. 애덤은 시계 반대 방향으로 위에서 아래로 원을 열세 번 그리는 방식으로 피규어들을 전부 다시 배치했다. 피규어가 300개 정도인 데다가 틀리면 처음부터 다시 시작해야 했기 때문에 빠른 시간 내에 정리를 끝내는 것은 사실상 불가능했다. 정리하는 데에는 몇 시간이 걸렸다.

애덤은 몇 달 동안 주변 상황을 정리할 필요가 없었다. 엄마에게 화가 나긴 했지만, 편지에 대한 이야기를 모임에서 할 수 없었기 때문이었다. 편지는 마치 집 안의 상황과 같았다. 엄마는 몇 년 전부터 물건들을 열심히 실어 나르며 집을 잡동사니로 가득 채웠다. 집 안의 물건들에 대해 이야기하는 것은 엄마를 배신하는 행위였다. 사람들에게 비밀을 말한다면 대가를 치르게 될 것이 분명했다. 비밀을 말하는 순간 사람들은 엄마를 멀리 보내고 상황을 정리해버릴 것이다.

애덤의 강박은 심해지고 있었다. 그렇지만 아주 약간일 뿐이어서 크게 걱정할 정도는 아니었다. 그저 실험실의 문을 넘기 위해 사소한 정화 의식을 해야 했던 것에서 거의 완전한 정화 의식을 해야 하는 정도였다. 조금 짜증스럽긴 했지만 사실 그것도 별로 대수롭지 않았다.

애덤은 자신의 강박증이 다른 아이들에게는 한심하게 보일 것이라고 확신했다. 애덤이 아는 한, 모임에 문지방 문제가 있는 아이는 없었다. 지원 모임의 아이들은 각자 자신만의 의식이 있으면서도 누군가가 하는 희한한 의식을 알게 되면 깜짝 놀라고는 했다.

로빈은 이걸 어떻게 생각할까?

애덤은 아이들이 자리에 앉아 이야기를 시작하는 동안 모두의 눈에 띄지 않게 조심하며 오른발로 자신이 앉은 의자 앞다리에 서른일곱씩 세 세트를 툭툭 굴렀다. 울버린이 로빈에게 무언가 속삭이자 로빈이 살짝 웃었다. 애덤은 이것 때문에 열하나까지 일곱 세트를 더 해야 했다.

하나, 셋, 다섯, 일곱, 아홉, 열하나…….

애덤에게는 기회가 없었다. 울버린이 자신보다 더 미쳤다고 생각하긴 했지만, 대신 울버린은 남자다웠다. 울버린은 자신이 속삭이면 마치 로빈이 그것을 좋아할 거라고 굳게 믿고 있는 듯 로빈에게 몸을 기댔다.

어떻게 저렇게 자연스럽게 몸을 기대지? 어떻게 하면 로빈을 웃게 할 수 있을까?

로빈은 방금 전에 울버린에게 보였던 미소보다 더 환하게 애덤에게 웃어주었다.

그때 캡틴 아메리카가 애덤의 팔을 툭 쳤다.

"배트맨! 어떻게 지내, 어떻게 지내냐고?"

응? 어떻게 지내냐고? 무슨 뜻이지?

제이콥은 캡틴 아메리카라는 역할에 심취해 있었다. 제이콥은 사실을 열정적으로 확인하고 말을 반복하는 증상이 있기는 했지만 보통은 소심하고 단정했다. 한마디로 주먹으로 팔을 치거나 어떻게 지내느냐 따위를 묻는 타입은 아니었다는 뜻이다.

"좋아, 캡틴 아메리카. 너는?"

제이콥은 뿌듯해했다. 누군가가 자신을 슈퍼 히어로의 이름으로 불러주는 게 기쁜 것 같았다.

"나도 좋아!"

★ ★ ★

스누키는 반짝반짝 빛나는 구릿빛 피부를 자랑하며 들어왔다. 그런가 하면 토르는 5분 뒤에 폭풍처럼 등장했다. 토르가 어찌나 열심히 뛰어왔던지 모두가 정각에 도착했다는 것이 미안해질 정도였다. 토르는 척 박사가 앉은 곳에서 약간 뒤쪽에 있는, 자신이 늘 앉던 의자에 자리를 잡고는 예의 그 짜증스러운 표정을 지었다. 어쩌면 살짝 지친 표정이었을지도 몰랐다.

모임이 시작한 뒤로 토르의 눈은 내내 차분했다. 원더우먼이 음식에 대한 이야기를 지나치게 길게 말하고 있는데도 말이다. 토르는 이런 이야기를 들으면 불쾌감을 느꼈는데, 그 점에 있어서는 애덤도 토르와 같았다.

"완하제•를 끊어야 한다는 건 나도 알아. 하지만 일단 샀으니까 써야 할 것 같았다고."

스누키가 말하고 있는 원더우먼의 팔을 손으로 톡톡 가만히 두드렸다. 스누키는 남을 잘 토닥이는 아이였는데, 로빈은 모임마다 그런 사람이 꼭 한 명씩은 있다고 했다. 로빈은 여러 모임에 참석했었으니까 아마 맞는 말일 것이다.

"하지만 다시는 하지 않을 거야."

원더우먼이 약속했다.

저건 정확히 누구와 하는 약속일까?

"정말이야. 폐소공포증이랑 식이장애••를 고치고 싶거든. 식이장애는 그렇게 심하지 않지만 말이야. 음식을 먹을 때마다 100번씩 씹어서 먹고 있어. 식사 시간이 두 시간 정도 걸리긴 하지만 효과가 있는 것 같아. 왜냐하면……."

애덤은 팔짱을 낀 채 머리에 쥐가 날 정도로 생각했지만 원더우

• 배변을 쉽게 하는 약

•• 식이 행동과 관련된 이상 행동

먼을 위로할 어떤 말도 할 수 없었다. 빼빼 마른 여자가 더 날씬해지기 위한 방법을 생각하는 것이 몹시 당혹스러웠기 때문이었다. 애덤은 당혹스러운 것을 싫어했는데, 특히 지원 모임 안에서는 더욱 그랬다. 당혹스러운 것은 지원 모임 밖의 일만으로도 충분했다.

그린 랜턴은 한 주 동안 하루에 서너 번씩 차를 몰고 학교 횡단보도로 다시 돌아가야 했던 일에 대해 덤덤하게 이야기했다. 지난 화요일에 누군가를 차로 쳤다는 확신이 들었기 때문이라고 했다. 그린 랜턴은 라디오와 텔레비전 뉴스에 귀를 기울이고, 지역 신문을 모조리 읽고, 인터넷을 돌아다니면서 체스트넛과 월머에서 일어난 사고 기사를 검색했다. 하지만 아무것도 없었다. 사고 기사가 없었기 때문에 그린 랜턴의 증상은 점점 더 악화되었다.

사실 애덤은 이런 특이한 경험을 해본 적이 없었다. 운전을 하지 못하기 때문이다. 하지만 상상 속의 사고 장면을 다시 떠올리려는 지극히 논리적인 강박은 완벽하게 이해할 수 있었다.

애덤에게도 그런 강박이 있었다. 그래서 애덤은 그린 랜턴에게 "네가 너 스스로 갔던 곳을 모두 기록으로 남기거나, 숫자 매기기를 원하는 건지도 몰라" 하고 말해주었다. 매뉴얼의 뒤표지에 적혀 있는 말이긴 했지만, 어쨌든 매뉴얼에 나와 있는 말이니까 그린 랜턴에게는 조금이나마 도움이 될지도 몰랐다.

애덤이 매뉴얼에 적힌 과제를 아무것도 하지 않았다는 것이 곧 매뉴얼이 틀렸다는 뜻은 아니었다. 실제로 그린 랜턴은 이 말을 들고 마음이 편해진 것처럼 보였다.

하지만 로빈은 그렇지 않았다. 마음속에 신경 쓰이는 무엇이 있는 듯 애덤의 눈길을 피하면서 지원 모임에 집중하지 못했다. 로빈답지 않은 행동이었다. 정확히 어떤 게 로빈다운 것인지 정확히 알지는 못했지만 말이다.

애덤은 여자들의 표정을 잘 읽지 못했다. 애덤은 만약 자신이 이 땅을 지배하게 된다면, 여자들이 마음속에 품고 있는 말을 죄다 말하게 하겠다고 생각하기도 했다. 행간에 숨겨진 말을 알아채는 것은 애덤의 능력 밖의 일이었다.

37분이 되었다. 로빈은 혼자 쓸쓸히 웃기만 할 뿐, 한 번도 애덤을 바라보지 않았다.

대체 문제가 뭐지? 뭔가 이유가 있을 텐데.

애덤이 몸을 배배 꼬았다. 슬프게도 로빈은 애덤을 싫어하는 것이 분명했다. 물론 애덤은 그럴 수 있다는 것을 머리로는 완벽하게 이해하고 있었다.

하지만 왜?

울버린의 차례가 되었다. 울버린은 자신이 울혈성 심부전•에 걸렸다고 생각하는 이유를 열정적으로 늘어놓기 시작했다.

"왠지 그냥 피곤해. 그런 거 있잖아?"

• 심장이 점차 기능을 잃으면서 폐나 다른 조직으로 혈액이 모이는 질환

울버린은 조금 지질해보였다. 사실 그렇지 않을지도 몰랐다. 여기서 중요한 건 애덤이 울버린의 말을 참을 수 없었다는 것이다.

애덤은 다리를 꼬았다가 남자다운 행동이 아니라는 생각에 이내 자세를 다시 고쳐 앉았다. 하지만 결론적으로 다리를 꼬고 앉아서 토르를 살펴보았다. 토르는 울버린을 노려보고 있었는데, 어쩌면 이 노려보는 표정이 토르의 경청하는 얼굴일지도 몰랐다.

"지긋지긋해. 하지만 피할 수가 없어."

울버린이 어깨를 으쓱하며 말했다.

피할 수만 있다면 말이지.

"난 검사를 많이 받아야 해. 혈액 검사랑 핵의학•, 크레아틴•• 수치도 검사하고 또 스트레스 검사랑……."

토르는 남자답게 앉아 있었다. 틀림없는 열아홉 살 남자의 모습이었다. 애덤은 토르처럼 남자다워 보이려고 애썼다. 애덤은 오른쪽 다리를 아주 자연스럽게 왼쪽 무릎 위에 올리고 왼쪽 손으로 오른쪽 발목을 느슨하게 잡는 것으로 마무리했다. 편하지는 않았지만 전보다 훨씬 남자다워졌다.

애덤은 울버린을 향해 공감의 의미로 고개를 끄덕이려고 노력했다. 하지만 마음은 그곳에 없었다. 울버린의 목소리는 긴장이 풀린 것처럼 들렸지만, 아이들 중 누구도 울버린의 말에 공감하는 것 같

• 방사선 핵종을 이용하는 임상 의학

•• 척추동물의 근육 속에 다량 들어 있는 물질

지 않았다.

그때 갑자기 강한 충동이 일었다. 애덤은 지금 어떤 준비도 되어 있지 않았다. 하지만 충동을 행동으로 옮기기도 전에 로빈이 상황을 깔끔하게 정리했다.

"우리 엄마는 5년 전 오늘 자살했어."

로빈이 방에 남아 있는 공기를 모두 빨아들이려는 듯 숨을 크게 들이마셨다. 로빈은 아무도 쳐다보지 않았지만 애덤을 제외한 모두가 로빈을 쳐다보았다. 애덤은 검은색 화강암 묘비를 떠올렸다.

제니퍼 로햄프턴

1971년 5월 7일-2008년 10월 14일

오늘.

로빈이 애덤의 구두, 정확히 말하자면 바닥에 닿은 왼쪽 구두를 물끄러미 내려다보았다. 시선을 눈치 챈 애덤이 꼬았던 다리를 풀었다. 아무래도 남자답게 앉으려면 연습이 좀 필요할 것 같았다.

"그래서 그런 것에 대해서는 말하고 싶지 않아."

로빈은 애덤의 구두에 시선을 고정시킨 채 말했다.

"그냥, 얘기하고 싶지 않아. 어쨌든 오늘은 말이야. 그래야 할 것 같은 느낌이 들어."

로빈이 숨을 내쉬자 애덤도 숨을 내쉬었다. 애덤은 자신이 로빈을 보호해야 한다고 생각하면서도 동시에 자신이 그렇게 할 수 없을지도 모른다고 생각했다.

애덤은 나무 바닥의 줄을 세는 대신 로빈의 신발을 쳐다보았다. 커다란 몸짓은 아니었지만 로빈이 애덤의 행동을 알아차렸을 지도 몰랐다. 로빈은 굽 없는 닥터마틴을 신고 있었다. 로빈이 다니는 학교의 여자아이들도 그런 신발을 신긴 했지만 굽이 없는 것은 신지 않았다.

마침내 척 박사가 입을 열었다.

"우린 물론 네 생각을 존중할 거야, 로빈. 네가 우리에게 말할 준비가 되었을 때 어머니 이야기를 듣고 싶구나. 잠깐 눈을 감고 로빈의 어머니를 생각하며 기도하면 어떨까? 너만 괜찮다면 말이다."

로빈이 고개를 끄덕이자 방 안의 공기가 다시 예전처럼 돌아왔다. 토르를 포함한 모든 사람이 고개를 숙이고 눈을 감았다. 애덤은 실눈을 뜨고 주위를 둘러보았기 때문에 알 수 있었다. 애덤은 일곱 살 때부터 사람이 많은 곳에서는 눈을 감고 있을 수가 없었다. 주위를 살펴보면서 사람들이 모두 무사한지 확인하는 것이 애덤의 일이었다.

"자, 얘들아. 다음 주 같은 시간 같은 장소다! 오늘 아주 잘했어."

척 박사가 박수를 쳤다.

모임이 끝났는데도 로빈은 여전히 애덤을 쳐다보지 않았다. 로빈은 애덤의 맞은편에 앉아 있었기 때문에 그러기는 쉽지 않은 일이었다.

로빈이 애덤의 구두에서 시선을 들어올렸다.

"아, 안녕. 그러니까, 있잖아. 집에 같이 갈래?"

애덤이 다른 사람에게 이 질문을 들었다면 분명 "물론, 당연하지!"라고 대답했을 것이다. 하지만 심장이 심하게 쿵쾅거리는 바람에 애덤은 로빈의 질문을 제대로 듣지 못했다. 로빈이 말없이 씩 웃었고, 그 미소가 애덤에게 용기를 주었다.

"그래, 로빈. 그리고 네가 괜찮다면 가는 길에 꽃을 좀 사자."

이곳만 아니었다면 로빈은 애덤에게 키스해주었을 것이다. 애덤 자신도 그것을 어떻게 알았는지 말로 설명할 수는 없었지만 확실히 알 수 있었다. 애덤은 계속 돌아가는 관람차 꼭대기에 있는 것 같은 기분이 들었다. 로빈이 애덤의 기분을 그렇게 만들었다.

로빈은 애덤이 필요했다. 사실대로 말하자면 애덤이 로빈을 필요로 하는 것보다 훨씬 더 많이, 로빈에게 애덤이 필요했다. 하지만 이것은 아직 애덤만의 비밀이었다. 그리고 애덤이 비밀을 썩 잘 지킨다는 것을 신은 알고 있었다.

9

로빈은 데이지나 장미 대신 보라색 바이올렛 화분을 골랐다. 바이올렛을 본 로빈이 비명을 질렀다.

"바이올렛은 엄마가 좋아하는 꽃이었어!"

로빈이 자그마한 초록색 플라스틱 화분을 움켜잡으며 말했다.

"좋아, 그러면 작은 꽃삽도 사서 땅에 심자. 봐봐."

애덤은 원예용품 위에 손으로 쓴 '60% 세일' 표지를 가리켰다.

"로빈, 꽃은 그곳에서 영원히 살 거야. 그러면 너희 엄마도 좋아하시겠지?"

로빈은 애덤을 꼭 안아줄 것이다. 의심의 여지가 없었다. 애덤은 허리를 곧추 세우고 숨을 들이마셨다.

로빈이 내게 몸을 기대면 키스해도 될까? 속도가 너무 빠른가? 살짝은 괜찮지 않을까? 아냐, 포옹이 좋겠어.

애덤은 숫자를 세야 했지만 그러지 않았다. 대신 포옹을 생각하며 로빈의 몸이 애덤의 몸을 감싸는 것에 집중했다.

그래, 포옹이 좋겠어. 사실 키스를 하기 위해서라면 뭐든 할 수 있어.

하지만 애덤은 아무것도 할 수 없었다. 로빈이 2달러 99센트짜리 바이올렛 꽃과 3달러 99센트짜리 삽을 들고 계산대로 뛰어갔기 때문이었다. 애덤은 몹시 실망해 한동안 자리에 서있었다.

공동묘지로 걸어가는 동안, 애덤은 뇌의 가장자리에 불꽃이 너울거리는 것 같은 느낌이 들었다. 숫자를 세야 했지만 멈추어서 발을 구를 곳이 없었으므로 로빈에게 온정신을 집중해야 했다.

"우리 둘 다 집으로 가는 지름길이 공동묘지라니 정말 신기하지 않아?"

베이필드 문으로 들어서며 로빈이 말했다.

"그래, 신기해."

애덤이 중얼거렸다. 이 기적의 부작용은 '지름길'을 이용할 때마다 한 시간을 더 써야 한다는 것이었지만 애덤은 조금도 개의치 않았다. 정화 의식을 하면서 시간을 날리는데 익숙해져 있었으므로 애덤에게 시간은 그리 중요한 것이 아니었다.

중요한 것은 거짓말이었다. 애덤은 로빈과 함께 걸을 때마다 로빈에게 거짓말을 하고 있다는 것을 떠올렸다. 애덤은 이미 거짓말을 너무 많이 했다. 그래서 오늘은 로빈의 머리카락에 집중했다. 그러자 마음이 한결 가벼워졌다.

로빈은 오늘 머리카락을 땋지 않고, 머리를 풀고 가운데 가르마를 탔다. 머리카락이 마치 검은 호수 같아서 애덤은 그곳에 풍덩 빠지고 싶었다. 아니면 손가락을 그 속으로 미끄러지듯 넣어 보거나.

어떤 느낌일까?

애덤이 생각을 실행으로 옮길 뻔한 순간, 로빈이 갑작스레 가지가 축 늘어진 버드나무 근처에서 걸음을 멈추었다. 애덤은 로빈에게 쿵 부딪히고 말았다.

“미안.”

애덤의 얼굴이 붉어졌고, 로빈은 이것을 못 본 척해주었다.

“저기 좀 봐!”

로빈이 노랗게 물든 버드나무 잎 쪽을 가리켰다.

“보라색 하늘이야. 이건 분명 좋은 징조야. 엄마는 보라색 하늘을 좋아했거든. 보라색 하늘에 보라색 바이올렛이라니. 넌 기적을 만드는 사람이야, 배트맨!”

“네가 좋다니 나도 기뻐.”

애덤은 로빈 엄마의 묘비 쪽으로 걸어갔다. 묵직하게 가라앉아 텅 빈 묘비의 모습에 다시 한 번 충격을 받았다. 이름과 태어난 날, 죽은 날만 적혀 있는 검은색 화강암 묘비는 볼수록 더 외롭게 느껴졌다.

“음, 여기다 심을까?”

애덤이 묘비 가운데를 가리키자 로빈이 고개를 끄덕였다. 땅이 바위처럼 단단해서 파는 것이 쉽지 않았기 때문에 울퉁불퉁하고 자그마한 조약돌 사이로 흙이 드러나기까지는 시간이 꽤 걸렸다.

"그러니까, 네가 모임에서, 음……."

애덤이 재킷 소매로 이마를 훔치며 말했다.

"엄마를 발견한 건 나야. 엄마한테 따뜻한 코코아를 달라고 하려고 했었어. 사실 처음에 난 엄마가 자고 있는 줄 알았어."

로빈이 천진난만하게 말했다. 애덤은 땅을 더 열심히 팠다.

"엄마가 일어날 때까지 기다리기는 싫었어. 우리 엄마는 잠이 좀 많았거든."

로빈은 마니 위더롤의 묘비 위로 올라갔다. 애덤은 처음부터 이 묘비를 보면 놀라울 정도로 안락한 기분이 들었었다.

"그래서 노크를 하고, 엄마를 계속 불렀어. 아주 큰 소리로 말이야. 방으로 들어가서 엄마를 마구 흔들었는데……."

눈물이 로빈의 뺨을 타고 흘러내렸다. 하지만 소리 내 우는 것은 아니었다.

"어떻게 해야 할지 몰랐어. 우리 집에서 일하는 마리아는 그날 휴가였거든. 비명을 꽥꽥 지르면서 집 안을 돌아다녔던 것 같아. 그러고는 아빠한테 전화를 했어."

로빈이 눈물을 닦았다.

애덤은 초록색 플라스틱 화분에서 자그마한 바이올렛 꽃을 꺼내

새로운 보금자리에 심었다. 무슨 말이라도 해야 했지만 그저 말없이 흙을 그러모았다. 꽃이 죽지 않도록 물이 필요했다. 꽃이 죽으면 로빈이 마음 아파할 것이다.

"아빠가 집에 왔을 때……."

로빈이 꽃을 쳐다봤다. 꽃을 보며 끔찍했던 그날의 저녁을 떠올리는 것 같았다. 길에서 가장 가까운 곳, 울고 있는 천사 조각상 옆에 수도꼭지가 있었다.

"아빠가 집에 왔을 때, 나는 엄마 옆에 누워서 살짝 잠들어 있었대. 놀랍지 않아?"

애덤은 로빈을 위로해야 했고 꽃에 물도 줘야 했다.

천사 조각상 주변에는 열다섯 개의 묘비가 있었다.

열다섯은 멋진 숫자야. 열다섯.

애덤은 수도꼭지를 다시 한 번 흘끗 쳐다봤다. 지금 당장 물을 주지 않으면 꽃은 시들어버릴지도 몰랐다. 애덤은 로빈 엄마의 묘비를 재빨리 톡톡 두드리려 했다.

애덤은 일어나 로빈을 안아줘야 했다. 로빈에게는 애덤이 필요했다. 하지만…….

"음, 너희 엄마는 지금 물이 좀 필요해."

애덤은 자신의 말에 깜짝 놀란 로빈을 두고 수도꼭지로 걸어갔다. 애덤이 돌아와서 바이올렛 꽃에 물을 주자, 로빈의 표정이 조금 여유롭고 부드러워졌다. 로빈이 숨을 내쉬었다.

"난 장례식 이후 몇 주 동안 계속 씻기만 했어. 물론 다른 여러 가지 일도 했지만 말이야."

로빈이 꽃을 보며 미소 지었다. 아니 어쩌면 애덤을 본 것일지도 몰랐다.

"그래서 내가 이렇게 된 것 같아."

애덤은 이해한다는 듯 고개를 끄덕였다. 머릿속은 온통 로빈을 지켜야 한다는 생각으로 가득 찼다. 꽃은 물이 더 필요했고, 로빈은 안아줘야 했다. 하지만 그게 다가 아니라 이해할 수 없는 영역이 있었다. 마치 엄마가 편지에 대해 이야기할 때처럼.

"있잖아, 나 이제 엄청 좋아졌어. 3개월 정도 입원도 했었고, 아직 정신과 의사 선생님을 만나고는 있지만 모임에도 나가고, 기도도 하고 있으니까."

로빈이 마니의 무덤에서 껑충 뛰어내려 애덤에게 다가갔다. 애덤은 문득 선물을 기억해내고, 주머니를 미친 듯이 뒤졌다.

찾았다!

"기도라고 하니까 생각난 건데, 나 너한테 줄 선물이 있어."

애덤이 파랗고 하얀 크리스털 묵주를 꺼내 내밀었다.

"예쁘다! 이거 목걸이야? 가톨릭 신자들은 이런 거 해? 정말 나한테 주는 거야? 이렇게 예쁜 건 처음 봐. 고마워!"

로빈은 깡충깡충 뛰면서 애덤을 꼭 껴안았다. 애덤은 미처 생각할 겨를도 없이 로빈에게 팔을 두르고 한 손을 로빈의 자그마한 등

위에 얹었다. 애덤은 정신을 잃기 일보 직전이었다.

"고마워, 애덤! 고마워, 배트맨!"

포옹을 풀며 로빈이 말했다. 로빈은 묵주를 들고 있었다. 애덤은 로빈을 껴안았다는 충격에서 벗어나지 못하고 휘청거렸다. 숨을 고르게 쉬면서 가능한 한 움직이지 않으려 노력했다. 로빈을 안고 있을 때 느꼈던 따뜻한 기억을 언제까지나 간직하고 싶었기 때문이다. 하지만 더 중요한 건 몸을 움직이게 되면 애덤의 몸이 자신의 의지를 배신할 것이라는 사실 때문이었다. 애덤은 다시 입을 열기 전에 꽤 오랫동안 마가렛 수녀님을 떠올렸다. 그러는 사이 로빈은 묵주를 목에 걸기도 하고, 태양에 비춰보며 구슬을 세기도 했다.

"여기……."

마침내 애덤이 숨을 내쉬고 상냥하게 묵주를 도로 가져왔다.

"이건 목걸이가 아니라 묵주야. 내가 보여줄게."

로빈이 빙그레 미소 지었다.

"가톨릭 신자들은 이걸 가지고 기도를 해."

"아, 목걸이를 한 오드리 헵번을 본 적 있어."

"묵주야."

"그래, 〈파계〉라는 영화에서 이런 걸 하고 있었어. 나 그 영화 정말 좋아해!"

로빈이 속사포처럼 이야기를 퍼부었다. 로빈은 애덤을 다시 끌어안았다. 애덤은 다음 주, 그리고 그다음 주, 아니 두 사람이 죽는 날까지 로빈에게 선물을 가져오겠다고 맹세했다.

로빈이 마니의 무덤에 몸을 기댔다.

"좋아, 어떻게 하는 거야?"

"우선 십자가를 긋는 거야. 기억 나?"

"그럼, 나 연습했다고. 걱정 마, 가만히 있을게. 하루에 딱 두 번만 했어. 신께 맹세해."

로빈은 증명이라도 하듯 십자가를 그었다.

"좋아. 여기 커다란 묵주알에서는 사도신경을 외워."

로빈은 당황한 표정이었다.

"그건 개신교에서만 하는 거 아니야? 사실 그렇다고 해도 난 잘 몰라. 그때부터 교회에 다닌 적이 없거든."

로빈이 어깨를 으쓱했다.

"좋아, 알았어. 내가 너한테 순서를 자세하게 써줄게. 다음 커다란 묵주알에서는 주기도문을 외우는 거야."

"나 그거 알아!"

로빈의 얼굴이 환해졌다.

"좋아. 그러고 나서 성모송을 세 번하고 다음에 영광송 한 번."

로빈은 애덤의 설명을 참을성 있게 들으며 끙 소리를 냈다.

"익숙해지기 전까지는 조금 복잡할 수도 있어. 요일마다 다른 묵주기도를 해야 하니까."

애덤은 로빈이 낙담한 표정을 짓고 있으리라 예상하고 로빈을 흘끗 올려다보았다. 하지만 뜻밖에도 로빈은 열심히 고개를 끄덕이고 있었다.

"완벽해! 나한테 딱이야! 나 가톨릭 신자가 될래. 나 정말 열심히 공부할 거야. 어서 빨리 고해성사를 하고 싶어. 나 지금 고해성사 해도 돼?"

"아니, 지금은 안 돼."

애덤은 로빈이 가톨릭에 대해서 모른다는 것을 알 수 있었다. 열성적이긴 했지만 규칙을 제대로 아는 것은 아니었다.

"내가 묵주기도 하는 방법이 나와 있는 팸플릿을 가져다줄게. 우리 학교 종교실에 있어."

로빈은 손바닥으로 묵주를 감싸서 묵주알에 입을 맞추었다.

"정말, 정말 예뻐. 이거 진짜 나한테 줘도 되는 거야?"

"응, 괜찮아. 집에서 가져 왔어. 우리 집에는 그런 게 굉장히 많아. 진짜야."

애덤은 묵주가 가득 든 서랍을 떠올리며 어깨를 움츠렸다.

"우리 엄마는 수집가야. 심각한 수집가지."

로빈은 놀라지 않았다.

★ ★ ★

"참, 너한테 줄 선물을 가져왔어야 하는 건데. 지난주에 생일이었지? 가족들이랑 밥 먹었어?"

로빈이 물었다.

“응. 동생이랑 난 생일이 일주일 밖에 차이가 안 나서 생일 파티를 항상 같이 해. 작년에는 워해머 데이 행사에 갔었는데, 이번에는 라 토란젤에 방을 하나 빌렸어. 내 동생은 대식가거든.”

로빈은 묵주를 만지작거리며 애덤의 말을 들었다.

“생일 파티는 아빠랑 재혼한 브렌다 아줌마가 전부 다 준비했어. 하지만 생각하는 건 전부 아빠가 했대. 우리 아빠는 유난스러운 데가 좀 있거든.”

애덤이 말을 잠시 멈추었다.

“아빠는 노력하고 있어. 사실 우리 모두 노력하지. 그렇지만 실수를 하기도 해.”

로빈은 고개를 끄덕이기만 하고 이야기에 끼어들지 않았다. 애덤은 아빠가 선물로 준비한 스케이트보드와 헬멧을 떠올렸다. 그 선물들은 몹시 멋졌고 심지어 신상품이었다. 아빠는 그것들을 간신히 구할 수 있었다.

“와! 대단해요, 아빠. 정말 좋아요!”

아빠의 노력을 아는 애덤은 자신이 저런 선물을 진심으로 좋아하는 아이였으면 좋겠다고 생각했다. 한편 스위티는 ‘끝내주는 아이스하키 스케이트’에 대한 관심을 거짓으로 꾸미는 재주가 썩 좋지 못했다.

애덤이 아빠를 생각하며 한숨을 푹 내쉬었다.

"우리 아빠는 가엾은 사람이야. 아빠는 함께 축구를 할 수 있는 자식을 바랐는데, 아들 둘 다한테서 그 꿈을 이루지 못했잖아."

로빈이 고개를 끄덕였다.

"브렌다 아줌마는 약간 지쳐 있었고, 우리 엄마는 살짝 취해서 비틀거렸어. 주량을 넘어선 것 같긴 했지만 그럭저럭 괜찮았어. 주의 깊게 본 사람만 알아챌 정도였거든. 그래도 그날 밤에 엄마가 술을 더 마실까 봐 신경이 쓰이긴 했었어. 하지만 그것 말고는 정말 멋졌어!"

"그러니까 브렌다 아줌마하고 너희 엄마……."

"두 사람은 아주 다른 타입이야. 우리 엄마가 브렌다 아줌마보다 조금 더 감정적이지."

애덤은 마치 혼잣말처럼 말했다. 로빈이 웃음 지었다.

"내 생각에는 너희 집안 남자들이 여자들을 복잡하게 만드는 것 같은데? 난 이제 집에 가야겠어. 오늘은 아빠랑 저녁 먹는 날이거든. 아빠는 일주일에 한 번은 가족과 밥을 먹으려고 해. 그러면서도 연신 불평하지. 오늘 밤에 우리 아빠는 하나도 안 유명한 라자냐를 요리할 거야. 너희 아빠가 선물한 생일 선물이랑 비슷해."

"아빠들은 노력하려고 하니까."

애덤이 대답했다.

"어느 정도는."

로빈이 거들었다.

로빈의 말 한마디, 행동 하나하나를 떠올리며 집으로 걸어가던 애덤은 문득 생각했다.

아까 로빈이 말한 게 무슨 뜻이지?

내 생각에는 너희 집안 남자들이 여자들을 복잡하게 만드는 것 같은데?

너희 집안 남자들?

로빈은 애덤도 '너희 집안 남자들'에 포함시켰다. 애덤의 머릿속이 복잡해졌다.

로빈이 안다는 뜻일까?

여자들은 이런 걸 잘 아니까 로빈도 알았을 것이다. 하지만 알면서도 달아나지 않았다.

애덤의 생활은 완벽해지고 있었다. 사실 완벽보다 더 나을지도 몰랐다. 애덤은 최고를 향해 곧장 나아가는 중이었다.

10

애덤은 전자레인지용으로 특수 제작된 유리그릇 안에 담긴 유기농 닭가슴살 위에 레몬버터를 발랐다. 집에는 이런 유리그릇이 엄청나게 많았다. 많다는 말로도 모자라 차고 넘칠 지경이었다.

엄마는 플라스틱에서 나오는 환경 호르몬에 무척 민감했다. 통조림 음식은 집 안에 들이지 않았고, 환경 호르몬을 배출해 아들의 건강을 해치는 그릇은 절대 사용하지 않았다. 상자 같은 것을 밟지 않고는 집 안에 발을 디딜 수 없는 상태인데도 엄마는 유해한 우주에 대항해 자신만의 전쟁을 치렀다. 이런 전쟁을 강조하기라도 하듯, 애덤은 '녹색 지구 자연 분해 쓰레기봉투'가 담긴 어마어마하게 커다란 상자 위로 꼬꾸라졌다.

"아야!"

애덤은 엄마 몰래 물건들을 버릴 수도 있었다. 조금 과장해서 말하면 매일 적어도 백 번은 물건을 버리는 것을 고민했다. 물건이 너무 많았기 때문에 그중에 몇 개쯤 사라진다고 해도 엄마는 알아차리지도 못할 것이다. 주방에 있는 자그마한 물건 두어 개를 버리는 것으로 시작할 수도 있었다. 그런데 만약 엄마가…….

"아들?"

현관문이 쾅 소리를 내며 닫혔다.

"부엌에 있어요, 엄마."

엄마가 복도를 따라 걸어오며 우편물을 뒤적였다.

"젠장!"

엄마가 오는 길에 무언가를 걷어찬 듯했다. 엄마는 부엌에 서있는 아들을 향해 환하게 웃었다.

"안녕, 아들. 냄새 좋은데?"

"고마워요, 엄마. 근데 아직 완성 전이에요. 감자가 아직 안 익었거든요. 닭고기는 몇 분 더 익혀야 할 것 같아요."

"좋아! 넌 정말 대단한 요리사야. 너랑 스위티는 언젠가 식당을 열어야 한다니까."

애덤은 우편물을 움켜쥔 엄마의 손을 흘끗 보았다.

"물론 넌 프린스턴 대학에 들어갈 거지만 말이야. 그치?"

엄마가 우편물을 더 세게 움켜쥐었다. 잔뜩 긴장한 목소리였다.

"나 지금 미래의 프린스턴 대학생이랑 말하고 있는 거지?"

"그럼요."

엄마가 왼손으로 우편물을 꾸깃꾸깃 구겼다. 애덤은 로빈의 이야기를 엄마한테 해야 할지 고민했다. 애덤은 몇 주 동안 엄마에게 로빈에 대해 이야기하고 싶었다. 로빈이 가톨릭 신자가 되고 싶어 한다는 것을 엄마한테 말할 생각이었다. 로빈은 '새 친구, 여자 친구, 종교에 깊이 빠진 친구'라는 점에서 엄마가 좋아할 만한 삼박자를 다 갖추고 있었다. 하지만 타이밍이 좋지 않았다. 엄마의 손이 엉망이 된 우편물을 세게 쥐고 있어서 곧 혈관이 터질 것처럼 보였다. 타이밍이 정말 좋지 않았다.

"저녁 먹고 나면 벤의 아빠가 데리러오는 거지?"

엄마는 수술복 위에 아빠의 낡은 스웨터를 입고 있었다. 얼마 전까지만 해도 엄마는 집에 오기 전에 항상 옷을 갈아입고 립스틱을 덧발랐다. 시간이 언제든 누가 깨어있든 상관없이 말이다.

애덤이 우편물에서 시선을 거두지 못한 채 말했다.

"네, 차고에서 워해머 게임 동영상을 찍어서 유튜브에 올리려고요. 진짜 멋질 거예요."

엄마는 아들의 이야기를 다 이해한 것처럼 고개를 끄덕였다. 팽팽하게 움켜쥔 손의 혈관이 툭 불거졌다. 엄마는 애덤의 이야기에 집중하지 못하고 있었다.

"그 애는 괜찮은 아이야. 벤 말이야. 항상 너한테 잘해주더라."

전자레인지가 땡하고 울리자 엄마가 "어머나!" 하고 깜짝 놀랐다. 엄마가 마음을 가다듬고는 말을 이었다.

"난 항상 벤이 좋았어. 그 애는 착한 아이잖아."

애덤은 얼굴을 찡그리며 전자레인지에서 접시를 꺼내 엄마에게 건네려고 했다. 하지만 먼저 엄마에게 물어야 할 것이 있었다.

"엄마, 그게 뭐예요?"

"아무것도 아니야! 난 읽지도 않을 거란다, 애야."

엄마는 애덤이 건네는 접시를 못 본 체하고 둘둘 말린 광고 우편물과 환경 단체에서 온 답변서 사이에서 미색 봉투 하나를 들어올렸다. 수신자와 수신자의 주소가 인쇄된 라벨이 붙어 있었다. 라벨이 붙어 있다는 것은 해롭지 않다는 뜻이었다.

애덤은 엄마 몫의 접시를 내려놓고 손을 뒤로 돌려 집게손가락으로 조리대를 톡톡 두드렸다. 시계 방향으로 아홉까지 일곱 세트가 필요했다. 그때 엄마가 편지 봉투를 북 찢었다.

"엄마!"

덕분에 애덤은 숫자를 전부 다시 세야 했다.

"쓰레기야, 애덤. 필요 없는 쓰레기라고."

그렇다면 세 세트. 하나, 셋, 다섯, 일곱…….

엄마는 목소리를 살짝 떨면서 찬장 문을 닫았다.

"마지막 편지에는 내가 죽어야 한다고 적혀 있었어. 내가 세상을 오염시키는 쓰레기라고."

엄마와 애덤은 서로를 바라보지 않았다.

열하나, 열셋, 열다섯, 열일곱, 열아홉…….

"내가 산소를 너무 많이 마시는 욕심쟁이에 이기적이고 나쁜 여자래."

엄마가 혼란스러운 얼굴로 애덤을 향해 돌아섰다.

"누가 그렇게 말한 걸까?"

스물셋, 스물다섯, 스물일곱, 스물아홉, 서른하나…… 잠깐, 잠깐만! 숫자를 틀렸어. 아홉까지 세야 했는데. 이런 멍청이!

엄마는 곁눈질로 애덤이 손가락을 두드리는 걸 흘끗 보더니 몸을 움츠렸다.

하나, 셋, 다섯, 일곱…….

엄마는 스팸 메일, 전화 요금, 치과 진료 예약을 알려주는 안내장과 함께 그 편지를 던져버렸다. 애덤은 나중에 편지를 챙겨야겠다고 생각하며 엄마에게 접시를 건넸다.

"머리가 좀 돈 사람일 거예요. 어디가 아픈 환자든지."

엄마가 숨을 내쉬는 소리가 들렸다.

"내가 말한 게 맞을걸요? 못된 장난 같은 거예요."

엄마는 감자와 닭고기, 그리고 얼음을 넣은 보드카를 챙겼다.

"내 방에서 먹을게, 괜찮지? 오늘 일이 좀 많았거든. 오늘 밤 벤하고 재미있게 보내. 너무 늦게 오지는 말고. 버스 탈 돈은 있지?"

애덤이 고개를 끄덕였다.

"아들."

애덤을 부르는 엄마의 목소리가 실크 스카프처럼 나긋나긋했다.

애덤은 접시에 닭고기와 감자를 담으며 접시 아래를 손가락으로 두드렸다.

스물아홉, 서른하나. 하나, 셋, 다섯…….

"이야기하면 안 되는 거 알지, 응? 누구한테도."

"네, 그럼요. 그런데 만약에……."

열하나, 열셋, 열다섯, 열일곱…….

"안 돼! 이건 전부 나와 관련된 거야, 애덤. 이건 내 문제야. 이 집 문제 같은 거라고."

엄마는 복도에 몸을 기댔다.

"그 사람들은 이걸 핑계로 삼을 거야."

"네, 알아요."

스물하나, 스물셋…….

"물론 넌 알고 있을 거야."

엄마가 애덤의 이마에 입을 맞추었다.

"사랑해."

엄마는 애덤의 이마에 다시 입을 맞추고서 부엌을 나갔다.

★ ★ ★

애덤이 손가락으로 숫자를 세고, 서른 번째 세트로 넘어가려 할 때, 벤이 벨을 눌렀다. 애덤은 닭고기를 조금도 먹지 않은 상태였다. 애덤은 손가락으로 탁자를 계속 톡톡 두드리면서 쓰레기통에서 전화 요금 영수증과 치과 진료 예약 안내문과 나란히 있는 편지 조각 몇 개를 꺼냈다. 그것들을 주머니 속에 넣은 다음, 손도 대지 않은 닭고기를 쓰레기통에 휙 던졌다. 그러고는 재킷을 챙겨서 문으로 달려갔다.

"야! 게임할 준비는 다했어? 분명 엄청날 거라고!"

애덤이 고개를 끄덕였다.

스물다섯, 스물일곱, 스물아홉, 서른하나. 하나…….

친구를 보는 것이야말로 엄청난 일이었다.

셋, 다섯, 일곱, 아홉, 열하나…….

벤은 옆자리에 앉은 애덤의 손가락을 가만히 보고 있었고, 애덤 역시 그것을 알고 있었다.

"얘야, 만나서 반갑구나."

두 사람이 차에 올라타자, 벤의 아빠가 뒤를 돌아보며 말했다.

"고맙습니다. 아저씨."

얘야.

애덤은 벤의 아빠가 자신을 '얘야'라고 부른 것이 무척 좋았다. 그때 벤이 자그맣게 속삭였다.

"지금도 숫자 세고 있어?"

"응."

애덤이 고개를 끄덕였다. 벤이 뒷좌석에 몸을 묻고서 애덤에게 말을 건넸다.

“괜찮아, 걱정 되서 그러는 거지? 긴장 풀어.”

“고마워.”

하나, 셋, 다섯, 일곱…….

11

애덤의 휴대전화가 부르르 떨렸다. 애덤은 자신의 휴대전화에 이런 기능이 있는지 처음 알았다. 이 휴대전화의 나이는 무려 백년하고도 일흔세 살이다. 엄마가 쓰던 휴대전화였는데 진동이 된다는 것 말고는 아무런 기능이 없었다. 이 멍청한 휴대전화는 통화만 겨우 할 수 있었는데, 어쩌다 문자 메시지라도 한 통 보내면 혼수상태에 빠져서 바로 배터리를 갈아야 했다. 크기도 커서 가지고 다니기 거추장스러웠다. 가장 큰 문제는 기종이 너무 구닥다리여서 사람들에게 보여줄 수 없다는 것이었다.

엄마는 애덤에게 이것을 휴대전화를 사용하기 전에 사용하는 임시 휴대전화로 여기라고 했다. 그러고는 척 박사가 허락한다면 제대로 된 휴대전화를 사주겠다고 약속했다. 하지만 애덤은 매번 척 박사에게 이 문제를 확인하는 것을 잊어버렸다. 애덤은 다음번 일대일 면담 때는 꼭 물어봐야겠다고 다짐했다.

그 임시 휴대전화가 부르르 떨리더니, 책상에서 애덤의 슬리퍼 위로 툭 떨어졌다.

"배트맨?"

"스위티?"

애덤은 손목시계를 흘끗 보았다.

"스위티, 벌써 11시 30분이야! 왜 전화했어? 무슨 일 있어? 나는 이제 잘 건데."

"알아. 나 전화하고, 전화하고, 계속 전화했어. 구닥다리 휴대전화로도 계속했었어."

"스위티, 이 전화기로 절대 전화하지 마."

"알았어. 근데 왜 안 되는데?"

스위티가 순순히 대답했다가 다시 물었다.

"이 전화기는 내 방을 절대 안 떠날 거니까."

"알았어."

스위티는 형의 대답에 만족한 것 같았다.

"그런데 형은 방에 없었잖아."

"벤네 집에 있었어."

"알아."

둘은 주제를 벗어난 대화를 위태롭게 이어갔다.

"형네 엄마가 나한테 저녁 9시 47분에 말해줬어. 그런데 아줌마는 그 시간 전에도, 후에도 전화를 안 받았어, 배트맨."

애덤은 끙끙거리는 소리를 내지 않으려고 부단히 노력했다. 애덤은 스위티에게 "엄마는 화면에 네 번호가 찍히면 두어 번 이후에는 전화를 받지 않아"라고 천 번도 넘게 설명했었다.

"도대체 누가 다섯 살짜리한테 스마트폰을 주니? 그 사람들은 제정신이 아니야."

사실 엄마처럼 전화를 받지 않는 편이 더 간단했다. 스위티에게 왜 전화를 받지 않았는지 처음부터 끝까지 다시 설명하지 않아도 되기 때문이었다. 스위티는 자신의 목소리가 기계에 남아 있는 것이 불안해서 절대 메시지를 남기지 않았다.

"왜 형네 엄마는……."

엄마.

애덤은 지금 당장 편지를 떠올리고 움츠러들었다. 아직도 그 편지가 애덤의 주머니에 있었다.

"우리 좀 봐주자. 우리 엄마가 지금 평소보다 좀 예민하거든."

애덤은 지금 당장 편지를 끄집어내 조각조각 맞춰야 했다.

"알았어. 난 형이 그 누나랑 같이 있다고 생각했어."

"로빈?"

"응."

애덤은 동생이 어둠 속에서 고개를 까딱까딱 움직이고 있을 것이라고 상상했다. 스위티의 방에는 야간 조명등이 네 개나 있으니까 방 안은 그리 어둡지 않을 것이다.

"아니야, 오늘은 벤하고 있었어."

"나 벤 형 좋아. 많이 좋아."

"그래."

애덤은 옷을 벗기 시작했다.

"난 그 누나 싫어."

"넌 그 누나 알지도 못하잖아."

"형이 그 누나 좋아한다고 말했잖아. 그런데 그 누나는 형을 안 좋아한다면서."

"아직은 좋아하지 않는다고 그랬지. 기억 안 나? 로빈이 '아직은' 날 좋아하지는 않는다고. 하지만 곧 날 좋아하게 될 거야."

"형은 그 누나를 좋아하지?"

스위티가 투덜거렸다.

"응. 너나 엄마나 아빠를 좋아하는 거랑은 완전히 다른 거야."

애덤은 바지에서 다리를 빼냈다.

"형은 나를 좋아해. 그 누나보다 조금, 조금, 조금 더. 그치?"

애덤이 한숨을 내쉬며 대답했다.

"그래, 조금 더."

"알았어, 나 그 누나 좋아. 둘은 배트맨하고 로빈이야. 근데 만화에서는 다르잖아. 로빈은 남자야."

"하지만 로빈은 여자 이름이기도 해. 그리고 스위티, 있잖아. 로빈에 대한 이야기는 우리만 알고 있자. 알았지? 그냥, 그러니까 진도 나가는 중이잖아."

"그러면 우리만의 비밀이야?"

"그래. 그러니까 우리하고 벤도. 오늘 저녁에 벤한테 로빈에 대해서 얘기했거든."

"그럼 이건 남자들만의 비밀이야?"

"그래! 바로 그거야. 근데 왜 전화한 거야? 무슨 일 있어?"

전화기에 침묵이 흘렀다. 스위티가 생각에 빠진 모양이었다.

"나 무서워, 배트맨."

"무서울 거 없어. 괜찮을 거야. 집에 아빠 계셔?"

"응. 세바스찬 로스 씨하고 브렌다 로스 여사는 오후 10시 46분에 자러 갔어."

스위티는 무척 꼼꼼한 아이였다. 스위티는 동시에 두 명의 엄마에 대해 이야기할 때 헷갈리는 것을 몹시 싫어했다. 어쨌거나 로스 여사는 두 명이었고 각각 한 명의 아들이 있었다. 집은 둘이지만 아빠는 하나다. 둘 중 누구를 말하는지 아주 분명하게 콕 집어주지 않으면 스위티는 그걸 정리하느라 몹시 스트레스를 받았다.

"그래도 나 아직도 무서워, 배트맨."

"왜? 뭐가 무서운데?"

"모르겠어."

스위티의 자그마한 목소리가 말을 할 때마다 더 작아졌다. 애덤은 속옷만 입은 채 자리에 앉아 손가락을 톡톡 두드리기 시작했다.

"지금 여기 오면 안 돼, 배트맨?"

"안 돼. 늦었잖아. 브렌다 아줌마가 화내실 거야."

"아니야, 배트맨. 브렌다 로스 여사는 형을 좋아해. 세바스찬 로스 씨한테 '애덤은 여기 와 있어야 해, 여보. 애덤은 그 불구덩이에 있으면 안 돼요'라고 말했어. 지금 불구덩이에 있어, 배트맨? 옆에 호스 있어? 내가 119에 전화할까?"

"아니야, 스위티 전화 안 해도 돼! 다 괜찮아. 그게 네가 무서운 이유야?"

긴 침묵이 이어졌다. 이윽고 훌쩍거리는 소리가 났다.

"아닌 것 같아. 잠이 안 와. 나도 형처럼 손을 씻을까?"

"아니!"

그걸 어떻게 기억하지? 그때 스위티는 겨우 세 살이었는데!

"그거 효과 없어. 그래서 그만뒀어."

"그럼 숫자를 세야 하나?"

애덤은 몸을 와들와들 떨며 파자마를 찾기 위해 주위를 두리번거렸다.

"아니, 그것도 효과 없어. 내 말 믿어!"

"근데 형은 아직도……."

"그래, 그래서 월요일마다 사람들이랑 같이 특별한 모임에 다니는 거야. 그러지 않으려고 말이야."

"그 슈퍼 히어로들! 지금 그 사람들이 형 친구야?"

"그러니까, 그런 건 아니고……."

애덤은 파자마에 다리 하나를 꿰었다.

"친구 아니야. 음……."

애덤은 나머지 다리를 파자마에 밀어 넣으며 어깨와 귀 사이에 아슬아슬하게 전화기를 걸쳤다.

"사실 잘 모르겠어. 좀, 그런 것 같기도 해. 잠깐만."

애덤은 수화기를 내려놓고 티셔츠를 벗었다. 그러고 나서 다시 수화기를 들었다.

"있잖아, 스위티. 우리 예쁜 숫자를 생각해보자. 그 괜찮은 소수를 생각하면……."

"형이 없으면 효과 없어."

목소리가 이제 아주 작아졌다. 말끝에 눈물이 맺혀 있었다.

"무서워, 배트맨."

"뭐가 무서운데? 나한테 말해줘. 내가 도와줄게. 말을 해야 도와줄 수 있어."

"되게, 되게 나쁜 일이 일어날 거야."

침묵이 흘렀다.

"나, 나쁜 일을 기다리고 있어."

맙소사.

애덤은 동생이 무엇을 말하는지 정확하게 알아차렸다. 애덤은 아주 오랫동안 나쁜 일을 기다리고, 대비했었다.

"알았어, 알았어. 잠깐 기다려봐. 오늘 밤에는 나쁜 일이 일어나지 않을 거야. 약속할게. 침대로 가서 내가 너를 폭 감싸고 있다고 생각하는 거야."

"나를 감싸줘?"

"응. 이불로 폭 감싸고 있어."

"알았어."

개미 같던 목소리가 조금씩 커졌다.

"감쌌어?"

"응."

"착하네. 형이 너 잠들 때까지 옆에 있을게. 전화기 귀에 대고 있어. 내가 계속 말할 테니까."

"사랑해, 배트맨. 형은 이 세상에서 최고로 멋진 배트맨이야."

밀려오는 하품을 하며 스위티가 말했다.

"그래. 나 바로 여기 있어. 멀리 안 갈 거야. 약속해. 넌 괜찮을 거야, 알았지?"

숨소리가 부드럽게 잦아들었다.

"스위티?"

애덤은 눈을 감고 거추장스러운 전화기를 귀에 바짝 댄 채 스위티를 불렀다.

그 편지는 내일 맞춰야겠어.

애덤이 스위티에게 해줄 수 있는 일은 고작 이게 다였다.

"스위티?"

애덤이 전등을 끄며 다시 한 번 스위티를 불렀지만 스위티에게서는 어떤 대답도 들리지 않았다.

"나도 사랑해."

12

로빈이 다리를 꼬았다가 풀자, 애덤은 꼼짝달싹할 수가 없었다.

"그래서 내가 창피한 생각을 하거나, 아니면 총을 맞은 사람이 실린 구급차를 상상할 때면……."

스누키를 뺀 나머지 슈퍼 히어로들이 몸서리를 쳤다.

"그러면 나는 얼른 십자가를 그어. 그래도 그런 생각이 사라지지 않으면 묵주를 잡아. 강박증처럼은 아니고 그냥 한 바퀴만."

모두들 고개만 끄덕였지만 이들 중 대부분은 묵주가 무엇인지 몰랐다.

로빈이 말할 때 애덤은 항상 대기 상태였다. 정확하게 무엇에 그래야 하는지까지는 몰랐지만 애덤은 언제나 로빈을 구하기 위해 뛰어들 준비가 되어 있었다.

"이전과는 달라, 안 그래?"

오늘, 로빈은 마치 스테로이드를 복용한 것 같았다. 지금까지의 모임에서 말한 것보다 더 많은 이야기를 하고 있었다. 다시 말하면 그건 로빈이 말하는 내내 애덤이 대기하고 있어야 한다는 뜻이기도 했다.

"우리가 약 때문에 조금 다운되어 있는 것 같아."

아이들, 스누키와 토르까지도 그 말이 사실인지 확인하려고 척 박사를 향해 일제히 몸을 돌렸다. 하지만 척 박사는 꿈쩍도 하지 않고 로빈의 이야기에 끼어들지 않았다. 실망한 아이들은 다시 로빈에게 몸을 돌려 무슨 표시가 있는지 유심히 살폈다.

"정말이야. 신과 관련된 물건은 다른 것과는 달라. 칼로 자해하는 것하고는 완전 다르지."

잠깐. 로빈이 자해도 했었나?

애덤은 이것을 스스로에게 인지시켰다.

로빈은 자해하는 사람이었고, 먹은 걸 토하는 사람이었어.

"그래서 종교를 공부하려고. 진짜 가톨릭 신자가 될 거야."

이렇게 말하며 로빈이 애덤을 향해 웃었다. 슈퍼 히어로들은 일제히 몸을 돌려 애덤을 바라보며 '배트맨이 이 일과 무슨 관련이 있을까?' 하고 생각했다. 토르가 찡그린 얼굴을 풀고 한참동안 콧바람을 불었다. 애덤은 이것을 칭찬의 표시로 받아들였다.

"있잖아, 뭔가에 지나치게 의존한다든가 충동을 일으키는 것과는 달라. 정말이야. 종교는 내가 지나치게 걱정하지 않게 도와줘. 행동 치료랑 비슷한 거야. 그게 나쁜 생각이나 행동을 멈추게 하거나 결과를 바꾸지는 않잖아? 그러니까 그건 강박증하고는 달라. 그냥 작은 도움을 주는 거지."

로빈은 전에는 이 사실을 정말 몰랐던 사람처럼 놀라워하며 말했다. 애덤은 로빈이 자신의 강박 목록을 나열하고 대조하면서 그중 몇 가지를 완전히 지웠다는 걸 알아차렸다.

"내가 묵주기도를 해도 악마를 완전히 물리칠 수 없다는 거 알아. 하지만 기도는 내 마음을 편안하게 해줘. 무슨 말인지 알지?"

스누키가 이해하지 못하고 짜증을 냈다.

"아니거든? 그런 걸 '부정적인 심적 상태'라고 불러. 그게 진짜 강박증이야! 심한 강박 증상 열 가지 중 하나일걸? 맞죠, 박사님?"

"음, 그럴 수 있어. 만약에 실제로……."

"어쩌면 다섯 가지 중 하나일지도 몰라요. 빌어먹을 매뉴얼에 있었다고요."

"그래도 로빈은 팔을 칼로 긋거나 다른 허튼 짓은 안 하잖아."

원더우먼이 대화에 끼어들었다.

"그거야!"

로빈이 다시 다리를 꼬며 말을 이었다.

"바로 그거야! 난 여기에 온 다음부터 자해한 적 없어. 자해랑 씻는 거랑 편식 증상 때문에 입원도 했었지만 그게 나쁜 행동이었다는 것도 알아."

애덤을 포함한 모두가 사실을 확인하기 위해 척 박사를 바라보았다. 이번에는 척 박사가 고개를 끄덕였다.

"하지만 이건 그런 게 아니야. 하늘에 맹세해. 난 기도하는 게 나쁘다고 생각 안 해. 그냥 도움이 돼. 요가나 명상처럼 말이야."

"난 조금 알 것 같아. 내가 좋아하는 사람들을 괴롭히는 게 화가 날 때 하느님한테 도와달라고 기도하면 도움이 되는 거 같더라고. 우리 엄마한테는 확실히 술이 더 도움이 되지만 말이야."

그린 랜턴이 혼잣말을 했다.

"저런, 얘들아! 종교는 문제의 해결책이 아니란다. 종교는 강박증을 치료하는 도구로 인정받지 못했어."

척 박사는 뭔가를 어지럽게 써 내려갔다.

"왜 그런지 모르겠어요."

원더우먼이 동작을 멈추고는 한참 동안 한숨을 쉬었다.

"술에 취하는 건 효과가 있을지도 몰라. 사실 난 유대인인 것 같아. 우리 엄마가 유대인이니까 나도 유대인이겠지. 하지만 우리는 종교를 믿지 않아. 그래서 종교가 뭔지 잘 몰라."

로빈이 반색했다.

"나도 그래! 내 생각에 우리 집은 개신교를 믿는 것 같아. 하지만 아빠나 엄마도 딱히 열심히 믿지는 않아. 그러니까 엄마가…… 음, 우리 아빠는 뭐든 안 믿어. 그래도 기도하고 가톨릭 뭐 그런 건, 그게 가톨릭이라고 내가 말했나? 가톨릭은 좋은 게 아주 많이 있어."

로빈이 원더우먼을 바라보며 말했다.

"유대인도 사실 위대한 점이 많을 거야! 병원에서 만난 사람들은 종교를 가지는 게 좋다고 끊임없이 말했었어. 그러니까 이제 이게 내 종교가 될 거야."

로빈은 이제 그린 랜턴을 바라보며 씩 웃었다.

"배트맨이 가톨릭을 잘 알아서 도와주고 있어. 이 문제가 혼란스럽다는 거 잘 알아. 동성애 문제도 있으니까 말이야. 하지만 배트맨이 그러는데, 묵주기도는 그런 거랑 상관없대. 지원 모임이 끝나면 애덤이 다니는 성당에 가서 커다란 십자가를 똑바로 바라볼 수도 있어."

"장난 아니군."

토르였다. 토르의 말을 듣고 아무도 대답하지 않았다.

조금 전에 말한 게 토르였나?

모임에서 토르가 말하는 것을 들어본 사람은 아무도 없었다. 척 박사는 메모를 멈추고 토르를 바라보고 있었다.

"난 기도가 아이를 성장시킨다고 생각해."

토르가 애덤을 똑바로 바라보며 말했다. 토르의 목소리는 마치 자갈로 양치질하는 것처럼 거칠었다. 목소리는 입 밖으로 나오자마자 재빨리 흩어졌다. 말을 마친 토르는 자신의 고요한 굴로 다시 돌아갔다.

"그건 맞는 말인 것 같아. 나는 종교적인 물건을 모으거든. 최근에는 명상에 푹 빠져 있어. 엄마가 나한테 CD를 사줬는데, 꼭 고양이가 고문을 당하는 것 같은 소리가 나. 난 교회에서 초를 밝히는 게 나한테 도움이 될 거라고 생각해. 내가 나 스스로를 파괴하거나 끔찍한 생각으로 누군가를 망친다고 생각할 때 말이야."

아이언맨이 애덤을 살펴보며 말했다.

"우리도 갈 수 있어?"

원더우먼이 물었다.

"어디를?"

로빈이 물었다.

"성당에. 너하고 배트맨이랑 같이."

척 박사가 아이들이 둥글게 모여 앉아 있는 쪽으로 몸을 기울이며 말했다.

"친구들, '문제의 해결책'이란 단어 기억나니? 종교는 일반적으로, 특히 가톨릭교는 그렇게 안……."

"네, 그래요. 어쨌든요. 교회가 우리를 고쳐주지 않는 거 알아요. 그러니까 애쓰지 않으셔도 돼요, 박사님. 우리는 미친 거예요. 멍청한 게 아니라."

스누키가 말했다. 스누키는 미치지도, 멍청하지도 않았다.

"중요한 건 로빈이 3개월 전에는 구석에 앉아서 말도 거의 안 했다는 거예요. 로빈은 엄청 빠르게 좋아지고 있어요. 전 배트맨이 준 묵주가 그 원인 중 하나라고 생각해요. 한 번 본다고 나쁜 건 아니잖아요. 현장학습 어때, 애들아?"

"유대인도 가도 돼? 스누키네 집이랑은 다르게 우리 식구들은 예배를 드려. 적어도 대제일•에는 말이야. 그런데도 갈 수 있어?"

캡틴 아메리카가 소리쳤다.

"물론이지. 내 단짝 벤도 우리 성당에 왔었어. 그러니까 영성체나 견진성사 같은 것 말이야."

애덤은 이곳에서 무슨 일이 일어나고 있는지 확실히 알지 못한 채 대답했다. 아이들은 모두가 애덤을 향해 용기를 북돋아주듯 고개를 끄덕였다. 애덤이 무슨 이야기를 하고 있는지 짐작조차 하지 못하면서 말이다.

"난 아직도 대제일이랑 바미츠바•• 같은 행사에 참여해. 그리고 당연히……."

"나도 갈래."

그린 랜턴과 원더우먼이 동시에 말했다.

애덤의 심장이 쉴 새 없이 뛰었다.

어쩌다가 일이 이렇게 됐지? 대체 무슨 일이 일어난 거야? 사랑하는 예수님, 제가 지금 이 아이들을 성당으로 데리고 가야 하는 건가요?

애덤은 이 문제에 있어서만큼은 어느 정도 척 박사와 의견을 같

• 유대교의 속죄 기간

•• 유대인 소년이 거치는 성인식

이 했다. 애덤은 그렇게 하는 것이 타당한지 확신할 수 없었다. 그리고 사실을 말하자면 로빈과 함께 한다고 해도 이번만은 주저할 수밖에 없었다. 애덤이 몇 년간 성당에 다니지 않았기 때문이었다.

"좋아, 너희들 뜻이 그렇다면 어쩔 수 없구나."

척 박사가 웃으며 말했다.

왜 웃는 거야? 척 박사님이 이걸 막았어야 하는데! 내가 생각해내지 못한 대단한 이유를 대서라도 말이야.

"너희는 배트맨과 잘 지내고 있구나. 그래도 종교가 모든 걸 해결한다고 생각하지는 말았으면 좋겠다."

잘 지내고 있다고?

"너희가 연대를 하는 건 좋아. 치료를 위한 방법으로 정신적인 것에 접근하는 건 나름대로 타당하기도 하고 말이다."

척 박사는 손목시계를 흘끗 보고 말을 덧붙였다.

"어느 성당이니, 배트맨? 세인트 메리?"

애덤이 숨을 들이마시고 고개를 저었다.

"아니요, 홀리 로사리 성당이에요. 여기서 다섯 블록 정도 떨어져 있어요."

"좋아. 그 이야기는 다음 주에 듣기로 하자."

모두가 일어나 무시무시할 정도로 기대에 찬 얼굴을 하고 애덤을 바라보았다.

"아, 우리는 전부 계단으로 가야 해. 어서 움직이라고."

애덤은 일부러 원더우먼을 보지 않으려고 애쓰며 말했다. 울버린은 눈을 흘기면서도 곧장 문을 지나 계단 쪽으로 향했다.

"넌 정말 멋져!"

원더우먼이 애덤의 팔을 살짝 잡으며 말했다. 그러고는 모두 방을 나갔다. 슈퍼 히어로 여덟 명이 계단을 걸어서 내려갔다.

잠깐, 여덟 명?

토르가 애덤의 바로 뒤에 서있었다.

13

"젠장!"

모두가 건물 밖으로 나가자마자 울버린이 투덜거렸다.

"있지, 우리는 지금 이 세상에서 최고로 불쌍해 보이는 슈퍼 히어로 모임일 거야."

스누키가 로빈의 팔짱을 꼈다.

"로빈하고 나는 슈퍼 히어로도 아닌걸."

그러자 로빈이 나섰다.

"나도 슈퍼 히어로야. R, O, B, I, N."

그러고는 뒤를 돌더니 애덤을 향해 웃어보였다.

"배트맨과 로빈, 그렇지?"

애덤은 너무 놀라서 심장이 잠깐 멈춘 것 같다고 생각했다.

로빈이 지금 날 놀리는 건가?

애덤은 극도로 긴장해서 지친 상태인 것치고는 엄청난 분석을 하고 있었다.

울버린이 은근슬쩍 로빈에게 다가갔다.

"내 말은 슈퍼 히어로 모임으로서 완전 별로라는 뜻이었어."

"아직 멀었어?"

원더우먼이 한 블록쯤 지나자 물었다.

"긴장 풀어, 원더우먼! 순간을 즐기라고."

아이언맨이 말했다. 아이언맨은 홈스쿨링을 하고 있었기 때문에 친구들과 거리를 걷는 것이 마냥 즐거웠다. 비록 자신들의 모습이 영화 〈뻐꾸기 둥지 위로 날아간 새〉에서 탈출하는 장면처럼 보일지라도 말이다.

애덤은 토르와 그린 랜턴 사이에 서서 누구에게도 집중하지 못했다. 머릿속은 온통 걱정으로 가득했다. 혹시나 수녀님 가운데 한 분이나 릭 신부님이 자신을 부르지 않을까 걱정스러웠고, 그분들에게 이 아이들이 누군지, 왜 자신이 그곳에 이 아이들과 함께 있는지 어떻게 설명해야 할지 고민스러웠다. 애덤은 엄마가 성당에 발을 끊은 이후로 거의 3년 동안 성당에 다니지 않았기 때문이었다.

"저 사람들은 내가 이혼 때문에 망가졌다고 생각해. 어쩌면 난 벌써 파문당했을지도 몰라. 성당 사람들이 우리를 자기들 맘대로 바라보게 할 필요는 없어. 우리는 누구의 동정 대상이 아니니까."

애덤은 몹시 걱정스러웠다.

마침내 눈앞에 몹쓸 문이 나타났다.

성당 문. 몹쓸 문. 왜 성당 문이 사악한 거야? 아이들에게 뭐라고 말해야 하지?

애덤은 아이들에게 정화 의식을 설명해야 했다. 하지만 부끄러움 때문에 차마 입을 뗄 수가 없었다. 톡톡 두드리는 것과는 다르게 문에 대한 정화 의식은 한눈에 알아볼 수 있기 때문에 아이들이 알아차리지 못할 리 없었다. 사람들 앞에서, 신이 보는 곳에서 정화 의식을 한다는 걸 아이들이 알게 된다면 몹시 부끄러울 것 같았다.

성당의 아름다운 문, 은총을 입은 청동 문이 보였다.

"왜 그래, 배트맨?"

스누키였다. 로빈이 발걸음을 멈추고 돌아서서 애덤을 의아하게 쳐다보았다. 곧 모두가 애덤을 돌아보았다.

"아, 성당은 길 건너서 반 블록 정도 위쪽에 있어."

아이들은 모두 발걸음을 멈추고 함께 홀리 로사리 성당을 올려다보았다.

"근사한데."

아이언맨이 잰 체하며 말했다.

"얘들아!"

애덤이 아이들에게 말을 건네자 모두가 애덤을 바라보았다. 캡틴 아메리카는 신이 뭔가를 눈치챌지도 모른다는 두려움에 땀을 뻘뻘 흘렸고, 원더우먼은 성당 안에 좁은 공간이 있을지도 모른다는 두려움에 가벼운 경련을 일으켰다. 사실 원더우먼이 이렇게 멀리 나왔다는 것 자체가 이미 원더우먼의 용기와 호기심을 보여주는 증거라고 할 수 있었다.

겉보기에 그린 랜턴보다 더 긴장한 사람은 없는 것 같았다. 그린 랜턴은 로마 가톨릭 성당에 들어간다는 것에 심각하고 알 수 없는 두려움을 느끼고 있었다. 애덤은 어떤 의미에서 이들이 실제로 하나의 슈퍼 히어로 군단이라는 것을 받아들여야 했다. 아이들은 애덤에게 리더십을 요구하고 있었다.

다른 한편으로, 전체적으로 어우러진 아이들의 모습에 애덤은 밑도 끝도 없는 용기가 생겼다. 뒤로 물러나는 것은 선택이 아니었다. 애덤은 수치스러움을 떨쳐내기로 했다.

"그러니까, 얘들아. 사실은……."

로빈이 고개를 끄덕이는 모습은 애덤에게 무엇이든 말하라고 주문을 거는 것 같았다.

"사실은 내가, 음, 그러니까…… 저 문으로 들어가는 데 문제가 좀 있어."

"젠장, 배트맨! 빌어먹을 문지방 때문에? 성당 문 말이야? 너 성당 문도 정화해야 해? 그거 교황님도 아시냐?"

울버린이 고개를 내저으며 소리쳤다. 그러자 토르가 나섰다.

"시끄러워, 멍청아. 깨끗이 해야 하는 거라면 깨끗이 해야지. 어떻게 하면 되는데? 우린 신경 쓰지 말고 네 할 일 해. 네가 부를 때까지 우린 다른 곳을 보고 있을게."

토르가 내 말에 집중하고 있었어!

슈퍼 히어로들은 다시 한 번 침묵에 휩싸였다. 그런 다음 모두가 몸을 돌려 일부러 한국 식품점 창문을 물끄러미 바라보았다. 김치가 한 통에 7달러 49센트였다.

"알았어."

애덤은 뛰어서 길을 건너며 아무것도 생각하지 않으려 노력했다. 그러면서 자신이 해야 할 일을 했다. 애덤은 왼쪽 발을 앞으로 해서 계단을 세 번씩 올라갔다가 내려왔다. 문을 맞이할 준비가 되었을 때 두 팔을 옆으로 들어올린 다음 오른쪽 손가락을 왼쪽 손에 대고 원을 세 번 그렸다. 그다음 정확히 백 번하고도 열한 번 문을 두드렸다. 마지막으로 애덤은 두 손을 청동으로 조각된 문에 평평하게 올려놓고 17초 동안 똑같은 힘으로 눌렀다.

증기선 하나, 증기선 둘, 증기선 셋…….

애덤은 수치심을 꿀꺽 삼켰다. 지금은 울 수 없다는 것이 차라리 다행스럽게 느껴졌다.

"됐어!"

애덤은 몸을 돌려 길 건너편에서 자신을 바라보며 웃고 있는 로빈을 힐끔 보았다. 로빈만이 줄 수 있는 부드러운 위로가 전해졌다. 애덤은 로빈을 위해 성당 문을 넘고야 말겠다고 다짐했다.

"어서 와!"

애덤은 길 건너편에서 손을 흔들며 아이들을 보았다. 190센티미터의 토르는 검은색 티셔츠에 검은색 찢어진 청바지를 입었는데, 몸 이곳저곳에 피어싱을 하고 팔뚝에 문신을 했다. 캡틴 아메리카와 로빈, 그리고 애덤은 각자의 교복을 입었다. 애덤의 교복이 가장 히어로처럼 보이지 않았다. 재킷과 바지가 모두 측은할 정도로 짧아서 얼간이처럼 보였기 때문이었다. 로빈의 치마는 짧기는 했지만 무척 멋있었다. 아이언맨은 청소년 브랜드 카탈로그에 나올 법한 복장을 하고 있었다. 원더우먼은 몸에 딱 달라붙는 분홍색 모자가 달린 티셔츠를 입었는데, 짧은 청 미니스커트와 아주 잘 어울렸다. 스누키는 레깅스를 입고 속이 비치는 엄청나게 큰 티셔츠를 입었다. 그린 랜턴은 무리에서 가장 무난한 옷을 입었지만 불행하게도 몹시 촌스러웠다.

애덤은 아이들에게 더 가까이 오라고 손짓했다.

"괜찮아. 나 이제 정화했어."

애덤은 문을 열었다. 사람들 앞에서 정화 의식을 해야 했지만 세상은 끝나지 않았다. 숨을 크게 들이쉬고, 내쉬었다.

"가자, 애들아!"

14

"이런, 젠장!"

성당으로 들어서자마자 캡틴 아메리카가 소리쳤다. 그러자 스누키가 캡틴 아메리카의 팔을 탁 쳤다.

"교회 안에서 욕하면 안 돼! 맞지, 배트맨?"

스누키가 권위적으로 말했다. 애덤은 고개를 끄덕였다. 위가 도토리만한 크기로 줄어들면서 두려움이 돌아다닐 공간이 늘어났다.

"알았어, 미안해."

캡틴 아메리카가 맞은 팔을 문지르며 말했다. 스누키가 다시 한 번 캡틴 아메리카의 팔을 탁 쳤다.

"와!"

로빈과 아이언맨은 동시에 탄성을 질렀다. 성당의 문도 물론 멋졌지만, 성당 안에는 고딕 아치의 흔적이 고스란히 남아있어 감탄을 자아냈다. 애덤도 마치 처음 보는 것 같이 새롭게 느껴졌다.

"저건 뭐야?"

울버린이 신도석으로 가는 입구에 놓인 그릇 두 개를 가리키며 물었다.

"성수가 담긴 그릇이야."

애덤이 설명해주었다.

"성수? 진짜로? 우리가 가져가도 돼?"

"가져가면 안 돼. 조금 있다가 어떻게 하는지 보여줄게."

애덤이 울버린의 질문에 다급하게 설명했다.

"우리 언제 무릎 꿇어? 안으로 들어가기 전에 여기서 꿇어? 가톨릭 신자들은 그렇게 한다고 우리 엄마가 늘 말했거든."

이번에는 아이언맨이 물었다.

"아니야, 지금은 무릎 꿇을 필요 없어."

도대체 어쩌다 이렇게 된 거지?

애덤은 아이들의 질문에 답을 해주느라 땀에 푹 젖고 말았다.

"그렇구나."

아이들은 입을 모아 대답했지만, 여전히 무엇을 해야 할지 모르는 눈치였다.

"배트맨, 너 새 바지를 입어야겠어."

그때 토르가 애덤에게 몸을 기울이더니 투덜거렸다. 애덤의 패션을 지적한 것이다. 지난 몇 달 동안 그 누구도 토르가 말할 수 있다는 것을 알지 못했다. 그랬던 토르가 지금은 패션왕이라도 된 듯 애덤에게 옷에 대해 조언하고 있었다.

"좋아, 안으로 들어가기 전에 아주 간략하게 하는 거야. 얘들아, 얘들아?"

아이들은 이것저것 가리키고, 묻고, 만지작거리던 것을 멈추고 서서 애덤을 바라보았다.

"그래. 그러니까 로빈, 저기 성수가 담긴 그릇 있지?"

로빈이 고개를 끄덕였다.

"십자가를 긋는 건 똑같아. 집게손가락하고 가운데 손가락을 먼저 담그는 것만 빼고."

모두가 로빈을 돌아보았다.

"큰 소리로 말해줘. 다른 아이들도 들을 수 있게."

"알았어."

로빈이 성수가 담긴 그릇으로 주춤주춤 다가가 애덤의 지시를 따랐다.

"이렇게 하는 거야. 성부와 성자와 성령의 이름으로. 아멘."

모두가 성수가 담긴 그릇으로 허겁지겁 다가가 해보려고 했다. 아이들은 로빈의 동작을 정확하게 따라하며 어눌하게 한마디씩 웅얼거렸다.

"성부와 성자, 성령의 이름으로."

"아주 비슷해. 이제 안으로 들어가자."

아이들은 애덤의 뒤에 두 줄로 섰다.

"와!"

"악! 미안해."

"저쪽 창문을 봐."

질서정연하던 줄은 성당 복도 중간쯤에서 흩어졌다. 아이들은 각자 다양한 감탄을 표했다.

다행히도 성당은 텅 비어 있었다. 이건 기적 같은 일이었다. 보통은 묵주기도를 하거나 릭 신부님을 만나려는 나이 든 부인들이 여기저기 앉아있었다.

"저것 좀 봐."

애덤은 스누키의 손가락이 가리키는 곳으로 곧장 걸어갔다. 모두들 제자리에 서서 그것을 바라보았다. 대리석 제단 위, 족히 백 년은 된 것 같은 스테인드글라스 창문 앞쪽에 나무 십자가에 못 박힌 거대한 청동 예수 그리스도가 있었다.

"예수 그리스도다!"

아이언맨이 말했다.

"맞아."

원더우먼이 대답했다.

아이들은 집중력을 발휘해 관찰했다. 손과 발을 못에 관통당하고, 상처를 입어 튀어나온 갈비뼈와 깊게 찢긴 상처를 입은 채 가시관을 쓴, 청동으로 만들어진 예수 그리스도가 아이들을 따뜻하게 맞이했다.

"이리 와, 얘들아. 이쪽으로. 내가 로빈을 촛대로 데려갈게."

아이들은 아무도 움직이지 않았다. 차라리 다른 나라 말로 설명하는 것이 더 나을지도 몰랐다.

"얘들아! 거기에 동전을 넣어도 돼. 꼭 할 필요는 없지만. 초는 너희가 사랑하고 걱정하지만 여기에는 없는 사람을 위해서 밝히는 거야."

아이들은 고개를 끄덕이면서도 여전히 움직이지 않았다. 모두 십자가에 매달린 예수 그리스도에게 넋을 잃고 있었다.

"엄청난데? 꼭 살아서 숨을 쉬고 있는 것 같아."

그린 랜턴이 말했다.

"눈물이 날 것 같아. 이런 게 종교적인 체험이야?"

원더우먼이 물었다. 그러자 울버린이 대답했다.

"아니. 넌 그냥 눈물이 많은 거야."

그 말이 마법을 깨뜨렸다. 아이들은 예수 그리스도에게서 시선을 돌려 으리으리한 고딕 아치, 대리석, 스테인드글라스 창문의 위엄에 빠져들었다.

"혹시 라이터 필요해? 담배를 피울 때 쓰려고 라이터를 갖고 왔거든. 이 안에서 담배 냄새가 나."

캡틴 아메리카가 말했다.

"향냄새야."

애덤이 캡틴 아메리카의 말을 정정해주었다.

"나 잠깐 물, 뭐라고 했지? 아무튼 거기 얼른 갔다 올게."

원더우먼이 말했다.

"안 돼! 내 말은, 아니라고. 라이터 필요 없어. 아니야, 미안해. 돌아가서 성수로 씻을 필요 없어."

"그게 아니라……."

"저기 양초 있는 데로 그냥 가자, 괜찮지?"

스누키가 말했다.

애덤은 주위를 잽싸게 한 바퀴 둘러봤다. 성당은 여전히 안전했다. 신부님도 수녀님도 보이지 않았다.

촛대는 햇빛을 받아 빛나는 성모상 아래에 놓여 있었다. 촛대는 가로가 60센티미터, 세로가 120센티미터 정도였는데, 네 개씩 스물네 줄, 총 아흔여섯 개의 초가 꽂혀 있었다. 애덤은 이것을 보고 참을 수가 없어졌다. 그래서 즉시 초를 하나 빼서 제대 아래로 내려놓았다. 슈퍼 히어로들은 애덤의 행동에 대해서 아무 말도 하지 않았다. 이런 행동이 불을 밝히기 전에 하는 가톨릭 의식이라고 생각했기 때문이었다.

"정말 예쁘다!"

로빈이 애덤의 뒤에서 말했다. 애덤은 고개를 끄덕였지만, 사실 불을 밝힌 초의 수를 세느라 정신이 없었다. 불이 켜진 초는 총 서른세 개였다. 서른셋은 괜찮은 숫자였고, 나중에 몇 개의 초를 더

켜든 결과를 다시 정정할 수 있다는 사실이 애덤을 진정시켰다. 서른세 개의 불빛이 깜빡이고 있었다.

"개신교에는 이런 게 없어. 확실해."

로빈은 여전히 거침없이 떠들고 있었다. 애덤이 돌아서는 순간, 울버린이 로빈을 향해 웃고 있었다. 울버린은 커다란 몸짓으로 주머니에 손을 넣어 10달러를 꺼냈다.

"나한테 우리 모두의 초를 살 수 있는 10달러가 있어. 로빈, 네가 먼저 골라."

애덤은 바닥으로 세게 내동댕이쳐진 느낌이 들었다.

"고마워, 울버린. 정말 멋지다!"

저 자식은 자기가 뭐라고 생각하는 거야?

슈퍼 히어로는 각자 적어도 초 하나씩을 밝혔다. 스누키는 무려 일곱 개의 초에 불을 붙였다. 아이들은 각자 제멋대로 십자가를 그었다. 애덤은 불을 밝힌 초의 숫자를 세는 동시에 울버린이 로빈과 어디에서 무엇을 하는지 살피느라 머리에서 윙윙 소리가 날 지경이었다. 그리고 불행하게도 애덤에게는 조기경보시스템이 없었다.

뒤에서 불쑥 목소리가 들렸다.

"도와드릴까요?"

릭 신부님이다. 빌어먹을.

"애덤 로스, 너니? 애덤, 정말 반갑구나!"

토르를 따라서 슈퍼 히어로들은 하나같이 바닥에 무릎을 꿇고 세상에서 가장 엉망진창인 십자가를 그었다.

"저런!"

릭 신부님은 애덤을 한 번 바라보고, 무릎을 꿇고 앉은 일곱 명의 슈퍼 히어로들을 바라보았다.

"너희들 지금 뭐하는 거니?"

"배트맨이 가톨릭 신자들은 성체 같은 것을 보면 무릎을 꿇는다고 했거든요."

고맙게도 아이언맨이 대신 답했다. 애덤을 제외한 모두가 여전히 무릎을 꿇고 있었다. 릭 신부님이 다시 애덤을 바라보았다. 애덤은 두 손을 떨어뜨린 채 서있었다. 신께 맹세코, 달리 어떤 행동을 해야 할지 알지 못했기 때문이었다.

"잘 지내셨어요, 신부님?"

릭 신부님은 몹시 당황한 얼굴로 잠시 말을 멈추었다가 아이들을 일으켜 세웠다.

"얘들아, 일어나렴. 칭찬이 지나치구나. 난 성체가 아니라 사제가 된 평범한 사람이란다."

그래, 맞아.

애덤은 아이들이 일어서는 것을 지켜보았다. 아이들은 혼란스러워했지만 신부님의 다음 말을 기다리고 있었다.

"애덤?"

좋아, 뭐라고 설명하지?

"이 애들은 제……."

애덤은 너무 긴장해서 아이들의 이름을 기억해내지도, 슈퍼 히어로 별명으로 소개하지도 못했다.

"친구들이에요."

고작 이렇게만 말했다. 물론 그건 사실이었다.

"그러니까 이쪽은……."

"안녕하세요, 저는 로빈이에요. 제가 가톨릭 신자가 되도록 애덤이 도와주고 있어요."

로빈은 몸을 들어올렸다가 살짝 무릎을 굽혔다.

"애덤이?"

다행히 릭 신부님은 이 사실에 크게 놀라지 않았다. 로빈은 거침없이 말을 쏟아냈다.

"네, 그리고 지금까지는 아주 마음에 들어요. 정말, 정말 많이요! 성수는 멋져요. 저는 묵주에 푹 빠졌어요. 물론 십자가도요. 가톨릭 팸플릿도 가지고 있어요. 거기에 적힌 열 가지 가톨릭 기도문을 알고 있고요. 저 꽤 많이 알고 있죠?"

릭 신부님은 기절할 정도로 놀란 것 같았다.

"교리를 듣거나 로마에 가야 하는 것도 알아요. 전 그 모든 걸 할 준비가 되어 있어요."

릭 신부님은 예비 신자를 향해 격려하듯 고개를 끄덕였다.

"정말 좋은 곳에 계시네요, 신부님."

"고맙구나. 이름이?"

"울버린이에요."

"울버린. 울버린 군, 실례지만 잠깐만……."

릭 신부님은 애덤을 향해 손을 내밀더니 여전히 엉거주춤 무릎을 꿇고 있는 슈퍼 히어로들로부터 애덤을 멀리 이끌었다.

"애덤, 네가 친구를 많이 사귄 모습을 보니 정말 기쁘구나."

릭 신부님은 아이들을 흘끗 돌아보더니 이어 말했다.

"아직도 그 꼬마 유대인 친구를 만나니? 난 그 아이가 좋았단다. 네가 어렸을 때, 너희 둘은 정말 친했었잖니."

"벤이요? 네, 저흰 아직도 친해요. 벤은 이사를 갔어요. 지금은 어릴 때처럼 작지 않아서 신부님은 아마 그 애를 알아보지 못하실 거예요. 저는, 그러니까 신부님이 말씀하신 대로 활동 영역을 살짝 확장했어요."

릭 신부님이 미소를 짓는 동시에 얼굴을 찌푸렸다. 릭 신부님 특유의 표정이었다.

"저 애들은 모임 애들이에요. 지원 모임 말이에요, 아시죠? 저희는 그러니까, 서로 도와주고 있어요. 일주일에 한 번씩."

"아, 물론이지. 좋구나, 좋아. 아주 좋아."

릭 신부님은 아이들을 다시 흘끔 바라보고는 물었다.

"어머니는 어떻게 지내시니?"

좋아. 지뢰밭에 제 발로 잘도 들어왔군.

애덤은 엄마를 배신할 수도 없고, 배신하지도 않을 것이다. 애덤은 꽤 능숙한 거짓말쟁이였다. 어쩌면 타고난 거짓말쟁이일지도 몰랐다. 다른 선택지가 없을 때 수녀님에게 거짓말을 했고, 극도로 위급한 상황일 때 신부님에게 거짓말을 했다. 하지만 상대는 릭 신부님이었다. 애덤은 릭 신부님에게는 절대로 거짓말을 하지 않았다. 신부님에게 거짓말을 한다면, 특히 첫 영성체와 견진성사를 주고 고해성사를 받아준 신부님이라면, 연옥에 떨어져 끔찍한 시간을 보내게 될지도 몰랐다.

애덤이 시선을 떨구었다.

"그러니까, 아빠는 정말 잘 지내세요, 신부님. 그리고 우리는 초값을 냈어요. 신부님과 이야기를 나눈 아이, 울버린이요. 그 애가 봉헌함에 10달러를 넣었어요. 확인해보셔도 돼요."

"그렇구나. 그랬겠지."

릭 신부님이 입술 사이로 숨을 내쉬며 뺨을 부풀렸다. 신부님이 잘하는 행동이었다. 애덤은 미사 때 그 모습을 보며 웃음을 터트리곤 했었다.

"그래. 네 새 친구들이 아주 마음에 드는구나. 열정적이야. 성당의 문은 너희가 필요할 때 언제든 열려 있단다. 잘 왔다는 말이야 말로 내가 할 수 있는 유일한 말이지. 언제든, 언제나 말이다. 다시 온 걸 환영한다."

릭 신부님은 애덤에게 고개를 끄덕인 다음 다시 성구 보관실로 돌아갔다. 애덤은 릭 신부님이 돌아서자마자 더 외로워졌다. 어쩌면 그동안 이런 것들이 그리웠던 것일지도 몰랐다. 초와 말하지 않아도 다 아는 신부님의 신기한 방법 같은 것들 말이다.

애덤은 초가 있는 쪽으로 다가갔다.

"좋아, 애들아. 누굴 위해서든 기도해봤지? 저녁에는 미사가 있을 거야. 그러니까 사람들이 곧 밀려올 거란 얘기지."

모두들 떠나길 주저하는 것 같았다. 스누키가 말했다.

"저분 정말 좋으시다, 신부님 말이야. 난 가톨릭 신부님들은, 잘 모르긴 하지만 조금 무섭다고 생각했어. 너희 〈더 데빌 인사이드〉나 〈엑소시스트〉 봤어?"

"아, 영화에 나오는 신부님처럼? 근데 이 신부님은 진짜 멋지시더라."

아이들이 재잘거리는 동안 애덤은 자신이 문 가까이에 있다는 것을 불현듯 깨달았다. 그곳에 문이 있었다. 지금까지 이런 적은 거의 없었다.

나가지 못한다고? 여기서는 아냐. 이 아이들과 함께는 아니야. 안 돼!

애덤이 우뚝 멈춰섰다.

스누키가 이 사실을 가장 먼저 알아차리고는 살짝 혼란스러워하다가 고개를 이리저리 까딱까딱 움직였다. 그러자 귀걸이가 어깨를 찰싹찰싹 건드렸다. 스누키가 경쾌하게 말했다.

"그러니까 우리 밖에서 만나는 거지?"

애덤이 미처 고개를 끄덕이기도 전에, 기름이 잘잘 흐르는 얼굴로 울버린이 로빈을 위해 문을 열고는 미소를 지으며 말했다.

"먼저 나가."

"고마워, 울버린."

애덤은 두 사람이 나란히 나가는 모습을 바라보았다. 부끄러움과 분노가 마음속에서 서로 경쟁하고 있었다.

토르가 마지막으로 나가며 애덤에게 당부했다.

"새 바지, 알았지?"

거대한 청동 문이 닫히고 빛은 거의 사라졌다.

"물론이지, 토르."

애덤이 자그맣게 속삭였다.

나가기 위한 정화 의식을 시작했다. 물론 이 모습을 보고 있는 사람은 아무도 없었다. 애덤은 뒤로 정확히 서른세 걸음 움직인 뒤, 앞으로 서른한 걸음, 뒤로 스물아홉 걸음을 움직였다. 애덤의 발걸음에는 굴욕감과 스스로에 대한 증오가 묻어 있었다.

15

애덤은 척 박사를 똑바로 쳐다볼 수가 없었다. 눈이 마주치면 몸이 떨렸기 때문이었다. 스스로도 자신의 상태가 엉망이라는 것을 알고 있었지만 그걸 깨닫고 싶지는 않았다. 그러려고 한 것이 아니었고 그러고 싶지도 않았지만 애덤은 수동 공격성• 증상을 보이고 있었다.

애덤은 척 박사의 바로 뒤에 있는 책장에 시선을 고정시키려 애썼다. 그러다가 책장에 정신의학 분야의 책이 없다는 사실을 깨달았다. 책장의 책은 모두 소설이었다. 저자나 제목의 알파벳순으로 꽂혀 있는 것이 아니었으므로 어떤 기준으로 책이 꽂혀 있는지 알 수 없었다. 책장에는 마크 헬프린의 〈윈터스 테일〉과 데이비드 미

• 타인에 대한 공격성을 수동적으로 표현하는 것

첼의 〈클라우드 아틀라스〉, 돈 드릴로와 리차드 포드, 윌리엄 메이크피스 새커리의 책이 꽂혀 있었다. 척 박사에게는 바바라 킹솔버의 〈동물의 꿈〉, 도나 타트의 〈비밀의 계절〉, 이름이 불분명한 누군가의 〈벨 칸토〉, 마크 해던의 〈한밤중에 개에게 일어난 의문의 사건〉, 필립 로스의 책이 세 권 있었다. 얇은 시집도 꽤 많았는데 시집들은 책장의 맨 꼭대기에 꽂혀 있었다. 모두 애덤이 들어본 적 없는 책들이었다. 찰스 디킨스라든가 존 스타인벡, 허먼 멜빌, 또는 학교에서 읽으라고 하는 작가의 책은 없었다. 문학이 아닌 책은 한 권도 없었다.

척 박사는 안경을 아래로 살짝 내리고는 애덤의 시선을 따라 자신의 책장을 돌아보았다.

"걱정 마라. 병원이 정기 구독하는 온라인 사이트에서 직업적으로 필요한 책은 모두 구하고 있으니까. 계속할까?"

상담을 계속해야 했기 때문에 애덤은 고개를 끄덕였다. 두 사람은 성당에서 지원 모임의 아이들과 어땠는지, 문에 관한 증상은 어떤지, 봄에 볼지도 모르는 진로 시험을 어떻게 할 것인지, 로빈이 얼마나 멋진지, 이외에도 강박증 매뉴얼에는 나오지 않는 것들에 대해서 이야기를 나누었다.

"심호흡 연습은 계속 했었니?"

"네."

거짓말을 하면서도 애덤의 시선은 저지 코진스키의 〈페인트로 얼룩진 새〉에 고정되어 있었다. 애덤은 자신이 얼마나 멍청했는지에 대해서는 이야기하지 않았다. 자신의 행동이 멍청했다는 것은 알았지만 왜 그랬는지 알지 못했고, 알고 싶지도 않았다. 애덤은 손도 대지 않은 매뉴얼을 몇 달째 가지고만 있었다. 또 척 박사에게 무엇을 물어보기로 했었는지 까맣게 잊어버려서 무슨 내용이었는지 조금도 기억나지 않았다. 하지만 그건 괜찮았다.

47분이 지났다. 배가 뒤틀렸다.

"애덤, 괜찮니? 조금 불편해 보이는데……."

척 박사가 걱정스러운 얼굴로 물었다. 배 바깥도 뒤틀린 모양이었다.

"아니요, 박사님, 전 멀쩡해요."

애덤은 또 거짓말을 했다.

"혹시 스트레스를 받는 일이 생겼니? 어머니 때문이야? 아니면 다른 일이 있어?"

편지, 편지, 편지.

애덤은 아직도 청바지 주머니 속에 있는 편지를 맞춰보지 않았다. 애덤은 스스로 자신의 행동이 멍청했다고 비난했다. 게다가 엄마는 금요일에 편지를 또 받았다. 그날 밤 엄마는 술 한 병을 방으로 가져갔다. 전에는 이런 일이 한 번도 없었다.

"없어요, 박사님."

애덤이 말했다.

책장에는 이언 매큐언의 책도 있었다. 이언 매큐언은 들어본 적 있는 작가 같았다. 아마도.

"아무것도 없어요."

척 박사가 애덤의 대답에 고개를 끄덕이고는 자신의 손목시계를 흘끗 바라보았다.

"좋아. 목록은?"

"아, 네."

애덤은 재킷 주머니에서 종이 한 장을 끄집어냈다.

"끝마칠 시간이 없었어요. 죄송해요."

대기실에서 막 시작했기 때문이었다.

"다음 달에는 더 잘할게요. 약속해요, 박사님."

"네가 잘할 거라는 거 알아. 그리고 박사님이라고 부르지 말고."

척 박사는 애덤이 이 두 가지를 할 수 있다고 믿는 것 같았다.

"애덤, 넌 지난달에는 하나도 써오지 않았어. 그러니까 지금 이건 지난달보다 한 단계 더 나아진 상태인 거야."

척 박사가 종이를 펼쳤다.

별로 나아진 게 없는데.

"이번엔 내가 큰 소리로 읽으면 어떨까?"

척 박사의 말에 애덤이 멈칫했다.

"대신 내용에 대해 이야기를 나눌 필요는 없어. 공평하지?"

"네, 그런 것 같아요."

하나, 셋, 다섯, 일곱…….

적어도 숫자를 세기 위해서 더 이상 손가락을 두드릴 필요가 없었다. 척 박사가 목소리를 가다듬었다.

11월 17일 목록 애덤 스펜서 로스

복용량 : 아나프라닐 25밀리그램, 하루 두 알씩

필요시 아티반 일주일에 네 알에서 일곱 알

주요 강박 증상 : 숫자 세기, 정화 의식, 문지방 문제

척 박사가 다시 고개를 들었다.

"약은 괜찮니? 아나프라닐을 좀 더 올릴까? 아티반을 크로나제팜으로 바꿔야 할 시기일지도 몰라."

"아뇨!"

이전의 기억을 떠올린 애덤이 급히 대답했다. 아나프라닐과 아티반 조합에 익숙해지기 전까지 애덤은 약 때문에 롤러코스터를 타는 것 같은 메스꺼움, 가려움증, 혀 마비 같은 증상을 겪어야 했다.

"괜찮아요. 저 정말 괜찮아요."

애덤은 의자 끝으로 몸을 움직여서 시간이 다 되자마자 튀어나갈 준비를 했다.

5분 남았다.

척 박사가 다시 꼬깃꼬깃한 종잇조각을 바라보았다.

1. 내 생각에, 로빈이 나를 다르게 보기 시작한 것 같다. 로빈을 만난 건 이 모든 일들이 시작된 뒤로 내게 일어난 최고의 기적이라고 생각한다.
2. 내 생각에, 내 키는 175센티미터지만, 이 목록을 쓰는 중에도 키가 자라고 있는 것 같다. 지금까지 거의 7센티미터나 컸다! 나는 이것이 사랑의 힘을 보여주는 본보기라고 믿는다.
3. 내 생각에, 어쩌면 문지방 문제가 조금 늘어나고 있는 것 같다. 어쩌면 숫자를 세는 것도 마찬가지다. 그렇지만 머릿속으로 숫자를 세는 것은 조금 나아졌다.
4. 내 생각에, 나는 거짓말을 많이 하지 말아야 한다. 왜냐하면 내가 아프니까.
5. 내 생각에, 우리 엄마가

척 박사가 다시 고개를 들고 애덤을 바라보았다.

"시간 다 됐어요."

서른셋, 서른다섯, 하나, 셋, 다섯…….

"너 혹시……."

"아니, 아니에요. 괜찮아요."

애덤은 목록의 마지막에 엄마를 언급해서 모든 걸 엉망으로 만들고 말았다. 분명 실수였다. 5번째 항목을 휘갈겨 쓰고 있을 때 척 박사가 문을 열고 애덤을 부르는 바람에 내용을 고칠 시간이 없었던 것이다.

척 박사는 나머지 내용이 마법처럼 나타날지도 모른다고 생각하는 사람처럼 종이의 뒷면을 꼼꼼히 살폈다.

"애덤, 노출 및 반응 방지 치료•를 하려면 어머니의 도움이 필요해. 적어도 어머니가 오셔서……."

"아니에요, 박사님. 아시잖아요, 저도 알고 있고요. 우리끼리 그냥 알아서 해요. 있잖아요, 53분이에요! 시간 다 됐어요."

"애덤."

"제가 알아서 잘할 수 있어요, 박사님."

두 사람 모두 자리에서 일어섰다.

"괜찮죠?"

애덤이 척 박사와 눈을 마주했다.

• 강박 장애를 치료하는 행동 치료의 한 방법
노출법: 같은 상황을 계속 반복해서 맞닥뜨림으로써 자신이 기존에 불안해했던 생각이나 행동에 익숙해지도록 연습하는 것
반응 방지법: 불안이 발생하는 상황에서 자신이 취했던 행동을 하지 않도록 적극적으로 연습하는 것

"그래. 월요일에 보자."

척 박사가 고개를 끄덕였다.

"네, 물론이죠. 고맙습니다! 지원 모임 때 뵐게요."

애덤은 지금 당장 방에서 탈출해야 했다. 숨을 쉴 수가 없었다.

열일곱, 열아홉, 스물하나, 스물셋…….

16

"아빠."

도대체 무슨 일이지?

로빈, 울버린과 함께 클리닉 1층 복도를 지나던 애덤은 자신을 기다리고 있는 아빠를 발견했다.

"아빠!"

애덤이 다시 한 번 아빠를 불렀다.

애덤은 아빠가 자신이 강박증 지원 모임에 다닌다는 사실조차 알지 못할 것이라는데 워해머 게임 수집품 전부를 걸 수 있었다. 어쩌면 아빠는 모임이 어디에서 열리는지 알지 못할 수도 있었다. 아니, 그건 말도 안 된다. 아빠가 병원비 청구서를 지불하고 있기 때문이었다.

아빠는 팔짱을 끼고, 한쪽 다리를 다른 다리에 살짝 걸친 채 새빨간 재규어에 기대어 서있었다. 아빠는 애덤을 보자마자 몸을 곧추 세웠다.

"애덤!"

"무슨 일 있는 거예요? 엄마는 아니죠? 스위티 일이에요? 브렌다 아줌마?"

아빠가 허공에 두 손을 저었다.

"진정해! 모두 다 괜찮아. 대충은 말이다. 그것보다 네 친구들을 소개해주지 않겠니?"

"아, 네. 물론이죠."

"안녕, 애덤 아빠란다!"

아빠가 로빈을 향해 손을 내밀었다. 로빈이 얼굴을 붉히며 악수했다.

"로빈 플러머라고 합니다."

"이쪽이 웬델이 이야기한 친구니?"

아빠가 애덤에게 물었다.

"모르겠는데요. 아마 그럴걸요?"

스위티가 약속을 어기고 아빠에게 로빈에 대해 이야기한 모양이었다. 애덤은 집에 가면 스위티를 가만두지 않겠다고 다짐했다. 아니, 지금 당장!

"안녕하세요, 아저씨. 저는 피터 콜차크, 울버린이에요."

울버린이 말했다.

세례명을 말하다니!•

릭 신부님도 울버린에게서 울버린이 아닌 이름은 듣지 못했다. 아빠는 울버린에게 고개를 끄덕인 다음, 로빈을 향해서 계속 미소 짓고 있었다.

"만나서 반갑구나. 그거 채플 고등학교 교복이니? 좋은 학교지."

애덤이 고통으로 몸부림치는 사이, 로빈이 그렇다고 대답했다.

이게 뭐야.

애덤은 성당에 갔던 날 이후로 내내 울버린이 로빈에게 치근대고, 문을 열어주고, 10달러 지폐를 펄럭이던 모습을 생각하고 또 생각했다. 울버린은 이 모든 것을 부드럽고 당당하게 해냈다. 두 사람이 그렇고 그런 사이인지 확인하기 위해서는 로빈과 함께 공동묘지로 가야 했다.

로빈이 벌써 울버린과 사귀는 거면 어쩌지?

자리에 선 채로 애덤의 속이 타들어갔다. 하지만 울버린에게는 의기양양함이 없었다. '난 이미 로빈과 함께 있어'라는 표정 말이다. 울버린의 표정을 완벽하게 알 수는 없었지만, 자랑하고 있지 않다는 것만은 확실했다.

로빈이 울버린을 좋아할까?

물론 좋아할 것이다. 애덤도 울버린이 좋았다. 울버린은 애덤보

• 피터(Peter)는 베드로의 영어식 표기다.

다 나이가 많고, 더 멋지고, 최근에 약간 덜 미쳤다. 애덤의 걱정은 점점 더 깊어지고 있었다. 아빠가 다시 애덤을 위기로 몰아넣었다.

"미안한데 오늘은 함께 집에 가야 할 것 같구나. 아, 내 말은 우리 집 말이다."

저런.

"물론 거기도 네 집이지."

아빠가 목소리를 가다듬었다.

"웬델이…… 웬델이 좀 아파. 너 말고는 아무도 어떻게 해줄 수 없단다."

로빈이 애덤에게 다가왔다.

"괜찮아. 우리는 다음 주에 같이 가자."

이 말은 로빈도 애덤과 함께 집에 돌아갈 생각이었다는 뜻이었다. 두 사람은 서로를 좋아했고, 사이가 가까웠고, 생판 모르는 남이 아니었다. 안도감이 모락모락 피어올랐다.

"그래, 다음 주에 꼭!"

"음, 그럼 로빈. 우리 둘이 지하철역까지 같이 가면 어떨까?"

울버린이 무심한 듯 물었다. 로빈이 미처 대답하기도 전에, 아빠가 애덤에게 팔을 둘렀다.

"이 아이의 동생이 형을 얼마나 좋아하는지 너희들은 아마 믿지 못할 거야. 흠모하는 것 같기도 해. 애덤은 동생이 형을 필요로 할 때마다 반드시 그 자리를 지킨단다. 아무리 불편해도 말이야."

아빠가 애덤의 등을 툭 치며 말했다.

"대단해!"

"정말 멋지다, 배트맨!"

"웬델도 애덤을 그렇게 부르던데 너희도 그렇게 부르는구나? 아주 멋진데?"

아빠는 무슨 말을 언제 어떻게 해야 하는지 정확하게 아는 사람 같았다.

"내가 이 친절한 배트맨과 함께 가면 웬델은 감쪽같이 괜찮아질 거야. 매번 그랬으니까!"

아빠의 말에 로빈은 애덤이 마치 달콤한 초콜릿이기라도 한 것처럼 쳐다보았다.

"그럼, 만나서 반가웠다, 울버린."

아빠가 로빈에게 다시 향하며 말했다.

"로빈, 정말 반가웠단다. 이제 우린 가봐야겠구나. 슈퍼 히어로도 할 일을 해야지."

"나중에 보자."

"그래."

울버린이 애덤의 팔을 툭 치며 말했지만 애덤은 조금도 주눅들지 않았다.

"안녕, 애덤."

로빈이 말했다.

"안녕, 로빈. 다음 주에 보자."

로빈과 울버린이 돌아섰고, 애덤과 아빠는 차를 탔다. 애덤의 배가 다시 뒤틀리기 시작했다.

"로빈이 고개를 끄덕인 것 같구나."

아빠가 자동차의 시동을 걸며 말했다.

"네?"

"네가 다음 주에 보자고 했을 때 로빈이 확실히 고개를 끄덕였단다. 그래도 저 녀석은 지켜봐야겠지만 말이야. 참, 로빈이 너보다 나이가 많지? 정말 예쁘더구나."

"아빠, 창피하게 왜 그러세요!"

"아, 미안하다, 얘야."

아빠가 운전하면서 곧장 앞쪽을 응시했다. 애덤은 갑자기 자신의 키가 줄어든 느낌이 들었다.

"그렇지만 고마웠어요. 스위티한테 내가 필요하다고 말한 거요."

"그건 사실이야."

"그래도요. 아빠가 나를 진짜 멋진 사람처럼 말해준 것 같아요. 그렇게 생각하지 않으세요? 전 그런 것 같은데."

아빠가 신호등을 눈여겨보며 말했다.

"그 여자애는 널 좋아해."

애덤은 기도와 묵주, 성수, 가톨릭을 상징하는 것들을 떠올렸다.

"아니요, 그 애는 내가 필요한 거예요."

"시간이 지나면 알게 될 거야. 그 둘은 상당히 비슷하거든."

★ ★ ★

스위티는 애덤이 필요했고, 또 사랑했다. 그래서 애덤이 문을 열자마자 거의 자지러졌다.

"배트맨이 왔다! 형이 올 줄 알았어. 나 아파, 배트맨. 목구멍이 다 까졌어. 형, 내 약 먹어볼래? 맛있어. 내가 좀 줄게. 저녁밥이랑 같이 먹어도 돼. 우리 엄마, 브렌다 로스 여사가 양고기 스튜를 끓이고 있어. 집에 와줘서 고마워, 배트맨."

애덤은 스위티를 조금 세게 안아주었다. 스위티는 아직 열이 내리지 않아서 몸이 뜨거웠다. 애덤은 동생을 가만두지 않겠다는 생각을 꿀꺽 삼켰다.

"형네 엄마, 카멜라 로스 여사가 전화했었어. 전화해달래."

"형이 불쌍하지도 않니, 스위티? 대답할 시간은 줘야지."

브렌다 아줌마가 복도로 나와 애덤의 가방을 받아들면서 이마에 입을 맞추었다.

"애덤, 정말 엄청나게 빨리 자라는구나! 다음 주에는 아빠보다 더 크겠는걸? 정말이야! 그래서 말인데, 내가 너희에게 잘 어울릴 것 같은 새 잠옷을 사뒀어. 네 방 침대 위에 있단다."

브렌다 아줌마는 애덤의 키가 자란 것이 무척 자랑스러운 듯 애덤을 보며 미소 지었다.

"가자, 배트맨!"

스위티가 열이 나서 뜨거운 손을 애덤의 손 위에 얹었다.

"안 돼, 스위티. 형이 씻고, 엄마한테 전화할 시간은 줘야지."

"알았어."

스위티가 한숨을 쉬었다. 그러고는 한 번 더 한숨을 쉬었다. 혹시라도 애덤이 첫 번째 한숨을 듣지 못했을까 봐 그런 것이었다.

애덤은 계단을 한 번에 세 개씩 올라갔다. 이곳에서는 걱정거리가 조금도 없었다. 로빈은 애덤이 필요했고, 애덤은 자라고 있었다. 아빠는 애덤에게 잘해주기 위해 열심히 노력했고, 애덤에게는 새 바지와 저녁으로 먹을 양고기 스튜가 있었다. 애덤은 지금 당장 자신의 목록을 작성해야 했다.

애덤은 전화기에 구멍을 낼 기세로 번호를 눌렀다. 전화벨이 여섯 번 정도 울리고 나서 엄마가 전화를 받았다.

"엄마? 나예요."

아무 소리도 들리지 않았다. 방 안의 온도가 갑자기 달라졌다.

"엄마, 듣고 있어요? 엄마 숨소리밖에 안 들려요."

여전히 아무 소리도 들리지 않았다.

"괜찮아요, 엄마?"

"애덤, 나 못 견디겠어. 편지가 또, 그리고 또 하나가 왔어. 누가 이렇게 나를 싫어하는 걸까? 누굴까, 애덤? 누구지?"

17

"바로 집으로 갈게요. 집으로 가야겠어요."

"아니야, 애덤. 그러지 마. 전화하지 말걸 그랬어."

엄마의 목소리가 당장이라도 숨이 넘어갈 듯 했다.

"지금 집으로 갈게요."

"아니, 그러지 마. 괜찮아."

"엄마, 내가 갈게요."

애덤이 여러 번 말했지만 그럴 때마다 엄마는 거절했다.

"안 돼, 네가 오면 상황이 더 나빠질 거야."

두 사람은 말다툼을 벌였고, 최후의 승자는 엄마였다. 말다툼에서 이긴 엄마는 좀 더 차분해졌다. 애덤은 열이 올라 고생하는 스위티와 머물면서 열이 나도록 엄마를 걱정했다.

집에 갔어야 했어.

이 상황에서 애덤이 제정신이 아니었던 것은 어쩌면 당연한 일이었다.

차분하게 스위티를 진정시키고 난 뒤, 애덤은 주머니에서 편지 조각을 꺼내려고 청바지를 뒤적거렸다. 벤과 함께 있던 그날 밤, 애덤은 편지에 대해서는 까맣게 잊어버렸다. 그러고 나서 편지 조각이 마음속에 있는 서랍의 가장 안쪽으로 밀려날 때까지 계속 잊고 있었다. 애덤에게는 이런 서랍이 엄청 많았다. 결벽증 환자인 브렌다 아줌마가 청바지를 빨아버리는 바람에 종이는 자그마한 벌레처럼 돌돌 말려 있었다.

애덤은 브렌다 아줌마의 핀셋으로 종이를 하나하나 떼어내야 했다. 편지에는 복사한 종이와 잡지, 신문지 같은 다양한 종이가 있었다. 애덤은 침대 위에 종이를 하나씩 펼쳤다.

텔레비전에서 본 것과 똑같은, 잡지와 신문에서 글자를 잘라 종이 위에 붙인 협박 편지였다. CSI 재방송을 너무 많이 본, 흔한 사이코패스의 짓이 분명했다. 애덤은 알아볼 수 없을 정도로 엉망진창인 글자들 사이에서 '죽어라, 쓸모없는, 죽어, 멍청한' 같은 단어들을 찾아냈다. 읽기에 낯뜨거운 단어도 있었으므로 편지를 마저 읽을 수가 없었다.

젠장.

애덤의 몸이 연신 떨렸다. 애덤은 마음속 서랍을 도로 닫았다.

멍청한 놈.

애덤은 심호흡을 하려고 몇 번이나 노력했다. 하지만 자신이 무엇을 하고 있는지 정확히 알지 못했기 때문에 효과가 없었다. 그래서 애덤은 로빈을 생각했다. 로빈의 머리카락에서 생강 향이 났다가 때로는 복숭아 향이 나는 것을 떠올리자 몸의 떨림이 잦아들었다. 이어서 로빈이 다리를 어떻게 꼬는지, 왼쪽 뺨의 보조개가 얼마나 깊이 패는지, 그 보조개가 웃을 때 어떻게 움직이는지, 이 모든 것이 얼마나 아찔한지를 생각했다. 하지만 아무리 로빈에게 집중하려 해도 악의로 가득 찬 편지는 단거리 주자처럼 애덤의 마음속으로 달려와서 불안감을 만들었다. 공포심이 다시 몸 전체로 퍼졌다.

★ ★ ★

다음 날 애덤이 집으로 돌아왔을 때, 엄마는 아무렇지 않은 척, 마치 전화를 하지 않았던 것처럼 행동했다. 편지도 없었다. 애덤은 무기력했기 때문에 엄마처럼 그날의 일이 없었던 것처럼 행동했다.

척 박사는 다음 지원 모임에서 애덤을 주시했다. 애덤은 모임 내내 척 박사가 자신을 탐색하는 것을 느낄 수 있었다. 척 박사가 몸을 앞으로 내민 채 애덤에게 물었다.

"배트맨, 아이언맨의 컨디션이나 울버린의 제안에 대해 좋은 생각 있니?"

울버린이 뭘 제안했나? 언제?

애덤은 남자답게 오른쪽 발을 왼쪽 무릎 위에 올리고는 어깨를 으쓱해 보였다.

"아뇨. 저는 그 점에 있어서 울버린이랑 생각이 같아요."

애덤은 다시 한 번 더 어깨를 으쓱해 보였다.

"좋아, 슈퍼 히어로들. 오늘도 잘했어. 모임 끝났으니까 이제 나가도 좋아."

척 박사가 파일을 닫으며 말했다.

"애덤, 우리는 잠깐 이야기 좀 할까?"

안경을 벗은 척 박사가 애덤을 향해 씩 웃었다.

안 돼!

로빈은 애덤을 놔두고 가버렸다. 아이들이 모두 사라지자 척 박사가 애덤을 향해 돌아앉았다.

"이제 너하고 나뿐이구나. 지원 모임은 어떠니? 기분은 좀 좋아졌어?"

"네, 물론이죠."

손가락을 두드려야 했지만 척 박사가 보고 있어서 그럴 수는 없었다.

열셋, 열다섯, 열일곱…….

대신에 애덤은 혀로 입천장을 두드렸다.

"지난 2주 동안, 모임 시간에 집중하지 못하더구나. 너답지 않아. 혹시 증상이 다시 심해졌니? 애덤, 넌 썩 잘하고 있어."

"걱정 말고 저한테 맡겨주세요. 제가 다 감당할 수 있어요. 언제나 같은 문제예요. 아시죠?"

새로운 것 한 가지만 빼고요.

"지원 모임은 저한테 큰 도움이 되고 있어요."

애덤은 말을 하는 동시에 그것이 어느 정도 진실이라는 것을 깨달았다. 도대체 언제 진실이 되었는지는 알 수 없었다.

"더 심해지면 말씀드릴게요. 약속해요."

두 사람은 서로 마주보고 고개를 끄덕였다.

"좋다. 나와 저 아이들이 여기 너를 위해 있다는 걸 기억하렴. 말해야 해, 애덤. 알았지? 꼭 말해줘."

"알았어요."

빨리 달려가면 로빈을 따라잡을 수 있을지도 모른다.

애덤은 로빈과 공동묘지 문 앞에서 헤어지고 나면 집을 향해 달렸다. 그러다 보니 자연스럽게 달리기가 점점 늘었다. 그 뒤로는 별다른 이유가 없어도 일주일에 두어 번씩 달리곤 했다. 윙윙거리는 두려움 한가운데에서 달리면 배트맨까지는 아니더라도, 조금은 정상적인 사람처럼 느껴졌다. 어쩌면 봄에 세인트 메리의 육상 팀에 지원해도 될지도 몰랐다.

애덤은 이렇게 갈고닦은 달리기 실력을 발휘해 번개 같은 속도로 계단을 내려가 1층 복도로 달려갔다.

"어디 불이라도 났어?"

로빈이었다.

“안녕! 너, 너 기다리고 있었구나.”

“물론 기다렸지.”

로빈이 미소 지었다. 로빈은 두툼하고 빨간 패딩 점퍼를 입고 있었는데, 꼭 여신처럼 보였다. 애덤의 표정이 다시 부드러워졌다.

“울버린도 같이 기다리려고 했는데 바로 다른 의사 선생님을 만나야 한대.”

분위기 깨는 소리는 뭐 하러 한담!

“참, 까먹기 전에.”

로빈은 애덤에게 접힌 종이 한 장을 주었다.

“너 휴대전화 없지? 한 번도 못 봤거든. 그거 내 휴대전화하고 집 전화번호야. 그 번호로 전화해도 돼. 그러면 우리 이야기할 수 있을 거야. 알았지? 전화해.”

“알았어.”

로빈은 애덤이 전화하기를 바라고 있었다. 애덤은 전화번호를 딴 것이 약혼한 것과 다를 바 없다고 생각했다.

★ ★ ★

두 사람은 지나치게 빨리 걷고 있었다. 12월 초의 공동묘지는 꼭 다른 세상 같았다. 풀과 나무는 모두 갈색 옷으로 갈아입었다. 늙은 버드나무에 이르자 두 사람은 말없이 멈춰섰다.

로빈은 엄마의 무덤 앞에 서서 손으로 십자가를 그었다. 릭 신부님이 이 모습을 보았다면 로빈을 무척 자랑스러워했을 것이었다. 로빈이 묵주를 꺼내 기도할 때, 애덤도 그 옆에서 함께 기도했다. 애덤은 하느님과 자신들을 둘러싼 천사들에게 비록 자신은 어쩔 수 없더라도 로빈의 몸과 마음을 건강하게 해달라고 기도했다.

"내가 엄마를 발견했다고 말했잖아."

애덤이 고개를 끄덕였다. 팔 위에 난 털이 바짝 곤두섰다. 애덤은 위험한 것이나 무언가 어두운 것이 있지는 않을지 주위를 살피며 주의를 게을리하지 않았다. 하지만 손가락을 두드리거나 숫자를 세지는 않았다. 로빈과 함께 있었기 때문이다.

로빈이 몸을 떨었다. 애덤도 몸을 떨었다.

"비닐봉지."

로빈은 자신이 그 단어를 선택한 것에 깜짝 놀란 것처럼 얼굴을 찡그렸다. 그러더니 문득 버드나무를 올려다보았다.

"척 박사님은 알아. 당연히 담당 정신과 의사 선생님도 아시지. 우리 엄마는 자기 머리 위로 비닐봉지를 씌웠어. 난 그걸 보고 잡아당겨서 벗겨주려고 했었어."

"로빈!"

애덤은 숫자를 세거나 손가락을 두드리지 않고 공포를 힘겹게 꿀꺽 삼켰다. 로빈이 굳건히 버티고 있는 애덤의 팔을 꽉 움켜잡으며 말했다.

"괜찮아. 1초도 안 되는 시간이었으니까. 정말이야."

로빈이 애덤을 오솔길 쪽으로 끌어당겼다.

"있지, 얼굴 좀 펴. 나 좋은 소식이 있어. 나 공식적으로 약물 치료 끝났어!"

로빈이 좀 더 세게 애덤을 움켜잡았다.

"지난주 금요일에 의사 선생님이 내가 확실히 좋아지고 있다고 하셨어. 그래서 아주 위급할 때만 클로나제팜을 먹기로 했어."

말도 안 돼.

"믿을 수 없어! 축하해!"

"한동안은 사소한 것도 신경 써야 하고 주의 깊게 살펴야 하지만 그래도 나 나아지고 있어, 애덤."

애덤은 로빈이 나아지기를 바랐다. 분명 진심이었다. 하지만 어쩐지 입 안에 흙이 가득찬 것 같은 느낌이 들었다. 애덤은 로빈에게 축하의 키스를 하는 대신 꼭 껴안았다. 코트와 코트, 벙어리장갑과 벙어리장갑, 털목도리와 털목도리가 맞닿았다.

바보. 멍청한 바보.

애덤은 스스로를 바보라고 생각하면서도 로빈을 세게 껴안았다. 로빈도 애덤에게 편하게 안겨서 애덤을 마주 안았다. 애덤은 로빈의 목과 머리카락에 얼굴을 묻고 복숭아와 생강, 그리고 로빈의 향기를 들이마셨다. 포옹을 풀었을 때 애덤은 더욱 성숙해졌다.

애덤은 빠르게 멋있어질 예정이었다. 편지만 아니었다면 분명 애덤의 상태도 나아졌을 것이다. 편지가 모든 걸 파괴하고 있었다.

도대체 누가 그런 짓을 하는 걸까?

누구든 이런 짓을 저지를 수 있었다. 어쩌면 아는 사람일 수도 있었다.

울버린일지도 몰라. 아냐. 아무리 울버린이라고 해도 그건 너무 지나쳐. 하지만 타이밍이 어느 정도 맞는데. 아니야. 울버린은 그 정도로는 미치지 않았어. 그렇다면 누굴까?

"왜 그래, 배트맨?"

로빈이 애덤의 팔짱을 꼈다. 두 사람이 가까워졌다는 증거였다.

"아무것도 아니야."

로빈이 문득 멈춰서서 애덤을 바라보며 말했다.

"나 지금 진짜, 정말로 신나."

그러더니 웃음을 터뜨렸다. 애덤이 로빈을 웃게 만든 것이다. 하지만 이 모든 멋진 상황에도 불구하고, 두 가지 생각이 애덤의 머릿속에 슬금슬금 기어 들어와서 자리를 잡았다.

첫 번째는 편지에 관한 것이었다. 그 편지가 문제였다. 마지막 편지를 받았을 때 엄마가 괴로워했던 기억을 도무지 떨쳐낼 수가 없었다.

두 번째는 로빈은 점점 나아지고 있는 반면, 자신은 점점 악화되는 있다는 사실이었다. 엄마는 지금 정신이 없었고 애덤이 스스로 조심하지 않는다면 엄마와 나란히 정신을 잃을지도 몰랐다. 애덤은 조금 더 조심해야 했다.

두 사람이 공동묘지의 문에 이르렀을 때 애덤이 로빈을 다시 껴안았다.

"약물 치료가 끝난 거 축하해. 진짜로!"

애덤은 입술을 로빈의 뺨에 대는 모험을 감행했다.

"애덤, 넌 항상 나를 놀라게 해."

로빈은 입을 맞춘 뒤에도 사람들이 지나치면서 자신들을 보는 것에 개의치 않고 애덤을 꼭 안고 있었다.

"전화해, 애덤. 꼭!"

애덤은 로빈의 뒷모습을 바라보며 서있었다.

이윽고 애덤은 머릿속에서 이리저리 날뛰는 생각과 함께 혼자 남겨졌다.

빌어먹을 편지.

편지를 쓴 사람이 누구든 숨이 막힐 정도로 뜨겁게 불어오는 바람처럼, 악취를 풍기는 병든 사람임이 틀림없었다.

애덤은 여전히 추웠다.

일곱 세트만 세자. 하나, 셋, 다섯, 일곱, 아홉…….

18

“여보세요.”

“여보세요. 실례지만…….”

“배트맨? 애덤? 나야, 로빈! 안녕! 왠지 네가 전화를 걸 것 같았어. 네가 전화할 것 같다고 생각한지 나흘밖에 안 지났는데 말이야. 어쨌거나 잘 지냈어?”

로빈은 애덤을 놀리고 있었다. 애덤은 그 나흘 동안 정확히 천 번 하고도 서른 다섯 번 수화기를 들었다 놓았다는 것을 말해야 할지 고민했다.

말하면 안 되겠지? 어쩌면 말이야. 안 돼, 멈춰!

애덤은 눈에 보이지 않는 장해물을 뛰어넘으려는 자신의 마음을 가라앉혀야 했다.

“난 그동안 좀 바빴어. 그래도 목소리 들으니까 좋다.”

로빈이 웃었다. 밝게 웃는 로빈의 목소리가 무척 사랑스러웠다.

"어떻게 지내?"

베개처럼 폭신한 로빈의 입술이 전화기 저쪽 끝에, 애덤의 입술과 비슷한 위치에 닿아 있었다.

"난 잘 지내. 막 화학을 공부하려던 참이었어. 그래도 네가 전화해줘서 좋아. 정말 반가워."

두 사람 다 잠깐 동안 말없이 숨만 쉬었다. 몇 초가 마치 몇 시간처럼 느껴졌다.

"응. 근데 왜 전화했어?"

그렇지. 내가 전화를 왜 했더라?

"그냥 네 목소리가 듣고 싶어서. 내 생각에……."

"생각에?"

"그러니까 저번에 공동묘지에서 하던 얘기 끝까지 다 못했잖아. 적어도 나는 그랬어. 시작도 못했으니까. 넌 너희 엄마 얘기를 솔직하게 했잖아. 네가 얼마나 많이 좋아지고 있는지도 말이야."

"응. 내가 그날 왜 그렇게 수다를 떨었는지 모르겠어. 지원 모임에서 다른 아이들과 함께 있는 넌 무척 차분한데."

차분하다고? 내가?

"잠깐만, 그건 내가 안 귀엽다는 뜻이야?"

"말꼬리 잡고 늘어지지 마. 애덤."

로빈의 목소리에 웃음이 묻어났다.

"그리고 있잖아, 너도 네 이야기를 했으면 좋겠어. 나한테 말해줘, 애덤. 분명 도움이 될 거야. 내가 너한테 고민거리를 말할 때마다 항상 도움을 줬었거든."

애덤은 그 순간 공동묘지에서 로빈과 포옹한 것을 떠올렸다. 얼굴이 붉어지며 화끈거렸다.

"애덤?"

"듣고 있어. 미안."

"있잖아, 난 널 믿어. 너도 날 믿지?"

내가 로빈을 믿고 있나? 이건 신뢰에 관한 질문인 거지?

애덤은 다시 고민에 빠졌다. 로빈과 함께할 때면 항상 그랬다.

"일이 좀 있는데, 척 박사님한테도 말하지 않았어."

"척 박사님한테도?"

"응. 말을 꺼내긴 했는데, 하다 말았어. 나에 관한 문제가 아니어서 조금 복잡해. 음, 직접적으로는 아니지. 우리 엄마에 관한 문제니까."

"복잡하네. 누구한테도 말하지 않겠다고 약속할게."

"응. 어떤 일이냐면…… 어떤 미친놈이 우리 엄마한테 편지를 보내고 있어. 내가 이 문제를 해결해야 하는데, 이 편지가 나도 미치게 만드는 것 같아."

비밀을 털어 놓자 순식간에 안도감이 몰려왔다. 안도감이 수치심을 물리친 것이다. 로빈이 어떻게 반응할지 몰라 두려웠던 마음은 순식간에 사라졌다.

사소하고 더러운 비밀을 털어놓았을 뿐인데 어떻게 이렇게 마음이 편해질 수 있지? 아무리 깨끗한 비밀이라고 해도, 비밀은 미심쩍은 것들을 모조리 잡아끄는 자석일지도 몰라.

로빈은 애덤을 조롱하거나 함부로 비난하지 않았다. 비밀은 힘을 잃었다.

"그랬구나. 진짜 소름끼친다. 지금까지 몇 번이나 왔어?"

"서너 번쯤? 어쩌면 더 될지도 몰라. 엄마가 숨기고 있거든. 영화에 나오는 거랑 똑같아."

애덤은 쓰레기통에서 조각들을 어떻게 끄집어냈는지, 그러고 나서 주머니에 넣고 어떻게 까맣게 잊어버렸는지 같은 건 이야기하지 않기로 결정했다.

"그러니까 어떤 미친놈이 신문이랑 잡지에서 글자를 오리고 붙여서 편지를 보낸 거야."

"와, 그거 진짜 무섭다. 너희 엄마를 협박한 거야?"

"어쩌면 아닐지도 몰라. 더러운 말들이긴 한데 직접적이진 않거든. 전부 읽지는 못해서 잘 모르겠어. 엄마를 끔찍한 말로 부르면서 죽어버리라고 하고, 자기가 죽일 거라고 협박하는 것 같아."

"여자일지도 몰라. 뭐든 좀 찾아봤어?"

로빈은 애덤이 미처 생각하지 못했던 것을 지적해주었다.

"아니, 못했어. 학교에서만 컴퓨터를 할 수 있으니까."

"미안, 깜빡했어. 잠깐만, 지금 살펴볼게! 바로 찾아볼 수 있어. 아이패드 새로 샀거든. 약을 더 이상 안 먹어도 되는 날 아빠가 사 줬어. 근사하지?"

"좋겠다. 당연히 넌 그래도 돼."

애덤의 배가 다시 뒤틀렸다.

대화가 잠시 끊겼다.

"애덤, 내가 상태가 안 좋았을 때 입원했었던 거 혹시 기억나? 몇 달 동안."

또 다시 대화가 끊겼다.

"너는 지금 멋지게 잘하고 있어. 장담하는데, 넌 10센티미터도 넘게 컸을 거야. 그래! 여기 있다. 지금 '익명으로부터 받은 편지'로 검색 중이야."

"뭐라고?"

"아이패드에서 찾고 있는 중이라고."

"아니, 다른 거. 더 컸다고?"

"헐, 몰랐다고 하지 마. 네 몸이잖아. 스누키가 그러던데?"

"스누키가? 내 말은 그게 중요한 게 아니라. 네가 보기에도 알 수 있을 정도야?"

"세상에, 넌 나보다는 당연히 크고 토르랑 울버린이랑 비슷할 정도로 커. 날 안았을 때 못 느꼈어?"

응. 너한테서 나던 복숭아 맛밖에는 기억이 안 나.

"어? 어……."

"찾았다! 익명의 편지를 받았을 때 대처하는 방법."

"대단한데. 뭐라고 나와 있어?"

"좋아, 그러니까 다섯 가지 방법이 있어. 첫째, 차분함을 유지하고 또 올지 모를 편지에 대응할 계획을 세운다."

"엄마한테 내가 계속 그렇게 말했는데 엄마가 편지를 찢어버렸어. 그 다음은 뭐야?"

"알았어. 둘째, 겁쟁이만이 익명의 편지를 쓴다. 대부분 반응이 없으면 지칠 것이다."

"나도 그렇게 생각했었어. 하지만 지금 편지가 엄청 많이 왔잖아. 언제 끝날까?"

"그러게. 세 번째는 이메일에 대한 거니까 넘어가고. 넷째, 지역 당국과 상담한다. 편지를 보낸 사람을 찾는데 도움을 줄 것이다."

"음, 그건 안 될 거야."

"알았어. 마지막은, 변호사나 탐정에게 전화해서 전문적인 도움을 구한다. 육체적, 정신적인 피해를 입을 수 있기 때문이다."

"그것도 안 될 거야. 어쨌든 고마워. 잘 기억해둘게."

"넌 애야, 배트맨."

"뭐라고?"

"있잖아, 네가 열다섯 살 먹은 남자라는 거 알아. 하지만 경험은 너희 엄마가 더 많으셔. 그리고 너희 엄마는 병원에서 중요한 사람이잖아. 척 박사님이 말하는 걸 들었어. 그러니까 이런 상황에 대해서 더 잘 아실 거야."

"어쩌면 그럴지도 몰라. 엄마는 위원장인가 아무튼 뭐 그런 일을 하니까."

"내 말은, 책임질 사람은 네가 아니라는 거야."

정말 그럴까? 우리 내기할래?

"애덤?"

"듣고 있어."

"알았어. 경찰은 왜 안 되는데?"

"엄마한테 다른 문제가 있어서 곤란해질 수 있어. 만약에 다른 사람이…… 아무튼 안 돼. 좀 복잡한 문제야."

애덤은 자신의 말 한마디 한마디가 엄마를 배신하는 것처럼 느껴졌다. 애덤은 '문제'라는 단어를 두 번이나 말하고는 몸을 떨었다.

다시 침묵이 흘렀다. 이번에는 그리 어색하지 않았다. 수화기 너머로 로빈의 숨소리를 들을 수 있었다.

"수집하는 것 때문에?"

애덤은 로빈에게는 보이지 않을 것을 알면서도 질문에 고개를 끄덕였다.

"애덤?"

"응, 그래. 그거야, 수집하는 거. 그래서 안 돼."

애덤은 계속 고개를 끄덕이며 말했다.

"그렇구나. 그럼 친구는 없어? 너희 엄마 친구한테 도움을 청하는 건 어때?"

"아무도 없어. 원래 많지도 않았지만 이제는 없어. 엄마가 말하는 사람은 내가 유일해. 내가 전부야."

또 침묵이 흘렀다.

"알겠어. 너희 아빠는 이혼했으니까 이 상황에서는 빠지는 거지? 바보 같은 질문이긴 한데, 네 새엄마는 어때?"

"브렌다 아줌마?"

"응, 네가 그랬잖아. 새엄마하고 엄마가 친해질 수 있을지도 모른다고."

"맞아. 하지만 지금은 안 돼. 브렌다 아줌마는 좋은 사람이지만 내 동생 때문에 할 일이 많아. 동생이 약간 문제가 있어서 그걸 걱정하느라 아줌마도 정신이 없거든. 그래도 네 덕분에 좋은 방법을 많이 들었어. 또 올지 모를 편지에 대응할 계획을 세우고, 겁쟁이들이나 그런 짓을 하고 같은 거. 고마워. 전화하길 잘한 것 같아."

"그래?"

"물론이지. 그리고 네 목소리를 들었잖아. 내 고민을 머릿속에서 끄집어내서 큰 소리로 말한 것도 좋았어."

애덤의 말은 우습게도 사실이었다.

"내가 믿고 있다는 거 알지, 애덤?"

로빈의 미소를 직접 볼 수는 없었지만 목소리만으로도 알 수 있었다. 로빈의 아름다운 입술이 위로 올라가고, 보조개 하나가 팼다. 웃음에는 전염성이 있어서 애덤도 따라 웃었다.

"아니, 모르겠는데?"

"나는 너한테 말하고 나서 전부 좋아졌으니까 너도 그럴 거야. 월요일에 보자, 배트맨!"

애덤이 해야 할 말과 어떻게 그것을 말할 것인지 맞춰보고 있는 동안 로빈이 전화를 끊었다. 전화가 끊어진 뒤에도 애덤은 한참동안 전화기를 들고 있었다.

애덤은 숫자를 세지 않았고, 여전히 웃고 있었다.

19

애덤의 심장이 신기록을 세우며 마구 뛰었다. 이대로라면 우주를 정복할 수도 있을 것 같았다. 로빈에게 사실을 말했는데도 로빈은 달아나지 않았다. 두 사람은 서로를 걱정하는 '저쪽 세상의 정상적인 사람들'처럼 이야기를 나누었다.

이런 게 정상적이라는 느낌인가? 진짜 좋다.

애덤은 계단을 한 번에 세 개씩 뛰어올랐다. 지금 당장 방에 가서 키를 재야 했다. 하지만 막상 문 앞에 서자 온몸이 꽁꽁 얼어붙었다. 혼란스러움 때문이었다.

나 때문에 로빈이 힘들면 어쩌지?

애덤은 문에 기대서 메스꺼움이 가라앉기를 기다렸다.

애덤이 걸음마를 시작했을 때부터, 아빠는 애덤의 키를 꼬박꼬박 재 연필로 표시해주었다. 그 후에는 엄마가, 지금은 애덤이 직접 재고 있었다. 애덤은 자의 각도를 위로 높이고 싶은 유혹과 싸우며 자를 머리 위에 평평하게 놓았다.

176센티미터! 그래! 크리스마스까지 180센티미터! 안 될 게 뭐야! 난 로빈한테 도움이 되는 사람인데.

로빈은 애덤에게 그렇게 말해주었다. 하지만 어쩌면 진심이 아닐지도 몰랐다. 미안한 마음에 그렇게 말했을지도 모른다고 생각하자 애덤의 배가 요동쳤다.

아니야! 로빈은 그렇지 않아. 그러지 않을 거라고. 나는 로빈한테 도움이 되는 사람이야. 로빈은 날 좋아해.

애덤은 그렇게 생각하면서 위안을 얻으려 했다. 하지만 애덤의 기분은 휘청거리고 비틀거렸다. 한순간 기쁨에 넘쳤다가 다음 순간 걱정에 빠졌다. 희망이 공포로, 공포가 희망이 되는 속도가 몹시 빨랐고 한순간에 달라졌다.

로빈이 무슨 생각을 하는지 알 수 있다면 좋을 텐데. 왜 여자들은 자기가 무슨 생각을 하는지 말하지 않는 걸까? 그렇게만 된다면 세상은 더 나은 곳이 될 거야.

하지만 동시에 웃음이 나는 것을 멈출 수가 없었다. 애덤은 자신이 이탈리아 영화의 주인공 같다는 생각이 들었다. 담배만 피운다면 말이다. 담배를 피우면 차분해지고, 손가락을 두드리지도 않고, 집중할 수 있을 것 같다는 생각이 들었다.

곧 엄마가 집에 도착할 시간이었다. 애덤은 방을 빙글빙글 돌다가 자신이 정확한 원을 그리며 달리고 있다는 것을 깨닫고 동작을 멈추었다. 피규어에 손을 가져갔지만 대지는 않았다. 애덤은 순간 목록을 작성하지 않은 것이 끔찍하게 느껴졌다. 이번에는 일대일 면담 준비를 완벽하게 할 생각이었다.

척 박사님이 깜짝 놀라시겠지?

애덤은 공책에서 종이 한 장을 북 찢은 다음 목록을 작성하기 시작했다. 땀이 줄줄 흐르고 있었다.

12월 11일　목록　애덤 스펜서 로스

복용량 : 아나프라닐 25밀리그램, 하루에 두 알씩

아티반 일주일에 네 알에서 여섯 알

주요 강박 증상 : 정리 정돈, 두드리기, 숫자 세기, 문지방 문제

애덤은 자신이 왜 목록을 작성하는 것을 그토록 싫어했는지 이유를 깨달았다. 바로 현실을 정면으로 마주해야 하기 때문이었다.

빌어먹을 현실. 빌어먹을.

하얀 종이 위에서 자신이 얼마나 엉망인지 깨닫는 건 짜증나는 일이었다. 게다가 애덤의 상태는 아닌 척 해도 소용없을 정도로 점점 나빠지고 있었다. 척 박사는 신경 안정제를 먹으면 좋아질 것이

라고 말했지만 그렇지 않았다. 하지만 애덤은 목록을 고쳐 쓰지는 않았다.

"애덤! 엄마 왔어!"

아래층에서 엄마가 잡동사니를 아무렇게나 밀치는 소리가 들렸다. 엄마는 항상 잡동사니를 제대로 보지도 않고 밀쳐버렸다.

"오셨어요? 전 이제 막 영어 과제를 끝냈어요. 저녁은 파란색 냄비에 있으니까 전자레인지에 몇 분만 돌려서 먹으면 돼요."

애덤이 소리쳤다.

"고마워, 아들!"

덜거덕거리는 소리, 발을 질질 끄는 소리, 보드카 잔에 얼음이 부딪히는 소리가 들렸다. 애덤은 방문을 닫고 로빈을 생각했다. 그러자 무엇이든 해낼 수 있을 것 같다는 생각이 들었다.

1. 내 생각에, 로빈은 내 진정한 사랑이며, 사랑으로 모든 걸 극복할 수 있을 것 같다.
2. 내 생각에, 내가 착하고 건강하고 용감하고 그리고 무엇보다 정상이되면 로빈 이소벨 플러머가 나를 사랑할 거다. 난 기다릴 수 있다. 난 인내심이 강하다. 그럴 가치가 있을 것이다.
3. 내 생각에, 나는 나을 것이다. 엄마도 도움을 받게 될 것이다. 하지만 어떻게 해야 할지 잘 모르겠다.

4. 내 생각에, 벤 스톤이 여전히 내 절친이고, 지원 모임 아이들은 어쩌면 친구, 뭐 그쯤 되는 것 같다.

5. 내 생각에, 엄마가 나를 사랑하고, 아빠가 최선을 다해 나를 사랑하고, 브렌다 아줌마가 나를 사랑하고, 내 동생 스위티가 나를 사랑한다. 모두가 나를 걱정하는데 그것 때문에 기분이 별로다. 스위티는 내가 천하무적이라고 생각해서 나를 뺀 모든 것을 걱정한다.

6. 내 생각에, 짝수가 이 세상에 대혼란을 가져오는 것 같다.

7. 내 생각에, 거짓말은 기분 나쁜 것이고 모든 것을 더 나쁘게 만든다. 거짓말쟁이들은 절대로 믿을 수 없다. 하지만 모두가 거짓말을 한다.

8. 내 생각에, 문지방을 넘는 일이 내게 점점 더 큰 문제가 되고 있는 것 같다. 이제는 문지방을 넘기가 엄청 힘들다. 체육관 문, 실험실 문, 교감 선생님 사무실 문, 영어 교실 문, 학교 남문, 청동으로 된 성당의 앞문(들어갈 때나 나올 때 모두 문제다), 브렌다 아줌마네 집 옆문, 존 스트리트 지하철 입구, 공동묘지 근처 편의점까지. 심지어 오늘은, 어쩌면 아닐지도 모르지만 우리 집 현관문까지도. 무섭다.

9. 내 생각에, 난 겁쟁이지만 그 문제에 당당히 맞서고 있다. 내 말은 그 문제에 당당히 맞서 나갈 것이라는 거다. 정말이다.

10. 내 생각에, 내가 특정한 정화 의식을 하지 않으면 내가 사랑하는 그 모든 사람들이 방사선에 노출될 것이다. 하지만 난 그 문제에도 당당히 맞설 것이다.

됐어.

애덤은 목록을 다시 읽으며 열한 번 종이를 쓰다듬었다. 분명 형편없었지만 생각한 것만큼 나쁘지는 않았다. 목록을 쓰는 게 좋다는 척 박사의 말은 옳았다. 목록을 쓰는 건 자신을 직시하는 것과 같았다.

애덤은 오랫동안 긴 숨을 내쉬었다. 애덤은 최근에 스스로를 두려워하고 있었다.

"애덤, 내려오렴. 네가 엄마 친구 해줘야지. 엄마가 너 주려고 사과 케이크 사왔어."

애덤은 고개를 끄덕이며 스스로에게 다짐하듯 말했다.

"좋았어."

애덤은 목록을 한 번 더 읽으며 자신의 정직함과 진보에 대해 스스로 축하해주었다. 그러고 나서 목록을 조각조각 찢은 다음, 숨을 크게 들이쉬고 내쉬었다. 애덤은 자리에서 일어나 아티반 두 알을 물 없이 삼키고 아래층으로 내려갔다.

"가요, 엄마!"

20

지원 모임은 이제 막 시작되었을 뿐인데, 애덤은 벌써부터 피가 귀로 몰리는 것처럼 소리가 잘 들리지 않았다. 이따금, 아니 자주 그랬다. 진작 아티반을 끊었어야 했다. 애덤은 잔뜩 긴장한 채 이야기에 귀를 기울였지만 그럴수록 자신의 숨소리만 더 크게 들렸다.

여긴 안전한 곳이야.

"어떻게 생각하니? 올해 마지막 모임을 좀 더 축제다운 분위기에서 할 수 있게 자리를 옮기면 어떨까? 현장학습인 셈이지."

척 박사가 물었다.

"박사님도 그 성당에 가고 싶으신 거예요? 저도 거기에 한 표 던질게요."

놀랍게도 그린 랜턴이 열정적으로 고개를 끄덕이며 말했다.

뭐라고?!

"네, 그 성당 멋졌어요. 배트맨의 교황님 또 보고 싶어요."

아이언맨도 거들었다.

"그분은 릭 신부님이야."

애덤은 가까스로 말했다.

"아니, 성당이 아니란다."

척 박사가 고개를 저었다.

"정치적으로 아무 문제가 없다고 해도 난 가지 않을 거야. 나는 내 펑퍼짐한 엉덩이를 모스크로 끌고 가지 않을 거라고. 그리고 거기…… 어, 너희 유대인들이 다니는 데를 뭐라고 부르지? 사원? 예배당?"

스누키가 씩씩거리면서 원더우먼을 바라봤다.

"나 쳐다보지 마. 예전에는 예배당에 다녔지만 지금은 교회에 다니니까. 어쨌든 초에 불을 밝히는 건 괜찮아. 마음에 들었으니까."

"그래, 어련하시려고!"

캡틴 아메리카가 원더우먼의 말에 콧방귀를 뀌었고 아이언맨은 고개를 열심히 끄덕였으며 울버린은 지겨워보였다.

척 박사가 손을 들어올렸다.

"진정해, 애들아! 원한다면 언제든 배트맨의 성당에 가도 좋아. 하지만 오늘은 아니야, 알겠니? 나는 지금 커피숍에 가자고 제안하는 거야. 내가 모퉁이에 있는 카페로 제프를 불렀단다. 제프가 우리를 위해 자리를 잡아놓았어. 어때? 커피 마시러 갈 사람?"

"저요!"

울버린이 얼른 나섰다.

"저희도요. 무지방 라떼도 있죠?"

스누키가 원더우먼을 끌어당기며 말했다.

"탈지유에도 칼로리가 있을까요?"

원더우먼이 코를 킁킁거리며 말했다.

"난 에스프레소 더블 샷! 그게 좋겠어. 더블 에스프레소. 일어나, 배트맨."

캡틴 아메리카가 말했다.

애덤과 토르가 동시에 일어났다. 토르는 애덤만큼이나 어리둥절해하며 계단으로 내려가는 내내 투덜거렸다. 애덤은 내려가면서 코트와 목도리, 벙어리장갑에 몸을 집어넣었다. 누가 제안하지 않았고 양해를 구하지도 않았지만 아이들은 모두 계단으로 내려가는 것을 선택했다.

* * *

카페에서 애덤은 로빈과 떨어져 한 줄로 섰다. 척 박사가 맨 앞에 서고 그 뒤로 울버린, 로빈, 그린 랜턴이 섰다. 애덤과 나머지 아이들은 안절부절못한 채 토르 뒤에 서있었다.

"로빈, 내가 낼게."

울버린이 20달러를 흔들며 말했다. 애덤은 입을 앙다물고 이를 뿌드득 갈았다. 자신에게 커피 두 잔 값을 낼 돈이 충분한지 생각하고 있을 때, 울버린이 그렇게 제안해버렸기 때문이었다.

전부 다 짜증나!

애덤은 지금 당장 아티반이 필요했다.

애덤은 커피숍이 처음이었다. 커피 값이 얼마인지, 무엇을 어떻게 주문해야 하는지 몰랐기 때문에 종업원들은 애덤에게 오십 센트든 오십 불이든 제멋대로인 가격을 내라고 할 수도 있었다.

척 박사가 줄에서 한 걸음 나와 양손을 저으며 말했다.

"자, 슈퍼 히어로들, 여기서 주문하면 돼. 다 무료야."

순간 그곳에 있는 모두가 자신을 보고 있다는 것을 깨달은 척 박사가 목소리를 낮추며 말했다.

"내가 낸다고. 맘껏 즐겨. 알았지?"

다른 손님들은 여전히 척 박사를 물끄러미 바라보고 있었다. 순간 애덤은 평범한 사람들에게 자신들이 어떻게 보일지 궁금해졌다. 애덤은 이 아이들을 볼 때 자연스레 슈퍼 히어로 옷을 입은 모습이 떠올랐다. 물론 스누키는 아니었다. 사실 애덤은 아직도 스누키가 무슨 캐릭터인지, 어떤 옷을 입어야 하는지 전혀 몰랐다. 어마어마한 것이 될 거라는 점만 빼고.

애덤의 차례가 되었다. 계산대 뒤의 여자가 무엇을 주문하겠느냐고 물었다. 로빈과 울버린, 척 박사는 애덤 앞에 서서 자신들이 주문한 것을 받기 위해 기다리고 있었다. 애덤은 땀을 뻘뻘 흘리기 시작했다.

차가 있을지도 몰라.

애덤은 얼그레이를 좋아했다. 하지만 메뉴판에 얼그레이가 보이지 않았다.

녹차 라떼가 뭐지?

그때 토르가 애덤에게 몸을 기댔다.

“아메리카노 블랙, 더블 샷. 그리고 아무것도 넣지 마. 우유하고 설탕은 여자들이나 먹는 거야. 모두 널 보고 있어.”

토르가 떠버리가 되었어!

“아메리카노 한 잔, 더블 샷으로 주세요.”

“스몰 사이즈로 드릴까요, 라지 사이즈로 드릴까요?”

“어, 스모…….”

토르가 헛기침을 했다.

“라지로 주세요.”

애덤이 큰 소리로 주문했다.

“다 마셔야 해. 안 그러면 다들 널 허풍쟁이라고 생각할 거야.”

애덤은 고개를 끄덕이며 말했다.

“알았어. 고마워, 토르.”

좋아, 지금보다 더 엉망이 되기야 하겠어?

의자 아홉 개와 자그마한 탁자 세 개가 아이들을 위해 마련되어 있었다. 토르와 애덤이 주문한 ‘남자다운’ 아메리카노에는 특별히 무언가를 더 넣을 필요가 없어서 척 박사와 로빈, 울버린의 음료와 비슷하게 받을 수 있었다.

애덤은 로빈의 맞은편에 앉아서 로빈을 관찰했다. 로빈은 땋은 머리를 옆으로 돌려 앞쪽으로 늘어뜨리고 있었는데, 로빈의 입술이 복숭아 향을 내며 반짝거리고 있었다. 애덤은 로빈을 볼 때마다 충격에 휩싸였다.

여자들은 어떻게 저렇게 하는 걸까?

단언컨대 모임 이래 애덤은 로빈에게서 눈을 뗀 적이 없었다.

커피를 주문하고, 주문한 커피를 받고, 물을 가져오고, 탁자 위에 비스킷이 한차례 도는, 지루한 기다림 끝에 척 박사가 카푸치노가 담긴 커다란 잔을 들어올렸다.

"우리를 위하여! 이번 기수의 엄청난 성공을 위하여……."

척 박사는 다른 손님들이 관심을 갖지 않는지 확인하기 위해 주위를 후다닥 둘러보고는 이어 말했다.

"다들 엄청난 진전이 있었어. 모두 멋진 연말 보내길 바란다. 너희가 대단한 사람이라는 걸 알았으면 좋겠어. 너희는 대단해. 진심이야."

"선생님은 다른 미친 애들보다 우리를 더 좋아해."

스누키가 자신의 컵을 들어올리며 말했다.

"우리를 위하여!"

그린 랜턴이 외쳤다. 그러고 나서 서툴게 컵을 부딪치고 격려의 말을 건네며 커피를 홀짝거렸다. 순서를 확실히 알지는 못했지만, 애덤도 컵을 들고 목소리를 가다듬었다.

"그리고 우리의 선생님이자 치유자인 척 무틴다 박사에게도 건배. 우리를 슈퍼 히어로로 만드신 분이니까."

"정말 잘했어."

로빈이 애덤을 향해 탁자 맞은편에서 큰 소리로 말했다. 애덤은 자신의 세계가 이보다 더 좋아질 수 없을 것이라고 생각하며 아메리카노를 벌컥 마셨다.

"……."

애덤이 커피를 뿜어내지 않은 것은 순전히 로빈에 대한 사랑의 결과였고, 격렬하게 기침하지 않은 것은 토르에 대한 두려움 때문이었다. 대신 애덤은 커피를 꿀꺽 삼켰다. 아메리카노에서는 연료에 섞은 시커먼 타르 같은 아주 더러운 양말 맛이 났다.

"커피 어때, 배트맨?"

울버린이 물었다.

"맛 좋네, 좋아."

애덤은 한 모금 더 꿀꺽 삼키며 말했다.

"슈퍼 히어로라니. 진짜 좋았어요, 척 박사님. 박사님이 슈퍼 히어로를 고르라고 했을 때도 재미있었어요. 슈퍼 히어로는 우리하고 정반대잖아요."

원더우먼이 하도 작게 말해서 모두가 몸을 앞으로 기울인 채 말을 들어야 했다.

"그게 무슨 뜻이야?"

울버린이 물었다.

원더우먼은 아메리카노를 한 모금 마신 다음 말을 이었다.

"그러니까……."

애덤은 원더우먼이 왼쪽 다리를 떠는 것을 알아차렸다. 원더우먼은 지원 모임에서도 다리를 엄청 떨었었다.

"넌 살짝 건강염려증 환자잖아. 하지만 울버린한테는 마법 같은 치유 능력이 있지."

"흠, 그렇다고 치자."

울버린이 팔짱을 끼며 말했다.

"아이언맨은 엄청난 바람둥이야. 하지만 나는 사실 바람둥이가 아니야."

이번에는 아이언맨이 말했다.

뒤이어 그린 랜턴이 자신의 별명에 대해 이야기를 시작했다.

"그린 랜턴은 언제나 두려움을 억누르고 있어. 사실 난 항상 그렇게 할 수 있기를 바라고 있어. 그리고 캡틴 아메리카는 허약한 꼬마아이였어. 그런데 지금은 완벽할 정도로 강력해졌지."

캡틴 아메리카가 그린 랜턴에게 냅킨 뭉치를 휙 던졌다.

울버린이 말을 이었다.

"그리고 토르는……."

사방에서 아이들이 날카롭게 숨을 몰아쉬는 소리가 들렸다. 애덤은 불쾌한 맛이 나는 아메리카노를 한 모금 더 마신 다음 목소리를 높여 말했다.

"토르는 고향에서 영원히 추방돼. 그래서 워리어즈 메드니스•로 몰래 드나들어. 맞지, 토르?"

토르가 으르렁거렸다.

"우리는 저스티스 리그와 어벤져스 리그의 합체라고 할 수 있어. 미완성이긴 하지만."

애덤은 아메리카노를 한 모금 마시고는 눈물이 나오지 않도록 노력했다.

"우리는 독점 판매권을 가져야 해. 그렇게 생각 안 해?"

나 지금 너무 큰 소리로 말하고 있나?

"맞아, 배트맨!"

스누키가 애덤에게 하이파이브를 하려고 몸을 앞으로 기울였다. 스누키가 입은 튜브탑 안에서 가슴이 출렁였다.

★ ★ ★

남자 슈퍼 히어로들은 두 그룹으로 나뉘어서 휴가 계획, 크리스마스에 받을 것 같은 선물, 복용하는 약의 변화 등을 떠들어댔다.

• 토르는 전투에 참여하면 워리어즈 메드니스 상태에 들어가 전투력을 일시적으로 10배 확장시킨다.

애덤은 마신 아메리카노 때문에 멍한 상태가 되었다.

헤어질 시간이 되자, 로빈이 애덤의 팔을 잡고 옆으로 이끌었다.

"나 오늘은 걸어서 안 가."

왜 그러지? 스누키 때문에 그러나?

애덤은 스누키를 보지 말았어야 했다. 스누키를 본 것을 로빈이 알아차린 게 틀림없었다. 어쩌면 화가 난 것일지도 몰랐다. 그때 로빈은 애덤을 향해 백만 불짜리 미소를 짓고 있었다. 로빈이 미소를 짓지 않았다면, 애덤은 심각하게 풍만한 스누키의 가슴에서 눈을 뗄 수 없었을 것이다.

"아빠를 만나기로 했어. 아빠가 선물을 사는 걸 도와드려야 해. 내 것도 포함해서."

"아, 그렇구나. 알았어. 근데 있잖아, 실은……."

애덤은 로빈에게 주려고 작은 크리스털 병을 샀다. 그린 스트리트의 앤티크숍에서 크리스털 병을 보자마자 로빈이 떠올랐다. 앤티크숍 점원은 병에 향수를 담으면 된다고 알려주었지만 애덤은 병 안에 성당에서 받아온 성수를 채웠다. 정확히 말하자면 릭 신부님이 애덤을 대신해 채워주었다. 애덤은 이 선물이 키스를 불러올 수 있을 정도로 그럴싸하다고 생각했다. 사실 그럴 수 있을 정도가 아니라 분명 키스를 불러올 것이다.

"난 사실 네가 갈 수 없다고 하기 전부터 너랑 같이 가고 싶다고 생각하고 있었어. 하지만 네가 이유를 말했으니까 다 이해해."

애덤은 지금 자신이 말도 안 되는 소리를 하고 있다는 생각이 들었다. 로빈이 애덤의 팔을 잡으며 애덤이 실수하지 않도록 말을 가로막았다.

"언제 하루 네가 우리 집에 놀러 오면 좋겠어. 연휴에 어때?"

애덤은 얼이 빠져 돌덩이가 되었다. 문득 토르가 멀리서 으르렁거리는 소리가 들렸다.

"좋아! 진짜 좋아. 그렇게 하자! 진짜지?"

애덤이 어찌나 세차게 고개를 끄덕이는지 마치 머리가 탁자 아래로 굴러떨어질 것 같았다. 애덤은 속으로 몸을 떨었다. 지금 당장 로빈을 바짝 끌어당겨 춤을 추고 싶을 정도였다.

슈퍼 히어로들과 시시덕거리고 있던 울버린이 애덤의 어깨를 툭 쳤다.

"메리크리스마스, 배트맨. 내년에 보자, 꼬맹이."

꼬맹이? 지금 누구를 꼬맹이라고 부르는 거야?

애덤은 울버린을 한 대 후려치고 싶었다.

"시내에 간다며? 나도 가야 하는데 같이 지하철 타고 가자."

울버린이 로빈을 향해 돌아서며 말했다.

그럴 줄 알았어!

애덤이 울버린을 후려치려고 팔을 확 들어올리려는데 로빈이 애덤의 팔을 다시 한 번 잡았다.

"전화해, 배트맨."

로빈이 커피숍 전체에 다 들릴 정도로 큰 소리로 말했다. 옆에 있던 울버린도 이 말을 들었다. 애덤은 기뻐서 펄쩍펄쩍 뛰고 싶었다. 로빈이 애덤에게 몸을 기대며 "커피 때문이야. 걱정 마. 곧 괜찮아질 거야" 하고는 한쪽 눈을 찡긋했다. 로빈이 윙크를 한 것은 처음이었다. 그러니까 애덤의 상상이 아닌 현실에서는 말이다. 애덤도 윙크를 날렸다. 한 번 시작하자 멈출 수가 없었다. 애덤은 계속 윙크를 하며 토르를 올려다보았다. 애덤은 토르가 떠날 때 자신도 함께 데려가길 바랐지만 토르는 역겹다는 표정을 짓기만 했다.

사람들이 애덤을 껴안고 툭 치고 악수를 하면서 연휴를 잘 보내라는 인사를 건넸다. 오줌보가 터질 것 같고 경련이 일고 심장이 계속 세게 쿵쾅거리긴 했지만 애덤은 기분이 몹시 좋았다.

왜 아무도 커피에 대해서 말해주지 않았지? 커피를 마시면 세계를 정복할 수도 있을 것 같아. 로빈네 집에 가면 커피를 주겠지? 이따가 로빈한테 전화해서 언제 놀러갈지 시간을 정해야겠어! 이건 분명 데이트야! 확실해!

전화를 해서 약속을 잡는 것은 분명 데이트였다. 그것도 매우 공식적인. 두 사람은 공식적인 데이트를 앞두고 있었다.

애덤은 커피가 무지무지 좋아졌다.

21

"그렇게 오래 걸리지는 않을 거란다. 네 기분을 망치고 싶지 않아. 네 몸이 카페인에 익숙해지면 금방 괜찮아질 거야."

엄마가 발끝으로 서서 애덤의 이마에 입을 맞추며 말했다.

"애덤, 이것 좀 자르렴. 엄마가 네 이마에 닿을 수가 없어."

그러더니 애덤의 머리카락을 손가락으로 넘겼다.

"이리 와. 나이 많은 아줌마가 커피 마시는 법을 알려줄게. 일단 우유랑 설탕을 많이 넣어. 이렇게 하면 마시기가 한결 수월할 거야. 연휴 동안 커피 마시는 연습을 하면 다시는 친구들 앞에서 기죽을 일도 없을 거고."

"커피숍에서는……."

"응, 아메리카노를 마시느라 애먹었다고 그랬잖아."

엄마는 애덤을 보고 활짝 웃어주었다. 하지만 입만 그랬고 눈은 조금도 웃고 있지 않았다.

"엄마 생각에는 네가 그걸 마신 게 좋아하는 사람과 관련이 있는 거 같은데?"

엄마는 애덤에게 여자친구가 생겼다는 것을 이미 눈치채고 있었다. 사실 그건 굳이 말을 하지 않아도 알 수 있는 문제였다. 애덤은 애초에 엄마에게 사실을 말했어야 했다고 후회했다.

언제부터 엄마한테 시시콜콜 말하지 않게 된 걸까? 지금이라도 엄마한테 말할까?

두 사람은 이야기할 수 있는 기회가 필요했지만 애덤은 그 기회를 놓치고 말았다.

"크리스마스 선물 챙기는 거 도와줄까?"

"제가 알아서 챙길게요, 엄마."

애덤도 선물 정도는 알아서 챙길 수 있었다. 아티반 복용량이 늘고, 문지방 문제와 숫자를 세는 증상이 아주 살짝 늘어나긴 했지만, 그래도 애덤은 이번이 최고의 크리스마스가 되리라 믿어 의심치 않았다.

이혼한 가정의 아이들은 대부분 어렸을 적, 그러니까 '온전한' 가족이었을 때 같은 크리스마스를 원한다. 하지만 애덤은 척 박사와 함께 오랫동안 모임을 가졌기 때문에 이런 가족 모임이 실제로는 어떻게 될지 분명하게 알고 있었다.

매해 돌아오는 크리스마스 때마다 부모님은 애덤을 통하지 않고는 말 한마디 하지 않았다. 세 사람은 서로의 인질이 된 채 집에서 빠져나가고 싶어 했다.

엄마는 이렇게 말하곤 했다.

"애덤, 아빠한테 크리스마스이브 저녁을 예약해야 하는데 언제 집에 올 수 있는지 엄마한테 대충 알려달라고 말해줄래?"

그러면 아빠는 이렇게 대답했다.

"애덤, 아빠가 하는 일이 시계처럼 정확하게 돌아가지 않는다고 엄마한테 말해줄래? 다 마치면 집에 갈게. 알았지?"

애덤은 알지 못했다. 절대 알지 못했다. 오늘날까지 애덤은 많은 모임에 참석했지만 여전히 자신의 잘못이 무엇인지 알지 못했다.

엄마와 아빠의 말다툼이 심해지고 있다고 말했어야 했을까? 엄마한테 경고해줬어야 했던 걸까? 내가 알고 있던 걸 엄마는 왜 몰랐을까?

브렌다 아줌마네 집은 유리와 금속, 대리석이 온통 반짝반짝 빛났고 모든 것이 다 제자리에 놓여 있었다. 그래서 쟁반 위에 놓인 컵이 하나라도 제자리를 잃으면 엉망이 된 것처럼 보였다. 아빠는 깔끔한 것을 무척 좋아했다. 당시 애덤은 어린아이였지만, 아빠가 젖소 모양의 버터 접시 여섯 개가 조리대 위에 이리저리 흩어져 있는 걸 좋아하지 않는다는 것 정도는 알고 있었다.

엄마는 왜 몰랐을까? 내가 엄마한테 알려줘야 했을까?

척 박사는 "그건 네 일이 아니었어. 너는 단지 아이였을 뿐이야"

라고 말해주었다. 애덤은 척 박사의 말을 굳게 믿었다. 그래서인지 애덤에게는 유년 시절에 가지고 있었을 법한 크리스마스에 대한 환상이 없었다. 하지만 올해가 생애 최고의 크리스마스가 되리라는 것은 알 수 있었다. 애덤은 멋진 크리스마스 선물을 받을 것이고, 또 모두에게 놀랄만한 선물을 주는 크리스마스가 될 것이다.

분명 문제가 될 만한 것은 없어 보였다. 하지만 문제가 생기고 말았다.

★ ★ ★

올해의 일정은 엄마와 크리스마스이브를 보내고, 아빠와 크리스마스를 보내는 것이었다. 올해 크리스마스의 첫 번째 기적은 누구와 함께, 얼마나 오랫동안 보내느냐에 대해 어떤 불평도 없었다는 것이다. 일정은 아주 자연스럽게 정해졌다.

엄마와 아빠는 양육권과 관련해서 아주 오랫동안 주간 단위로 타협을 해야 했다. 하지만 이들은 크리스마스 때만큼은 원래대로 돌아갔다. 적어도 이번 크리스마스는 그랬다.

12월 24일, 자정 미사에 참석하고 집으로 돌아온 애덤과 엄마는 선물을 교환했다. 몇 년 만에 처음 있는 일이었다. 엄마에게 선물을 하는 것은 애덤에게 언제나 난처한 일이었다. 자신의 선물이 엄마의 잡동사니 더미에 보탬이 되는 것이 아닐까 하는 생각에 몹시 걱정스러웠기 때문이다.

애덤은 엄마에게 속에 붉은 공단을 덧대고 옻칠을 한 작고 검은 상자를 건넸다. 그린 스트리트의 앤티크숍에서 찾아낸 상자였다.

엄마는 애덤의 선물을 받고 호들갑을 떨며 즐거워했지만, 애덤의 반응은 엄마와는 비교도 되지 않았다. 엄마가 준비한 선물은 만화와 디스토피아 소설을 다운로드한 킨들이었다. 엄마가 애덤의 뺨에 키스했다.

"컴퓨터 같은 건 아직 안 된다고 했지만 킨들도 안 된다고 말한 사람은 없었잖아. 그리고 넌 곧 스마트폰이랑 컴퓨터를 갖게 돼서 엄마 속을 뒤집어놓겠지."

사실 애덤에게 킨들보다 더 좋은 선물은 쓰레기봉투였다.

"여기서 기다려, 애덤. 이게 진짜 선물이야."

엄마가 부엌 쪽으로 사라졌다. 부엌에서 한참동안 낑낑거리던 엄마는 잡동사니가 잔뜩 든 커다란 봉투 두 개를 안고 나왔다.

"봐, 난 지금 당장 이걸 버릴 거란다! 두 개나 더 있어. 메리 크리스마스, 애덤!"

"진짜로요? 엄마, 나도 같이 해요!"

애덤이 자리에서 벌떡 일어났다.

"아니야, 아들. 이건 내 힘으로 해야 해."

그러더니 엄마는 얇은 슬리퍼를 신고 차디찬 거리로 나갔다. 엄마는 곧 들어와서 초록색 봉투를 두 개 더 들어올렸다. 그러면서 잡동사니가 모두 사라질 때까지 일주일에 적어도 두 봉투씩 버리겠다고 약속했다. 엄마는 자신이 애덤에게 가장 큰 선물을 주었다는 것을 알지 못했다.

"메리 크리스마스, 애덤 스펜서 로스!"

애덤은 엄마가 편지를 또 받아서 자신이 알 수 없게 숨겨두었다는 것을 알고 있었다. 애덤에게 털어놓지도, 반응을 보이지도, 흥분하지도 않았지만 말이다. 편지는 크리스마스이브 오후에 도착한 게 분명했다. 애덤은 쓰레기통에서 쭉쭉 찢어 놓은 종잇조각을 보고 이 사실을 알아차렸다. 애덤은 그 후로 몇 주 동안 매일같이 쓰레기통을 조심스레 살펴보아야 했다.

엄마는 애덤에게 멋진 크리스마스 선물을 주고 싶어 했고, 실제로 그렇게 했다. 그래서 애덤은 종잇조각을 애써 모른 척했다.

* * *

크리스마스 날, 아빠는 포장에 꽤 공을 들였지만 결과적으로는 아주 조잡해진 커다란 상자를 내밀었다. 그 안에는 신기하게도 점점 더 작은 상자들이 들어 있었는데, 마지막에는 달랑 봉투 하나가 나왔다. 선물은 매장에서 사용할 수 있는 삼백 달러짜리 배틀크래프트 상품권이었다. 애덤이 선물을 보고 신이 나서 벤과 통화하자, 아빠는 감격해 눈물을 터뜨릴 뻔했다.

브렌다 아줌마는 애덤에게 옷을 사주었는데, 솔직히 말하자면 완전 별로였다. 아줌마가 해외 직구 사이트에서 선물을 골랐다는 사실만 빼고 말이다. 애덤의 키가 자라면서 예전에 입던 옷들이 전부 맞지 않았기 때문에 새 옷을 선물해준 것일 테지만 새 티셔츠와 청바지는 멋진 것과는 거리가 멀었다.

스위티는 한껏 신이 나서 완벽하게 포장한 상자를 들고 애덤에게 날아왔다. 그러고는 애덤이 곧장 포장을 풀 수 있도록 도와주었다. 스위티의 선물은 배트맨이 그려진 비치타월이었다. 스위티가 거실을 뛰어다니며 소리쳤다.

"내가 산 선물은 14.99달러라고 적혀 있었어. 브렌다 로스 여사가 그랬는데, 내가 사기에는 너무너무 비싸대. 그래서 나 대신 엄마가 온라인으로 사줬어. 그래도 내가 고른 거야. 엄마가 내 돈을 가져갔으니까 내가 산 거나 마찬가지야! 그 의사가 괜찮다고 하면 형도 쇼핑몰에서 배트맨을 검색해봐. 진짜 멋있어. 형도 좋지?"

"완전 마음에 들어, 완전!"

애덤이 스위티에게 장난스럽게 말했다.

"형이 진짜로 좋으면, 그러니까 내 말은 정말 진짜로 좋으면 카멜라 로스 여사가 있는 집에 가져가도 돼."

스위티는 자신이 박사님인 것처럼 진지하게 한숨을 쉬며 말했다.

"친절하기도 해라."

애덤이 말했다.

애덤의 선물은 도자기 가게에서 산 용이 그려진 새 야간 조명등이었다. 선물을 받은 스위티는 좋아서 펄쩍펄쩍 뛰어다녔다.

"이거 〈퍼프 더 매직 드래곤〉에 나오는 용이지, 배트맨?"

"그럼, 당연하지."

아빠는 브렌다 아줌마에게 두 줄짜리 진주 목걸이를 선물했는데, 애덤의 눈에도 아주 예뻤다. 아빠는 지금까지 브렌다 아줌마에게 선물을 주며 애덤과 함께 준비했다고 말했다. 하지만 애덤은 올해 처음으로 스스로 브렌다 아줌마에게 줄 선물을 준비했다. 애덤의 선물은 엄마에게 주었던 것과 같은, 옻칠을 한 작고 검은 상자였다. 브렌다 아줌마는 상자를 받고 나서 진주를 선물 받은 사람처럼 기뻐했다.

"오, 애덤!"

"배트맨이야!"

스위티가 정정해주었다.

선물하기를 잘했어.

"영원히 소중하게 간직할게. 정말 예뻐. 무척 감동했어. 고마워, 정말 고마워."

★ ★ ★

12월 27일 금요일 오후, 아빠는 차를 몰아 애덤을 로빈의 집에 데려다주었다. 누가 더 정신이 없는지 구별하기 어려울 정도로 두 사람 다 부산스러웠다.

"선물은 챙겼지?"

아빠가 물었다.

"당연하죠."

"포장은 했고? 여자들은 예쁜 걸 좋아해."

"네, 했어요. 보실래요?"

애덤은 금색 리본이 달린 작고 빨간 상자를 가방에서 꺼냈다. 아빠가 마음에 든다는 듯 고개를 끄덕였다.

"그래, 예쁘구나. 우리 집에 그 애를 초대해도 된단다. 브렌다 아줌마가 잘해줄 거야, 약속해. 그리고 또, 그 집으로는 초대하면 안 되는 것도 알고 있지?"

"채츠워스 말이죠? 물론 알아요."

애덤이 멈칫거리며 대답했다. 집의 상황은 둘째로 치더라도, 로빈은 아직 애덤이 근처에 산다고 알고 있었다.

모두가 거짓말을 해.

"그리고 웅얼거리지 마. 넌 긴장할 때 웅얼거리는 버릇이 있어."

"아빠, 나 안 그래요! 여자애 앞에서 웅얼거리지 않아야 한다는 것쯤은 안다고요."

"그렇다고 또 묵묵히 있지도 말고. 그러면 지겨워해."

애덤은 끙 하는 소리를 냈다

"그리고 로빈의 신발을 칭찬해주렴."

"신발이요?"

"그래. 여자아이의 신발을 칭찬하는 건, 그러니까……."

애덤이 자동차 팔걸이를 톡톡 두드리기 시작했고, 아빠는 운전대를 만지작거렸다.

"음, 그건 일종의 요령이란다. 내가 아는 한 말이야. 사실 내가 아는 건 여자들이 그놈의 빌어먹을 신발을 좋아한다는 거야."

"알았어요."

"그리고 무엇보다 중요한 건 여자아이의 가슴을 뚫어지게 쳐다보지 않는 거란다."

"아빠!"

애덤은 커피숍에서 있었던 일을 새삼 다시 후회했다.

"네 나이 때는 충분히 그럴 수 있어. 그러니까 내가 말하는 대로 해. 그 애는 널 좋아해, 애덤. 그러니까 요즘 아이들이 뭐라고 말하든 괜히 가슴에 집착해서 관계를 망치지는 마렴."

"아빠, 저를 뭐로 보시는 거예요?"

이윽고 두 사람은 로빈의 집 앞에 도착했다. 가족을 위해 지은 오래된 빅토리아풍의 큰 집이었다. 아빠가 애덤을 바라보며 고개를 끄덕였다.

"좋구나. 돌아올 땐 택시를 타고 오면 되겠어. 기억하렴, 그 애의 눈을 바라보거나 눈과 신발에 시선을 줘. 나는 네가 자랑스러워, 아들. 가서 잘해! 기운 내고."

차에서 내리는데 마치 팔이 밧줄에 묶인 채 총알이 난무하는 전쟁터에 나가는 기분이었다.

이런 건 나랑 어울리지 않아. 내가 지금 무슨 생각을 하고 있는 거지?

애덤은 사실 어떤 것도 생각하고 있지 않았다. 갑자기 자신이 부쩍 자란 것 같다는 기분이 들었다. 이런 건 다른 녀석들, 그러니까 정상적인 아이들을 위한 것이었다. 더 자세히 말하자면 사랑하는 사람의 집 현관문 앞에서 문지방을 무사히 넘을 수 있을지 아닐지를 걱정하는 별종을 위한 것은 아니었다.

기운 내고.

애덤은 아빠의 말을 떠올리며 가슴에 십자가를 그었다.

손해 볼 거 없잖아, 안 그래?

애덤은 뒤로 물러서지도 손가락을 두드리지도 않았다. 대신 로빈의 집까지 끝이 없을 것 같이 펼쳐진 오솔길 끝에서 걸음을 시작했다. 애덤은 발을 디딜 때마다 느긋하게 멋진 포즈를 연습했다.

애덤은 로빈의 집 문에 노크를 하고 나서야 문지방이 문제가 되지 않았다는 것을 깨달았다. 깊은 안도감으로 무릎이 꺾일 뻔했다. 곧 문이 열리고 복숭아 향기와 반짝반짝 빛나는 입술, 그리고 가슴과 함께 놀랍도록 완벽한 로빈이 톡 튀어나왔다.

"안녕? 네 구두 예쁘다."

애덤이 말했다.

22

"아, 그래, 어. 안녕!"

로빈은 애덤의 말에 살짝 당황한 것 같았지만 계속 미소를 띠고 있었다.

"어그 슬리퍼야. 크리스마스 선물로 받았어. 예쁘다고 칭찬해줘서 고마워!"

"고맙기는 무슨!"

애덤은 지금까지 로빈의 치아가 어떤 모양인지 전혀 알지 못했다. 키스에 그렇게 집착했으면서도 말이다. 진주처럼 반짝거리고, 귀엽고, 거의 완벽에 가까운 치아가 복숭아 향이 나는 폭신폭신한 입술 너머에 있었다. 왼쪽에는 장난꾸러기 같은 송곳니가 앞으로 튀어나와서 살짝 기울어 있었다. 애덤은 그 사랑스러운 송곳니를 만져보고 싶다고 생각했다.

"부엌으로 가자. 마리아가 진짜 핫초코를 준비했어. 진짜로 녹인 초콜릿하고 우유 말이야."

애덤은 커피를 원했지만 "멋진데!"라고 말하고는 로빈의 뒤를 강아지처럼 졸졸 따라갔다.

왜 가정부의 이름은 모두 마리아일까?

브렌다 아줌마네 집 가정부의 이름도 마리아였고, 몇 년 전 엄마가 고용했던 가정부의 이름도 마리아였다. 애덤은 엄마의 가정부였던 마리아가 무척 좋았다. 마리아도 애덤을 무척 좋아해주었었다.

몇 초 지나지 않아 애덤은 로빈네 가정부인 마리아가 자신을 좋아하지 않는다는 것을 알게 되었다. 마리아는 애덤이 지원 모임에서 만난 친구라는 걸 아는 것 같았다. 그러니까 마리아는 애덤이 정상이 아니라는 걸 눈치챈 것이다. 로빈은 이런 상황을 알아차리고는 애덤을 넓은 부엌 벽 쪽, 성찬이 차려진 커다란 탁자로 곧장 이끌었다. 마리아는 '세상에서 제일 멋진 우리 아빠'라고 자랑스레 적힌 머그잔에 초콜릿색 액체를 부으면서도 애덤에게서 눈을 떼지 않았다.

"마리아, 애덤은 내가 가톨릭 신자가 되도록 도와주는 친구야."

마리아의 칠흑 같은 눈이 어느 정도 따뜻해졌지만 그뿐이었다. '가톨릭'이라는 단어도 마리아의 마음을 완전히 돌려놓지는 못했다.

"애덤은 세인트 메리에 다니는데 나한테 홀리 로사리 성당의 릭 신부님을 소개해줬어. 그렇지만 아빠한테는 말하지 마."

로빈이 밝게 웃었고 마리아는 콧방귀를 뀌었다. 그사이 애덤은 지금까지 먹었던 것 중에 가장 맛있는 음식을 조심스레 마셨다.

"이렇게 맛있는 건 처음이야!"

애덤의 말에 마리아가 또 콧방귀를 뀌며 잔을 다 채운 뒤 부엌을 빠져나갔다.

"마리아는 널 좋아해."

로빈이 위로하듯 말했다.

"그래, 토르 같은 따뜻함이 있네."

로빈이 웃음을 터뜨렸다.

"그렇지! 넌 아마 토르가 좋아하는 유일한 사람일 거야. 토르는 우리를 싫어해. 그러니까 너는 우리 모임의 호스 위스퍼러• 같은 존재인 거지."

"엄청나게 영광스러운데?"

애덤의 대답에 로빈의 얼굴이 붉어졌다. 로빈은 여전히 홍조 띤 얼굴로 흥분을 감추지 못했다.

"아! 나 오늘 아침에 친구 조디랑 세 가지 브라우니를 만들었어. 먹어볼래?"

애덤이 "그래. 일단 시작한 건" 하고 핫초코를 벌컥 마시며 말했다. 그러자 로빈이 "끝을 봐야지! 우리 엄마가 그렇게 말했었어"라

• 말과 소통하는 조련사. 위안을 주는 사람을 뜻한다.

고 받아쳤다.

"우리 새엄마도 늘 그렇게 말해."

로빈이 브라우니를 자르는 동안 애덤은 로빈을 바라볼 완벽하게 합당한 이유를 생각해냈다.

"나 브라우니 엄청 좋아해. 크게 잘라줘!"

사실 애덤은 초콜릿을 그렇게 좋아하지 않았다.

로빈이 교복을 입지 않은 모습을 처음 본 애덤의 귀가 새빨개졌다. 로빈은 스키니진에 근사한 파란색 티셔츠를 입었는데 몹시 매혹적이었다.

메리 마가렛 수녀님을 생각해! 절대 그곳을 쳐다보지 마.

하지만 티셔츠 바로 아래에 로빈의 눈부신 가슴이 있었다.

눈을 봐! 눈을 보라고, 눈을 봐!

"그 옷을 입으니까 눈이 훨씬 예뻐 보여."

로빈이 브라우니가 담긴 접시를 들고 가다 말고 멈추었다. 로빈은 무슨 말을 하려는 듯 입을 뗐다가 미소를 지었다.

"고마워, 애덤! 나는 네가 내 눈동자가 무슨 색인지 알 거라고 생각 못했었어."

로빈이 두 눈을 꼭 감았다.

"회색. 대체로 회색이야. 오늘은 푸른색이지만."

"내가 한 방 먹었네."

로빈은 접시를 탁자 위에 놓고 남은 브라우니를 정리했다.

"우리 집에 들어올 때 문제없었어?"

로빈이 마치 아직 비가 내리고 있냐고 묻는 것처럼 아무렇지 않게 물었다. 하지만 그 말을 들은 애덤의 심장은 덜컥 내려앉았다. 무심코든 그렇지 않든 정상적인 남자아이에게 물어볼 만한 질문이 아니기 때문이었다.

숫자를 세야 하나? 아니야, 참을 수 있을 것 같아.

애덤이 고개를 저었다.

"아니, 너희 집 문은 아니었어."

"다행이다."

스물하나, 스물셋, 스물다섯…….

숫자를 세고 나자 다시 마음이 편안해졌다. 두 사람은 약간의 수다를 떨었다. 주로 지원 모임에 대한 이야기였다. 로빈은 자신이 좋아하는 리얼리티 쇼의 줄거리를 애덤에게 열심히 설명하려 했지만 제대로 해내지 못했다. 또 아빠가 남은 연휴 동안 버뮤다로 데리고 갈 것이란 말을 하며 시큰둥한 척하려 노력했다.

"우리 아빠는 꽤 노력하고 계셔."

그래도 로빈은 밝게 웃었다. 애덤은 자신의 실망을 살짝 감추고 로빈을 향해 환하게 웃어주었다. 두 사람은 자신들의 정상적인 친구들의 특이한 성격에 대해서도 수다를 떨었다. 애덤에게는 땅딸보 벤이 있었다. 애덤이 워해머 게임의 복잡한 내용과 즐거움에 대해 설명하자 로빈은 비상한 관심을 보였다. 로빈에게는 친구가 많았는데, 그중 세 명은 식이장애와 약을 토하는 재주가 있었다. 브라우니를 함께 구운 조디가 그중 하나였다.

"그 애는 걸어다니는 베이커리야. 근데 자기가 굽는 건 손도 안 대. 손가락을 핥지도 않고 부스러기에 입도 안 대. 아무것도!"

로빈이 놀라워하며 말했고 애덤은 고개를 설레설레 저었다.

"어떻게 그게 가능해? 조금도 안 먹는다고? 있잖아, 내 문제도 심각하다는 거 알지만 어떻게 안 먹을 수 있지? 그러니까 난 네가 어떻게 안 먹을 수 있는지 모르겠어."

"아냐! 나는 토하긴 해도 먹긴 먹어!"

로빈이 세 번째 브라우니를 집으며 덧붙였다.

"그 애는 꼭 막대 사탕 같다니까."

애덤은 막대 사탕 같다는 말이 무슨 뜻인지 알 수 없어서 멍하니 로빈을 바라보았다.

"머리가 진짜 크고, 몸은 젓가락처럼 말랐다고. 조디한테도 말해줬는데, 그래도 이해를 못한 것 같아."

둘은 몇 초 동안 기분 좋게 브라우니를 먹으면서 진짜 정상적인 사람들처럼 행동하며 신나했다.

적어도 우린 그 정도로 미치지는 않았어.

"사람들은 스스로 준비가 되지 않은 상태에서는 남의 말을 들을 수가 없어. 확실해. 나도 사람들의 말에 귀를 막았었어. 혼자서만 생각했거든. 결국 생각이 나를 쥐고 흔든 거야."

로빈이 말을 멈추고 자신의 발을 내려다보았다.

"있지, 나 누구한테도 말 안 했어. 의사 선생님한테도 말이야."

로빈은 컵을 들어 남은 핫초코를 마셨다.

"넌 모두에게 친절한 사람이야. 처음 만난 사람에게도 잘해주잖아. 토르, 심지어 울버린까지도."

로빈의 말을 가만히 듣고 있던 애덤이 갑작스레 고개를 들었다. 그러자 로빈이 자신의 말을 금세 정정했다.

"그래, 울버린은 아닌 것 같다. 지금 무슨 생각해?"

내 생각은 오로지 너뿐이야. 내가 안 미쳤을 때, 난 너만 생각해.

애덤이 고개를 저으며 말했다.

"아무것도. 정말 아무것도 생각 안 해."

로빈은 애덤의 말에서 무언가를 알아내려 하는 것 같았다.

"분명히 뭔가 있는 것 같지만 그렇다고 치자, 배트맨. 너는 나를, 잘은 모르겠지만 어느 정도 편하게 해주는 것 같아."

넌 안전해, 로빈. 내가 널 안전하다고 느끼게 만들어줄게. 그게 내가 바라는 전부야.

애덤은 로빈에게 이렇게 말해주고 싶었지만 결국 하지 못했다.

"고마워. 너는 크리스마스 때 어땠어, 로빈?"

"크리스마스 동안 클로나제팜을 두 알밖에 안 먹었어. 딱 두 알. 크리스마스는 대단해."

"정말 그래."

애덤도 끄덕였다.

"큰 문제는 없었어. 대부분 괜찮았거든. 기도하는 것도 도움이 됐고. 너는 어떻게, 그러니까 잘 지냈어?"

"응, 그냥, 뭐. 나쁘지 않았어."

애덤은 입을 다물었다. 사실 입을 다물 필요는 없었다. 로빈은 애덤이 말하는 것이 좋았으니까.

딱 두 세트만. 하나, 셋, 다섯, 일곱, 아홉…….

애덤은 로빈이 자신에게 손을 내밀 것이라고 굳게 믿었다. 하지만 로빈은 그 대신 시계를 흘끗 올려다보았다.

"어! 미안, 애덤. 아빠가 도착할 시간이야. 내가 친구랑 있다는 거 알고는 있지만 지금은 좀 곤란해. 다음에 내가 아빠한테 제대로 말할게. 네가 아빠를 만날 수 있도록 말이야. 우리 아빠는 마음의 준비가 필요하거든."

"마리아보다 더?"

"마리아는 우리 아빠에 비하면 아무것도 아니야."

"그러니까 네 말은 내가 지금 가야 한다는 거지? 여기 있으면 안 되고?"

애덤이 미소 지었다.

"미안해."

로빈은 애덤이 로빈의 숨결을 느낄 수 있을 정도로 가까이 다가갔다. 애덤은 브라우니 향이 스며든 로빈의 머리카락 냄새를 맡을 수 있었다.

"아니야, 가야 한다면 가야지."

애덤은 초조하게 보이지 않으려고 노력했다. 애덤도 자신의 남은 인생을 함께 보낼 여자의 아버지를 만나기 전에 마음의 준비가 필요했다.

"기회를 만들어볼게. 약속해."

누가 그렇게 말했지? 도대체 무슨 일이 일어난 거야?

애덤은 목이 말랐지만 숫자를 세지는 않았다. 심지어 두 번째 세트를 끝마치지도 않았는데 말이다. 애덤은 강해진 느낌이 들었다.

"잠깐만 기다려!"

로빈이 부엌으로 달려가더니 작은 상자를 들고 왔다.

"네 크리스마스 선물이야!"

"맞다! 난 완전 멍청이야."

애덤은 서둘러 가방을 뒤졌다.

"난 지금 이 순간을 2주 동안 생각했었어. 커피숍에 갔던 날부터 말이야. 이건 네 선물이야."

"이런 것까지 챙겨올 필요 없는데!"

애덤은 순간 자신의 키가 2, 3센티미터 정도 더 자란 것 같다고 생각했다.

"셋을 세면 같이 여는 거야. 하나, 둘, 셋!"

두 사람은 함께 선물을 열었다.

"와! 이건 뭐야?"

로빈은 애덤에게 황금빛 배트맨 로고가 새겨진 큼지막한 검은색 도자기 머그잔을 준비했다. 머그잔 안에는 이상하게 생긴 물건이 셀로판지로 쌓여 있었다.

"초콜릿을 씌운 커피콩이야. 필요할 때만 먹어. 내가 볼 때 넌 커피를 많이 마시면 네 안의 슈퍼 히어로와 진지하게 교감하는 것 같거든."

애덤의 귓불이 뜨끈해졌다. 애덤은 이 문제에 대해 로빈이 무언가 말을 할 것이라고 생각했지만 하지 않았다.

"정말 마음에 들어, 로빈. 올해 선물은 진짜 멋진데? 고마워."

로빈이 애덤을 퍽 쳤다. 지금이 로빈에게 키스할 수 있는 절호의 기회였다.

이 정도는 괜찮지 않을까? 적당할 것 같은데.

하지만 애덤이 망설이는 사이에 기회는 지나가고 말았다.

"이제 네 차례야."

로빈은 얼굴을 빨갛게 물들인 채 애덤이 건넨 상자를 열었다.

"조심해."

로빈이 작은 병을 들어올리자 애덤이 주의를 주었다.

"와! 나 이런 건 처음 봐. 안에 있는 게 뭐야? 향수야?"

"아니. 홀리 로사리 성당에서 가져온 성수야."

"와, 배트맨. 그러니까, 애덤. 진짜 엄청난 선물이야. 마음에 쏙 들어."

"할 수만 있다면 난 네게 이 세상 전부를 줄 거야."

"제기랄, 애덤!"

뭐?

갑자기 로빈이 괴로워하는 표정을 지었다.

아, 왜 여자아이들의 표정은 봐도 잘 모르겠지?

"나 더 이상은 못하겠어."

애덤의 심장이 목구멍 안쪽에서 쿵쿵 뛰다가 굳어버리고 말았다.

더 이상 못하겠다고? 뭘?

"내가 뭘 잘못했어? 실수했어? 그랬다면 사과할게."

기회가 왔을 때 입을 맞춰야 했다고, 멍청아.

고개를 젓는 로빈의 눈에 눈물이 고였다.

"아니야. 난 그냥 참을 수가 없어진 거야. 난 너랑 같이 있으면 안 돼. 너한테 해야 할 말이 있는데, 내가 말해버리면 넌 가버리고 말 거야. 제발, 아무 말도 하지 마. 알겠지?"

애덤은 고개를 끄덕였다. 그렇게 할 수밖에 없었다.

"넌 날 싫어하게 될 거야. 네가 날 싫어하면 난 정말 내가 싫어질 거야. 난 지금도 내가 싫지만 말이야."

"로빈."

애덤이 로빈의 이름을 부르며 다가가 팔을 잡은 다음 두 손을 잡았다.

"쉿! 아무 말도 하지 마. 약속할 수 있지? 나중에 공동묘지에서 다시 얘기하자. 네 궁금증이 풀릴 때까지 내가 최대한 열심히 대답하려고 노력할게. 하지만 지금은 아니야."

애덤은 다시 고개를 끄덕였다.

"우리 엄마는 자살하지 않았어."

헐!

애덤의 손에 힘이 풀렸고, 로빈은 애덤에게서 한걸음 뒤로 물러났다. 애덤은 로빈을 제외한 어떤 것도 문제가 되지 않는다고 말하기 시작했다. 로빈은 자신의 손을 애덤의 가슴에 얹고 애덤의 말을 막았다.

"지금 당장은 나를 쳐다보지 마. 난 괴물이야. 진작 사실을 말해야 했어. 엄마는 내가 아주 어렸을 때 유방암으로 돌아가셨어. 네가 본 건 진짜 엄마의 무덤이야. 그 모든 게 시작되었을 때, 그러니까 내가 생각과 강박, 자해에 사로잡혔을 때, 나는 내가 왜 그런지에 대한 분명한 이유가 있어야 한다고 생각했어. 하지만 유방암은 이유로 충분하지 않았지."

애덤이 다시 로빈에게 다가갔다. 로빈은 손을 내밀어서 애덤이 자신의 몸에 손대지 못하게 했다.

"말도 안 되지, 그렇지? 알아, 나도 안다고. 난 내가 왜 그렇게 제정신이 아닌지에 더 많은 이유, 더 큰 이유가 필요하다고 생각했어. 그래서 학교 친구들에게 비밀을 말했어. 그런데……."

로빈이 천장을 올려다보았다.

"그런데 어느 순간부터 되돌릴 수가 없었어. 엄마가 자살했고 내가 그 시체를 찾았다는 건 내가 왜 이런지, 내가 왜 그랬는지 설명하기 위한 더 나은 이유가 되어주었으니까. 사람들은 여전히 이렇게 말해. '당연하지. 뭘 기대하니? 이 가엾은 아이가 엄마를 발견했어. 어떻게 이 아이가 엉망이 되지 않고 배길 수 있었겠어?'라고 말이야."

로빈이 고개를 저었다.

"넌 그때의 나를 봤어야 해. 지난 몇 년 동안 난 정말 엉망이었어. 그게 진실이야."

그래도 난 너를 좋아했을 거야.

애덤은 로빈에게 말하려 했지만 로빈이 듣지 않는 바람에 그 말을 소리 없이 외쳤다.

로빈이 어떻게 해야 들을 수 있을까?

애덤의 쿵쾅거리는 심장이 모든 소리를 다 지워버렸다.

"척 박사님한테도 말할 거야. 의사 선생님들은 이미 전부 알고 있어. 난 지독한 거짓말쟁이야. 이렇게 다 이야기하는 건 네가 처음이야. 거짓말해서 미안해."

로빈이 애덤의 팔을 잡아 문 쪽으로 이끌며 말했다.

"난 내가 역겨워."

핏기가 가신 로빈의 얼굴이 백짓장처럼 하얘졌다.

"정말로, 진짜 난 이해할 거야. 만약에 네가……."

애덤은 로빈의 턱을 살짝 들고 얼굴을 어루만졌다.

"모두 거짓말을 해, 로빈. 모두가."

"알았어."

그러면서 로빈이 애덤에게 기댔다. 애덤의 입술이 로빈의 머리카락을 가볍게 스쳐갔다.

"이제 가."

로빈이 애덤의 뺨에 입을 맞추고는 문을 닫았다.

23

애덤은 버스를 타고 집으로 돌아왔다. 택시를 탈 돈이 있었지만, 로빈이 애덤의 집이 자신의 집에서 고작 몇 블록 떨어진 곳에 있다고 알고 있었기 때문에, 택시를 탔다가는 애덤을 정신 나간 사람이라고 생각할지도 몰랐다. 이것이 애덤이 로빈에게 한 거짓말이다. 애덤에게는 몇 가지 거짓말이 더 있었는데, 전부 커다란 것들이었다. 애덤에게는 집에 도착하기 전에 생각을 정리할 수 있는 시간이 필요했다.

어떻게 포장하든 로빈의 거짓말은 어마어마했다. 그렇게 큰 거짓말을 하며 산다는 것은 끔찍한 일이었다. 하지만 애덤은 어제보다 오늘 로빈이 더 좋아졌다. 실제로 애덤은 어제 로빈을 좋아했던 것보다 오늘 로빈을 조금 더 좋아하고 있었다.

어떻게 이게 가능할 수 있지? 아마도 그 애가 나를 필요로 하기 때문일 거야. 좋아, 로빈과 로빈 아빠가 버뮤다로 내일 떠나니까 아마 당장, 지금 이 순간은 아닐지도 모르지. 하지만 로빈은 돌아오자마자 내가 필요할 거야.

로빈을 위해서 애덤은 더 빨리 나아져야 했다. 애덤이 로빈을 돌봐야 했기 때문이다.

시간이 가고 있어! 서둘러! 빨리 멀쩡해지자!

애덤은 자신의 일부가 아주 조금 찢긴 것 같은 기분이 들었다.

★ ★ ★

채츠워스 97번지에 도착한 애덤은 그곳에 장해물이 없는지 확인했다. 중년의 남자가 골든리트리버를 데리고 길을 따라 내려오고 있었다. 그 개는 모래가 발에 묻지 않도록 이상한 신발을 신고 있었다. 당황스러워 보였다. 물론 남자가 아니라 개 말이다. 바람이 애덤의 얼굴을 후려갈기며 물어뜯었지만 애덤은 꼼짝 않고 서서 개와 남자가 지나갈 때까지 기다렸다. 그러는 동안 날이 점점 어두워졌다. 애덤이 주위를 다시 확인했을 때, 이번에는 아무도 없었다. 애덤은 숨을 몰아쉬고 현관문 앞으로 걸어 올라갔다.

이곳에서의 1단계는 양쪽 집게손가락을 기도하는 것처럼 맞대는 것이있다. 애덤은 손가락을 보은 채 분에서 정확히 두 걸음 떨어져서 문 전체에 크게 윤곽을 그리기 시작했다. 이렇게 오른쪽으로 다섯 번, 왼쪽으로 일곱 번을 그려야 했다. 왼쪽으로 세 번째 윤곽을 그리고 있을 때 집 안에서 울음소리가 들렸다. 심장이 세차게 뛰었지만 정화 의식 없이는 집으로 들어갈 수가 없었다.

무슨 일이지? 크리스마스? 편지가 또 왔나?

마지막 동작을 망쳤기 때문에 정화 의식을 다시 시작해야 했다. 애덤은 우선 오른쪽에서 문의 윤곽을 그리기 시작했다. 추운 날씨였지만 땀이 흘렀다.

집중해, 애덤! 집중하라고!

애덤은 정확히 열다섯 걸음 뒤로 물러났다가, 마치 그곳에 어떤 표시가 되어 있기라도 한 것처럼 정확히 같은 발걸음으로 나아갔다. 하나를 놓치면 다시 시작해야 했다. 단순히 뒤로 물러나는 것뿐만 아니라 윤곽을 그리는 처음 동작부터 말이다.

애덤은 문지방 앞에 다시 서서 오른쪽 팔을 최대한 높이 올리고 악마를 쫓아내기 위해 백 번하고도 열한 번을 두드렸다. 위치가 부정확하거나 방해를 받으면 이 과정을 처음부터 해야 했다. 마지막으로 현관문 손잡이를 한쪽 방향으로 서른세 번, 다른 쪽 방향으로 열한 번 만진 다음, 손잡이를 돌리고 양 손바닥을 문에 대고 똑같은 힘으로 정확히 눌렀다. 똑같은 힘으로 정확히 누르는 건 쉬운 일이 아니었다.

이 주에는 채츠워스 97번지에 들어가려면 평균적으로 11분 정도가 걸렸는데 점점 정화 의식에 필요한 시간이 늘어나고 있었다. 이 행동이 말도 안 된다는 것, 그저 멍청한 생각일 뿐이라는 것을 애덤

역시 알고 있었다. 아무 의미도 없는 빌어먹을 짓이었다. 하지만 엄마를 무사히 지키기 위해서 '이제 됐어!'라는 느낌이 드는 새로운 정화 의식을 추가해야 했다. 이번에는 정신을 갉아먹는 것 같은 엄마의 울음에도 불구하고 정화 의식을 거의 완벽하게 해냈다. 단 한 번만 반복했을 뿐이다.

★ ★ ★

애덤은 정화 의식을 시작한지 9분 만에 집으로 들어갔다.

"엄마? 엄마, 나 왔어요."

그 순간 울음소리가 뚝 그쳤다. 수도꼭지를 잠그는 소리, 주전자가 쨍하고 부딪히는 소리가 들렸다.

"엄마 여기 있어, 아들! 네가 좋아하는 소고기 스튜를 만들고 있었어! 칠면조는 실컷 먹었지?"

애덤이 좋아하는 요리는 사실 양고기 스튜였지만 그건 아무래도 상관없었다. 이제 음식 냄새를 맡을 수 있을 정도로 부엌과 가까워졌다. 애덤은 공포를 가라앉히며, 부엌을 향해 천천히 걸어갔다.

"좋네요. 근데 엄마 괜찮아요?"

애덤은 엄마가 그릇을 마른 걸레로 닦으면서 냄비를 휘젓는 모습을 지세히 살펴보았다. 눈가가 빨갛긴 했지만 눈물을 흘린 자국은 없었다. 엄마가 애덤을 향해 미심쩍은 웃음을 지었다.

"물론이지, 아들!"

엄마는 냄비를 향해 고개를 끄덕이며 덧붙였다.

"양파랑 마늘도 넣었어. 맛있을 거야! 내가 미리 맛을 좀 봤거든. 네가 크리스마스를 어떻게 보냈는지, 로빈네 집에서 무슨 일이 있었는지 얼른 듣고 싶어!"

엄마가 로빈의 이름을 크게 말했다.

"미안, 아들. 아빠가 널 배신했어."

"아니, 내가 미안해요. 엄마한테 말하려고 했어요."

애덤은 숨을 고르게 쉬려 애썼다. 조리대 위를 흘끗 훑어봤지만 깨끗했다. 편지나 신문은 눈에 띄지 않았다. 쓰레기통에 담겨 있는 것이 분명했다.

"괜찮아, 아들. 남자들끼리의 얘기니까 이해해."

엄마가 주걱으로 스튜를 세게 휘저었다. 이런 속도라면 스튜가 곧 수프가 될지도 몰랐다.

"아주 맛있을 거야. 네가 좋아하는 감자를 많이 넣고, 콩은 안 넣었어. 행복한 크리스마스 다음다음 날이야! 가서 코트 벗고 손 씻고 오렴."

"알았어요."

애덤은 주변을 계속 훑어보았다. 엄마가 편지를 옆방으로 던져 버렸을 지도 몰랐다. 그렇게 되면 애덤이 편지를 확인할 방법이 없었다.

"코트 입은 김에 쓰레기나 버리고 올게요."

"역시 우리 아들이야."

애덤은 찬장 문을 열고 쓰레기봉투를 끄집어내려 애썼다. 애덤이 쓰레기봉투를 들고 입구를 묶는 척하는 사이 엄마는 접시와 포크, 나이프를 서둘러 찾았다. 밖으로 나간 애덤은 감자와 당근, 양파, 마늘 껍질과 소고기 기름 덩어리를 뒤적였다. 그사이에 그것이 있었다. 돌돌 말아 구겨진 하얀 종이 뭉치는 이번에는 찢겨져 있지 않았다. 엄마가 찢을 시간이 없었기 때문이었다. 그동안 편지를 보냈던 간격을 생각해보면 오늘의 편지는 너무 일렀다.

대체 왜? 누구일까? 누가 엄마를 이렇게 싫어하고 있지?

코트 주머니에 편지를 밀어 넣는 애덤의 손이 와들와들 떨렸다.

연휴라서 쓰레기를 수거하지 않았기 때문에 커다란 초록색 쓰레기통이 가득 차 있었다. 그래서 애덤은 가지고 나온 쓰레기봉투를 엄마가 잡동사니를 버린 네 개의 초록색 쓰레기봉투 옆에 내려놓았다. 이 봉투들은 엄마가 애덤에게 주는 '선물'로서 내다버린 것이었다. 애덤은 집을 향해 몸을 돌렸다가 문득 다시 돌아서서 엄마의 쓰레기봉투 하나를 들어올렸다.

너무 가벼웠다.

애덤은 레이저로 배를 가르듯 쓰레기봉투 하나를 풀었다. 다음 것도 그다음 것도 풀었다. 내용물은 모두 같았다. 안에는 신문 뭉치가 있을 뿐, 엄마가 약속했던 물건, 집 안에 쌓아두었던 잡동사니는 아무것도 없었다. 애덤은 가로등 불빛에 신문 뭉치를 비춰보고 그

것이 〈센티널〉이라는 것을 확인했다. 집에서는 〈센티널〉을 구독하지 않았으므로 엄마가 따로 사온 것이 분명했다.

젠장!

애덤이 조심스레 쓰레기봉투 끈을 비틀어 다시 묶었다.

아, 엄마.

애덤은 몹시 피곤해졌다. 차가운 눈발과 채츠워스 97번지를 채운 쓰레기가 애덤에게 스며들었다. 하지만 그 순간 로빈이 떠오르더니 온몸이 다시 따뜻해졌다.

"내가 말했지? 모두가 거짓말을 한다고."

애덤은 로빈을 향해 자그맣게 속삭였다.

24

벤과 애덤은 레드불과 초콜릿을 입힌 커피콩에 푹 빠져버렸다. 더 정확히 말하자면 레드불 다섯 캔하고 반, 로빈이 준 커피콩 한 사발을 흡입한 벤 스톤과 애덤 스펜서 로스는 제멋대로 날아가는 연보다 더 높이 훨훨 날고 있었다.

두 소년은 새해 전날을 배틀크래프트 매장에서 애덤의 크리스마스 선물과 벤의 용돈을 쓰면서 보냈다. 너무나도 멋진 날이었다. 저녁은 더 멋졌다. 벤의 부모님이 스프링힐에 있는 친척 집에 있었기 때문에 집은 소년들의 차지였다. 소년들은 자유를 정면으로 마주한 채 차고에 눌러앉아서 카페인을 먹고 마시며 자신들이 세운 워해머 게임 기록을 갱신했다. 벤의 부모님은 차고에 차를 다시 주차할 수 있을지도 모른다는 꿈을 이미 오래 전에 포기했다. 벤과 애덤은 오줌을 눌 때와 밥을 먹을 때만 집 안에 들어가 쉬었다. 워해머 게임과 온갖 과자, 레드불이 이들에게 천국과 같은 휴식을 주었다.

"우린 엉망이야, 벤."

애덤이 정확하게 새벽 2시 17분에 트림을 했다.

"알아, 알아, 알아."

벤도 인정했다. 벤은 카페인 때문에 떨고 있었다.

"여긴 우리 차지야. 알코올 창고가 활짝 열려 있다고. 실컷 마셔도 부모님은 알지도 못해. 우린 망했어. 우리는 정말 '엉망'인 놈들이라고. 사전에서 그 단어를 찾으면 너하고 내 사진이 나올걸."

"이왕이면 잘생긴 사진이면 좋겠는데."

애덤의 말에 벤이 미친 듯이 웃음을 터뜨렸다.

"벤, 넌 완전 정신 나간 놈이야."

애덤이 새 레드불을 따서 한 모금 마시고는 친구에게 건넸다.

"난 안 마시려고 했었거든? 약 먹고 술 마시면 안 되니까."

"더럽게 잘나셨네."

벤이 대답했다.

"야! 넌 이 행성에서 내 성격을 견뎌낼 유일한 사람이야."

"이 정신 나간 놈."

둘은 동시에 말하면서 레드불을 부딪쳤다.

"새해 복 많이 받아라, 벤 스톤!"

"영원히 엉망이기를. 진짜 정말로 엉망이기를. 여기 있어줘서 고맙다, 멍청아!"

벤이 애덤의 말에 대답하며 게임 탁자를 살펴보았다.

"괴짜!"

"완전 맛이 간 놈!"

두 소년은 잔뜩 취해 한 목소리로 말했다.

소년들은 새벽 5시 15분이 되어서야 집에 들어갔다. 그러고는 거실 소파와 바닥에 쓰러진 뒤, 벤의 부모님이 오후 늦게 집에 도착할 때까지 잠에서 깨지 않았다. 이날은 아빠와 스위티, 브렌다 아줌마와 함께 이틀을 보냈을 때처럼 꽤 괜찮은 하루였다. 하지만 아티반에 의존해야 했기 때문에 썩 바람직하지는 않았다. 애덤은 처방받은 약을 너무 빨리 복용하고 있었다. 척 박사에게 뭐든 변명을 해야 했고, 목록도 작성해야 했다. 그러니까 나중에 말이다.

★ ★ ★

애덤과 로빈은, 로빈이 휴가에서 돌아온 그 주에 두 번이나 전화를 했다. 로빈과 처음 전화했을 때, 스위티는 어디든 애덤을 쫓아다니며 애덤의 말을 따라하고 표정과 손동작을 모두 흉내냈다.

"도대체 뭐하는 거야?"

전화를 끊은 애덤이 스위티에게 따져 물었다.

"연습."

"어떤 연습. 나 미치게 하는 연습이야?"

애덤이 화난 척하며 따졌다.

"내가 사랑에 빠지면 세상에서 제일 예쁜 내 여자한테 무슨 말을 할지 연습하는 거야. 그 누나 가슴 커?"

"스위티! 그건 너무…… 아니, 안 커."

"내 여자는 클 거야."

애덤은 다음 날 로빈에게 전화를 거는 개인적인 시간 15분을 얻기 위해서, 스위티에게 함께 빵을 굽겠다고 약속했다. 로빈과의 전화는 그만한 가치가 있었다.

★ ★ ★

나쁜 날이었다. 아무 이유 없이 그랬다. 배가 너무 많이 조였다 풀려서 저녁이 되면 빨래판 같은 복근이 생기지 않을까 하고 생각할 정도였다. 하지만 로빈이 "안녕"이라고 말하자마자 근육이 풀려버렸다. 애덤은 두 사람 사이의 새로운 의식, 누가 먼저 전화를 끊어야 하는지에 대한 끝없는 토론이 시작될 때까지 그 상태였다.

"이제 끊어."

"아니, 네가 끊어. 내가 듣고 있을게."

"싫어. 네가 먼저."

"네가 먼저 끊으라니까."

"진짜 싫어. 네가 끊어. 내가 기다릴게."

두 사람은 옥신각신하는 동안 감사하게도 스위티는 옆에 없었다.

빵을 굽는 것은 그리 힘들지 않았다. 스위티는 〈뉴욕 타임스〉의

레몬 치즈 케이크에 홀딱 빠져 있어서, 다른 케이크를 만들겠다고 고집부리지 않았다. 브렌다 아줌마가 옆에서 재료를 준비해주고 요리 방법을 읽어주었다. 브렌다 아줌마는 아빠가 2년 전 크리스마스 선물로 준 진청색 '키친에이드' 믹서기를 사용했는데, 이 믹서기는 스위티가 탐내고 있는 물건이었다. 스위티는 믹서기를 혼자서 사용해도 괜찮은 날을 손꼽아 기다리고 있었다.

스위티는 붓고, 섞고, 휘젓고, 들여다보았다. 애덤은 레몬 담당이어서 설탕에 절인 레몬 껍질로 말라비틀어진 벌레 같은 모양을 만들어냈다. 이걸로 완성된 치즈 케이크를 장식할 예정이었다. 애덤은 자신의 의무를 다했다. 의무에는 껍질을 벗기고, 설탕물에 레몬을 데치고, 열심히 말려 장식하는 것이 포함되어 있었다. 완성된 치즈 케이크는 꽤 근사했다.

"형이 레몬 껍질을 장식했어! 그래도 내가 제일 많이 했어."

스위티가 아빠에게 너그러운 척 말했다.

모든 것이 다 좋았다. 하지만 애덤이 떠날 때가 되자 스위티는 몇 달 동안 부리지 않던 고집을 피우기 시작했다. 뇌물과 협박, 유혹도 소용없었다.

"왜? 왜 가야 하는데? 우리가 카멜라 로스 여사보다 형을 더 사랑한단 말이야. 브렌다 로스 여사가 아빠한테 말하는 거 들었어! 형은 여기 있는 게 더 안전하다고 브렌다 로스 여사가 그랬어! 형은 우리랑 같이 있어야 한다고 브렌다 로스 여사가 그랬단 말이야!"

"그만해, 웬델 제퍼슨 로스!"

깜짝 놀란 스위티는 방으로 끌려가는 동안 아빠를 발로 차고 소리를 꽥꽥 질렀다.

집으로 가는 자동차 안에서 애덤과 아빠는 거의 말이 없었다.

"아까는 미안하구나, 아들."

마침내 아빠가 얼굴을 손으로 쓸어내리며 말했다.

아들.

아빠는 지난 몇 달 동안 점점 더 자주 애덤을 이렇게 불렀다. 애덤이 고개를 끄덕이며 말했다.

"괜찮아요. 큰일도 아닌데요. 웬델이 절 좋아하는 거 알아요."

"웬델은……."

아빠가 한숨을 내쉬었다.

"즐거운 시간이었으니까 됐어요."

아빠는 멍하니 저 어디쯤을 바라보는 것 같았다.

"다행이구나. 그런데 말이다, 참견하긴 싫지만, 뭐 어쨌거나. 그 여자아이는 어땠니?"

애덤은 대시보드를 향해 미소 지으며 로빈의 목소리를 떠올렸다.

"좋아요, 아빠. 저는 그러니까, 어쩔 수가 없어요."

아빠가 손을 내밀어 애덤의 머리를 헝클어뜨렸다.

"그래, 넌 그냥 애야. 내가 매번 말해주지 않아도 이 사실을 꼭 기억하렴."

차는 곧 채츠워스 97번지에 도착했다.

"곧장 가세요. 제가 안으로 들어갈 때까지 기다리지 말고요."

아빠가 자동차 핸들을 꽉 잡았다.

"아들."

"알겠죠, 아빠?"

"그래, 알았다."

자동차가 빠져나가는 소리를 듣고 나서 애덤은 오른쪽 주머니에 손을 넣어 편지를 더듬으며 몸을 떨었다.

★ ★ ★

집 안으로 들어가는 데는 17분이 걸렸다.

"다녀왔어요, 엄마."

"아들 왔어? 엄마는 부엌에 있어. 배고프니?"

"배 안 고파요. 1분 있다가 내려올게요."

"알았어. 얼른 네 얘기 듣고 싶으니까 빨리 내려와!"

애덤은 조심스럽게 계단을 올라가며 남자용 슬리퍼를 오른쪽으로 밀쳐버렸다.

저건 어디서 난 거지?

방에 도착할 즈음, 심장이 딸꾹질을 하고 있었다. 애덤은 홀리 로사리 성당의 화강암 바닥에 있는 미로가 필요했고, 또 몹시 그리웠다. 성당 복사였기 때문에 그 길을 걷지는 않았지만 미로를 걸으면 마음이 얼마나 진정되는지는 또렷하게 기억하고 있었다. 약을 먹기 전, 치료를 받기 전, 지원 모임에 나가기 전, 그러니까 전에, 전에……. 그때의 소년은 정상이었다.

편지를 침대 위에 조심스레 펼치는데 조각 몇 개가 바닥 위로 떨어졌다. 잡지에서 오려낸 글자였다. 애덤은 빈 공간을 살펴보며 조각들을 원래 있던 곳에 올려놓았다. 머리가 터져버릴 것 같았다.

죽어 이 멍청한 여자야 왜 아직 숨을 쉬고 있어?

넌 쓸모없는 인간이야!

넌 엄마가 아니야 넌 이기적이야 모두 너를

싫어해 넌 불행 속에서 영원히 살아야 해

넌 네 아들의 삶을 갉아먹으면서

그 아이의 세상을 위협하고 있어

그 애한테 행복하게 살 수 있는

기회를 줘야 해

"아, 엄마. 정말 미안해요, 엄마. 미안해."

애덤이 바닥으로 무너져 내렸다. 애덤은 침대 앞에서 무릎을 꿇었다.

"애덤, 우리가 고른 냉동 루바브 남은 걸로 엄마가 복숭아 루바브 파이를 구웠어!"

애덤은 천천히 숨을 내쉬며 손으로 얼굴을 쓸었다.

기운 내!

"와, 금방 씻을게요."

애덤은 책상을 뒤적여서 피규어를 만들 때 사용하던 라이터를 찾아 편지에 불을 붙였다. 휴지통 속에서 활활 타는 종이를 보자 목구멍이 바싹 구운 토스트처럼 마르는 것 같았다.

엄마, 도대체 우리가 어떻게 해야 할까요?

"애덤?"

"가요."

애덤이 대답했다.

25

다음번 대화를 나눌 때, 로빈은 마구 흥분했다.

"와, 진짜 나쁜 사람이네. 당장 척 박사님한테 말씀드려. 다음 주에 모임이 끝나고 나서 말이야. 사실 지난주에 이미 말했어야 했어. 내가 너랑 같이 있어줄게. 괜찮을 거야. 약속해."

이러면 안 돼.

로빈을 돌보는 것이 애덤의 계획이었고, 이 계획이 애덤의 목표였다. 하지만 지금은 로빈이 애덤을 돌보고 있었다. 애덤은 로빈을 위해 강박증을 고쳐야 했다. 오직 로빈을 위해서, 로빈을 구하기 위해서 애덤은 정상이 되려고 노력했다.

"내가 왜 못하는지 너도 알잖아. 척 박사님은 전문가야. 보고해야 할 의무가 있지. 엄마는 내가 말했다는 걸 금방 알게 될 거야."

"무슨 말인지 알아. 그래도 이건 좀 지나쳐. 넌 말해야 해."

"말하고 있잖아. 너한테 말하고 있다고."

"그건 잘했어. 그래도 난 척 박사님한테 말해야 한다고 생각해."

"난 못해, 로빈. 그냥 못해. 있잖아, 복잡해. 그 점에 대해선 날 좀 믿어줘. 난 그렇게는 못해."

"좋아, 알았어. 지금은 그렇다는 거지? 난 그냥 네가 걱정돼서 그래. 물론 너희 엄마도 걱정되지만 네가 제일 걱정스러워."

이 상황은 엄청나게 잘못됐어.

"누가 나를 협박하는 게 아니야. 나랑은 상관없는 일이라고."

두 사람은 통화를 계속했다. 곧 누가 먼저 전화를 끊어야 하는지 옥신각신하는 의식을 해야 할 시간이 되었다.

애덤은 그날 밤을 고통스럽게 보냈다.

로빈에게 말한 게 실수였어. 너무 멍청했다고! 이 일은 연약한 로빈의 어깨에 지우기에는 너무 부담스러운 일이야. 이제 어떻게 하지? 내가 도대체 무슨 생각으로 그랬을까?

애덤은 강박증을 고쳐야 했다. 하지만 어떻게 해야 할지 몹시 고민스러웠다.

★ ★ ★

지원 모임의 처음 10분은 다시 만난 것을 기념하는 파티 같은 분위기였다. 물론 애덤은 파티에 가본 적이 없었다. 모두가 서로 다시 만난 것에 퍽 들뜬 듯했다. 아이들이 계속 방을 서성거리는 동안,

애덤은 오합지졸 슈퍼 히어로들이 각자 또 다른 자아로 변신했다는 사실을 알아차렸다.

애덤은 스누키를 보고 그 사실을 알았다. 스누키는 스키장을 많이 다녔는지 얼굴이 까맣게 되어 있었다.

"머리 위에 그거 뭐야?"

애덤이 물었다.

"아! 깜빡했네! 이거 내 푸프•야."

애덤의 질문에 스누키가 자기 머리를 톡톡 두드리며 말했다. 애덤이 도무지 무슨 뜻인지 모르겠다는 표정으로 바라보았는지 스누키가 설명을 덧붙였다.

"머리카락을 띄우려고 속에 넣는 머리카락 같은 거지."

"그걸 왜 하는데?"

스누키가 눈을 흘겼다.

"키가 더 커 보이고 날씬해 보이니까. 머리카락이 풍성하면 그렇게 보이잖아."

스누키가 설명하는 사이, 애덤은 자신이 괜한 걸 물어보았다는 것을 깨달았다. 애덤의 질문이 스누키의 기분을 상하게 한 모양이었다.

"진짜 잘 어울려. 그렇지만 키가 더 커 보이고 날씬하게 보이려

• 가짜 머리

고 그걸 쓸 필요는 없어. 그러니까 그게 있든 없든 멋지니까."

"고마워, 배트맨."

스누키가 애덤을 향해 인조 속눈썹을 슬쩍 쓰다듬었다.

"참, 원더우먼이 원더우먼 팔찌를 차고 있는 거 봤어? 안녕, 원더우먼!"

스누키가 교실을 가로질러 큰소리로 외쳤다.

"네 팔찌 좀 배트맨한테 보여줘."

원더우먼이 가운데에 빨간 별이 그려진 금색 팔찌를 보여주었다.

"진짜네!"

애덤은 엄지손가락을 세웠다.

"쇼핑몰에서 31달러 50센트에 팔고 있는데, 괜찮은 거 같아."

"안녕, 너희 그거 알아? 자, 봐!"

아이언맨이 스누키와 애덤에게 걸어와서 자신의 가슴을 가리키며 말했다. 가슴에는 둥그런 원반이 강렬한 빛을 발하고 있었다.

"와, 그거 진짜 아이언맨 같은데?"

아이언맨이 애덤의 대답에 콧방귀를 뀌었다.

"이런! 이게 내 아크 원자로야. 우리 엄마가 줬어. 너희가 믿을지는 모르겠지만."

아이들은 그동안 서로 전화를 한 것 같았다. 캡틴 아메리카는 빨간색과 흰색, 파란색 방패를 흔들고 있었다. 티론은 그린 랜턴 가면을 쓴 채 장난치고 있었고, 로빈에게 작업을 걸던 피터는 울버린처럼 구레나룻을 길렀다. 애덤은 앞으로는 좀 더 열정적으로, 많이, 그러니까 하루에 두 번씩 면도를 해야겠다고 생각했다. 애덤이 알기로는 면도를 많이 하면 할수록, 더 빨리…….

"대단하지? 그치?"

원더우먼이 자리에서 벌떡 일어나 이들에게 다가오며 말했다.

"넌 가지고 있는 슈퍼 히어로 물건 없어?"

원더우먼이 이렇게 말하며 스누키를 향해 한쪽 눈을 찡긋했다. 미소를 짓고 있었지만 눈동자는 연휴 전처럼 무언가에 사로잡혀 있었다.

"배트맨 수건하고 배트맨 로고가 들어간 머그잔을 가지고 있어."

애덤이 씩 웃으며 대꾸했다. 로빈은 건너편에서 애덤을 바라보고 있었다.

"내 마음에 쏙 드는 것들이야. 다음 주에 가지고 올게."

애덤은 일부러 큰 소리로 말했다. 그러자 스누키가 장난스럽게 애덤을 밀치며 말했다.

"됐어. 그걸로 뭐하게? 머그잔으로 고담의 잔인한 범죄자들을 물리치려고? 머그잔 가지고 배트맨 티가 나겠어? 여기!"

스누키가 이상하게 생긴 반지를 애덤에게 건넸다.

"배트맨 반지야. 밤에는 배트맨 무늬대로 빛이 나. 멋지지? 스누키하고 내가 우리 거 살 때 같이 샀어."

"와, 무슨 말을 해야 할지 모르겠어. 애들아, 난 정말, 이건……."

에덤은 반지를 몇 번 꼈다 뺐다 한 끝에 크기가 딱 맞는 손가락이 집게손가락이라는 것을 찾아냈다.

"참, 너 배트맨 바지도 사. 6달러 99센트밖에 안 하더라. 네 마음에 쏙 들 거야!"

스누키가 말했다.

"알았어!"

"이제 토르만 남았네."

원더우먼이 교실을 둘러보다가 토르의 이름을 언급했다. 건너편에 있던 토르는 자신의 이름을 듣고는 이내 얼굴을 찡그렸다. 슈퍼히어로 급의 청력이 있는 것이 분명했다.

"준비물 같은 건 필요 없어. 토르는 짙은 긴 금발에 근육질이잖아. 그냥 가만히 있어도 완벽해. 안 그래?"

애덤의 말에 아이들이 열심히 고개를 끄덕였다.

"그렇지! 맞아! 완벽해!"

그러자 토르가 끙 소리를 냈다.

"이제 우리 귀여운 로빈만 남았네."

스누키가 말했다.

"야, 못되게 굴지 마."

원더우먼이 스누키를 팔꿈치로 쿡 찔렀다. 그사이 척 박사가 등장해서 아이들에게 이제 그만 조용히 하라고 말했다. 원더우먼은 이리저리 끌리는 의자 소리와 울버린의 꽉 움켜쥔 주먹 너머로 로빈의 관심을 끌기 위해 애썼다.

"로빈. 로빈. 야, 로빈!"

로빈이 마침내 원더우먼 쪽으로 몸을 돌렸다.

"로빈, 우리가 가져온 초록색 장갑 너 가질래?"

원더우먼이 자신의 팔에 찬 팔찌를 톡톡 두드렸다. 로빈은 교실 안을 둘러보고 상황을 바로 알아차렸다.

"글쎄?"

"저스티스 리그와 어벤져스 리그에 다시 온 걸 환영한다. 새해 복 많이 받으렴."

척 박사가 말했다.

"초록색 장갑은 15달러 64센트야."

"괜찮아. 난 안 할 거니까."

"자, 누가 먼저 시작할래?"

원더우먼과 스누키, 그리고 애덤이 일제히 로빈을 바라보았다. 시선을 받은 로빈의 얼굴이 엄청나게 새빨개졌다.

"살게, 고마워."

로빈이 입모양으로 말했다.

여느 때처럼 울버린의 엄청난 허풍으로 본격적인 지원 모임이 시작되었다. 마음을 푹 놓고 숫자를 세며 생각할 수 있었기 때문에 애덤에게는 그리 나쁘지 않은 상황이었다.

열셋, 열다섯, 열일곱, 열아홉, 스물하나, 스물셋…….

애덤은 자신이 속으로 숫자를 세는 걸 스누키가 안다는 것을 깨달았지만 크게 신경 쓰지 않았다.

뭘 안 한다는 거야, 로빈?

원더우먼이 점점 더 작아지는 목소리로 자신의 이야기를 하고 있었다. 애덤은 이야기에 끼어들어서 뭔가 제대로 된 도움을 주고 싶었다. 하지만 원더우먼의 고민은 좁은 공간에 대한 것이 아니라 음식에 대한 것이어서 애덤이 해줄 수 있는 말이 없었다. 척 박사는 엄청나게 열심히 메모하고 있었다.

아이들이 긴장을 풀고 쉬는 사이 캡틴 아메리카의 차례가 되었다. 캡틴 아메리카는 새해가 되었으니 슈퍼 히어로의 행운을 비는 초를 밝히러 배트맨의 성당에 다시 가자고 제안했다.

"좋아!"

스누키와 원더우먼이 한 목소리로 말했다. 토르를 뺀 나머지 아이들도 동의했다.

"배트맨?"

척 박사가 애덤에게 물었다.

"네, 좋아요. 정말로요. 네모난 성수를 담은 그릇을 지나면 신도석 앞에 미로 무늬가 있어요."

애덤이 코트 속으로 몸을 밀어 넣으며 대답했다.

아이들이 애덤의 말에 귀를 기울였다.

"죽인다!"

캡틴 아메리카가 말했다.

"〈왕좌의 게임〉 같은데?"

스누키가 말했다. 애덤은 스누키의 말에 전부 다는 아니지만 약간, 아주 약간 동의했다.

"맞아. 난 거길 걷는 게 조금 멋지다고 생각했어."

"걷는다고?"

그린 랜턴이 물었다.

"그래, 바닥에 새겨진 무늬 위를 걷는 거야. 그 미로는 성스럽고, 오래된 거야. 그런 곳을 걷는 건 진짜 멋져!"

"나 할래!"

스누키가 일어서며 말했다.

"나도!"

로빈이 관심을 보이며 애덤을 향해 빠르게 걸음을 옮겼다.

지원 모임의 나머지 아이들도 이들의 뒤에 섰다. 토르는 그 옆에서 일행을 보호하거나 끌고갔는데, 그건 어떻게 보느냐에 따라 달랐다.

"그래, 그렇다면 좋아. 그 이야기는 다음 모임 때 들려주렴. 다음 주에 보자."

척 박사가 파일과 종이를 그러모으고는 웃으며 말했다.

애덤은 아이들, 그리고 로빈과 함께 홀리 로사리 성당으로 다시 가게 되었다는 사실에 흥분했다. 기분이 금방이라도 날아오를 듯

상쾌했다. 머릿속에 자리하고 있던 끈적끈적한 거미줄과 끊임없이 이어지던 망치질이 사라졌다. 누군가 머릿속에서 리셋 버튼을 누른 것 같았다.

애덤은 성당으로 가는 내내 숫자를 세지 않았다. 지난 며칠 간 숫자를 세지 않고는 몇 분도 버티지 못했다는 것을 생각하면 그것만으로도 기적이라고 할 수 있었다. 진짜로 그랬다. 아니, 어쩌면 이건 하느님이 보낸 신호일지도 몰랐다.

하느님이 애덤 때문에 기분이 좋으신 모양이었다.

26

하느님과 모든 천사에게 감사하게도 성당은 또 텅 비어 있었다. 애덤은 다시 집으로 돌아온 것 같은, 마치 따뜻한 포옹을 받고 있는 것 같은 느낌을 받았다. 물론 이런 느낌은 아이들과 함께 처음 성당에 왔을 때도 받을 수 있었다. 하지만 그때는 제정신이 아닌 아이들을, 몇 년 동안 발을 들여놓지 않았던 성당에 데리고 왔다는 불안함 때문에 그 느낌을 충분히 즐길 수 없었다.

애덤은 이번에는 아이들을 먼저 들여보낸 다음 정화 의식을 했다. 불행히도 지난번보다 두 배 정도의 시간이 걸렸다.

아무 문제없어.

슈퍼 히어로들은 미로가 새겨진 바닥에 서서 애덤을 기다리고 있었다. 애덤을 본 아이들은 앞다투어 자신들이 성수에 손을 넉넉히 담갔다 뺀 다음 십자가를 긋는, '빌어먹을 정도로 좋은 표시'를 충실하게 했다고 주장했다. 그때 그린 랜턴이 토르를 흘끗 올려다보며 속삭였다.

"토르는 아니야. 토르는 손을 담갔다가 꺼낸 다음에 아무것도 안 했어, 아무것도."

토르는 성당을 거닐고 있었다.

"아직도 안 한 거 같아."

그린 랜턴이 덧붙였다. 애덤이 다양한 안내 책자가 놓인 탁자를 향해 걸어가며 말했다.

"괜찮아! 우리 처음부터 시작해보자. 저기 통로가 보이지? 분홍색 통로를 따라가는 거야. 진회색 화강암 쪽으로는 가지 않는 게 좋겠어."

"알았어, 배트맨, 네가 한 번 보여줘."

울버린이 손을 가슴에 얹은 채 말했다.

"내가 심근경색 때문에 심장이 멎는다면, 아마 여기가 최고로 잘 어울리는 곳일 거야. 교황님인데 설마 심폐소생술 정도는 할 줄 아시겠지?"

아이들 중 누구도 울버린의 말을 비웃거나 눈을 흘기지 않았다. 아이들은 울버린을 제대로 이해하지는 못했지만, 이것이 울버린이 가지고 있는 문제라고 생각하고 그대로 내버려두었다.

"좋은 장소지. 울버린, 넌 아마 멋질 거야."

애덤이 눈을 가늘게 뜬 채 안내문을 바라보며 말했다.

"좋아. 먼저 가운데로 걸어가야 해."

말을 마친 애덤이 구불구불한 선 가운데에 놓인 분홍색 꽃을 가리켰다.

"이걸 '정화'라고 부르는데, 걸으면서 죄를 깨끗이 씻는 거야. 영감을 얻기 위해서 중앙에서 잠깐 쉬었다가 다시 돌아와. 이게 바로 '일치'야. 우리 삶에 새로운 인식과 고요함을 가져다준대."

"걷기만 해도 그걸 다 얻을 수 있다고? 대박이다!"

그린 랜턴이 놀란 말투로 감탄했다.

"좋아. 나를 따라와."

애덤이 손짓하며 말했다.

애덤이 막 걸음을 옮겼을 때, 릭 신부님이 아이들을 향해 다가왔다. 릭 신부님은 걸음을 멈추고 신도석에 앉아 아이들을 바라보았다. 이전에도 아이들은 충분히 특별했지만 지금은 가면을 쓰고, 장갑을 끼고, 원반을 든 채 눈에 보이지 않는 미로를 향해 열심히 움직이고 있었다. 토르를 포함해 모두가 그랬다.

"밀지 마."

"안 밀었어."

"밀고 있잖아!"

"너 때문에 좁으니까 그렇지!"

"너 너무 느려. 빨리빨리 가라고!"

"얘들아, 됐어! 전부 나와!"

애덤이 한쪽 손을 들어 아이들을 진정시켰다. 아이들은 구시렁거리면서도 모두 제자리로 돌아왔다.

"얘들아, 여긴 명상을 하러 가는 곳이야. 열린 마음으로 말이야."

울버린이 한숨을 내쉬었다. 손은 아직도 가슴 위에 놓여 있었다.

"자, 다시 시작하자. 이번엔 앞사람한테 공간을 많이 주는 거야. 준비됐지?"

아이들이 고분고분하게 고개를 끄덕였다.

"좋았어, 이제 시작하자."

이번에는 깊은 침묵이 이어졌다.

★ ★ ★

"정말 멋졌어! 진짜로! 진짜 멋졌어, 그치?"

미로를 빠져 나오자마자 캡틴 아메리카가 소리쳤다. 아이들은 캡틴 아메리카의 말에 대강 대답한 다음 각자 십자가와 촛대를 구경하기 위해 흩어졌다. 아이들에게는 홀리 로사리 성당이 테마파크보다 흥미로운 곳이었다.

"애덤."

릭 신부님이 애덤을 불렀다. 로빈이 릭 신부님에게 다가가는 애덤의 손을 꼭 잡아주었다.

"안녕하세요, 신부님. 잘 지내셨어요?"

릭 신부님은 사제복을 입고 있었는데, 검은색 바지에 하얀색 옷깃이 서있는 셔츠였다. 사무적인 옷이 성당과 잘 어울렸다.

"죄송해요, 제가……."

릭 신부님이 애덤을 향해 웃어주었다.

"네 친구들은 언제든 환영이란다, 애덤. 홀리 로사리 성당이 너희를 위한 피난처가 되면 좋겠구나. 특히 너한테 말이다."

애덤은 스테인드글라스, 바닥의 금빛 화강암, 초, 신도석에 새겨진 조각들을 강박적으로 세던 기억을 떠올리며 괴로워했다.

"네가 친구들에게 미로를 가르쳐주었구나?"

"네, 신부님."

"그거 아니? 음, 이름이……."

"로빈 플러머예요."

로빈이 대답했다.

"미안하구나. 내가 기억했어야 하는데. 플러머 양, 우리 애덤이 아주 멋진 제단 봉사자였다는 거 아니?"

제단 봉사자가 무엇인지 알지 못하는 로빈은 릭 신부님의 말에 조금 당황한 눈치였다.

"복사라고 해. 고맙습니다, 신부님."

애덤이 설명해주었다.

"사실인걸."

"응, 넌 물론 그랬을 거야."

그때 동전이 돌바닥에 떨어지는 소리가 들렸다.

"있잖아, 난……."

로빈이 애덤의 손을 놓자 갑자기 손 안의 온기가 모두 사라졌다.

"난 애들한테 가서 십자가를 보고 있을게. 또 봬요, 신부님."

"또 봐요, 플러머 양."

애덤과 릭 신부님은 로빈이 신도석을 향해 걸어가는 것을 바라보았다.

"애덤."

릭 신부님은 로빈이 두 사람의 대화를 듣지 못할 만큼 멀리 걸어가자 애덤에게 가까이 다가와 속삭였다.

"넌 성스러운 은사를 입었어. 다시 돌아오면 좋겠구나. 네가 준비되고 어머니가 괜찮으시면 언제든 말이다."

신부님이 제단을 흘끗 보고 말없이 서있는 애덤에게 시선을 주었다가 다시 멀리 시선을 돌렸다.

"내가 괜한 말을 꺼냈나보구나. 미안하다, 애덤. 네 친구들은 다 괜찮은 거니?"

"네, 강박증이 있긴 하지만 모두 약을 먹고 있어서 폭력적이지 않아요. 토르도요."

애덤과 릭 신부님은 촛대 앞에 딱 달라붙어 있는 베헤모스•에 바싹 다가갔다. 서른 네 개의 초가 타고 있었다. 애덤은 성당을 나서

• 구약성서에 등장하는 하마와 닮은 거대한 괴물

기 전에 초의 숫자를 조정해야겠다고 가만히 생각했다.

"어머니는? 집도 괜찮고?"

애덤은 릭 신부님의 뒤쪽 신도석에서 숫자를 세기 시작했다.

다섯 세트만.

그렇게 다시 숫자를 세는 일이 시작되었다.

하나, 셋, 다섯, 일곱, 아홉, 열하나…….

"애덤, 난 여기 있어. 예전처럼 네게 내가 필요하다는 걸 느낄 수 있단다. 하느님도 네게 작은 도움을 주실 거야."

릭 신부님이 나지막이 말하는 바람에 애덤은 신부님의 목소리를 들으려 몸을 기울여야 했다. 애덤은 릭 신부님의 말에 고개를 끄덕였지만 아주 그럴싸하게는 아니었다. 릭 신부님이 자리에서 일어나서 제단 쪽으로 걸어가더니 잠시 후 뒤돌아서서 애덤에게 말했다.

"언제든 여기 있단다, 애덤. 언제든."

릭 신부님이 알아채셨을까? 얼마나 정신이 나가 있었지? 뭘 느끼셨을까?

열일곱, 열아홉, 스물하나, 스물셋…….

사람들이 알 수 있을까? 제기랄, 사람들은 알 수 있어!

스물다섯, 스물일곱, 스물아홉…….

이곳에는 애덤을 위한 리셋 버튼이 없었다. 연기는 가닥을 이루다가 이윽고 익숙한 거미줄이 되었다. 거미줄은 아주 오랫동안 애덤의 마음을 꼼짝 못하게 꽁꽁 묶어 놓았다.

빌어먹을. 다시는 안 돼.

애덤은 아이들과 처음 성당에 왔을 때 아이들을 최면에 빠지게 했던 십자가를 향해 눈을 돌렸다. 예수 그리스도가 애덤을 바라보고 있었다.

저랑 함께해주실래요?

예수 그리스도는 여전히 슬픈 표정으로 매달려 있었다.

일단 대답하라고, 빌어먹을!

초 옆에서는 대소동이 일었다. 아이들 중 절반은 성당을 헤집고 다니면서 초를 끄고 십자가를 어설프게 그었고 나머지 절반은 무릎을 꿇고 있었다.

셋, 다섯, 일곱…….

애덤은 십자가로 시선을 돌렸다. 예수 그리스도는 상처를 입었고, 돌봐야 할 세상이 있었다. 그런 예수 그리스도에게 부담을 주고 싶지 않았다. 하지만…….

죄송해요. 예수님이 바쁘신 거 알아요. 시간을 뺏고 싶은 건 아니에요. 하지만 그래도 저를 도와주실 수 있다면, 시간을 낼 수 있으시다면…… 제발, 제발, 제발 예수님, 저 좀 고쳐주세요.

★ ★ ★

그날 밤 애덤은 집으로 들어가는 데 23분이 걸렸다. 방해를 받지 않았다면 훨씬 더 빨랐을 것이다. 한참 정화 의식을 치르고 있는데 갑자기 길 건너에 사는 폴란스키 부인이 일요일에 교회에 갈 때 입을 법한, 옷깃에 인조털이 달린 회색 모직 코트를 입고 슬리퍼 차림으로 걸어왔다.

"애덤? 애덤!"

애덤이 폴란스키 부인을 향해 돌아섰다.

"괜찮니, 애덤? 문이 잠겼어? 난 오랫동안 가끔 널 지켜봤단다."

"괜찮아요, 아줌마. 걱정해주셔서 감사해요. 엄마는 안에 있을 거예요. 쫓겨난 게 아니라 제가, 뭘 좀 해야 돼서요. 그러니까 들어가기 전에 일정한 방식으로 뭔가를 해야 하거든요. 저는 진짜 괜찮아요, 하느님께 맹세할 수도 있어요. 걱정시켰다면 죄송해요."

말을 할 때마다 부끄러움이 파도처럼 밀려왔다. 폴란스키 부인은 코트로 몸을 단단히 여미며 고개를 끄덕이더니 발걸음을 옮겼다. 하지만 애덤을 문 앞에 남겨두고 가는 것이 불안한지 자꾸 걸음을 멈추고 뒤를 돌아보았다.

"얘야, 난 길 건너에 있어. 혹시라도 그러니까…… 음, 난 집에 있단다."

폴란스키 부인은 그렇게 말하고는 총총 걸어갔다.

★ ★ ★

우주의 모든 사람과 통화 중인지 예수 그리스도는 매우 바빴다. 그래서 그날 오후 애덤은 척 박사에게 전화했다. 메시지를 남겨야겠다고 생각했을 뿐인데 척 박사가 전화를 받았다. 오후 8시 37분이었다.

"도와주세요."

"애덤?"

수화기 너머로 들리는 척 박사의 온화한 목소리에 애덤의 떨림이 잦아들었다.

"도움이 필요해요."

"오늘 밤은 괜찮겠니?"

"네, 박사님. 그럴 거 같아요."

척 박사가 한숨을 내쉬었다. 이 치료사가 박사님이라 불리는 것을 싫어한다는 것이 문득 떠올랐다.

"내일 3시 30분에 올 수 있니?"

"네. 생물학 수업 빠지면 돼요."

"그래. 필요한 것을 적어줄게. 그리고 애덤."

"네, 박사님."

"호흡해."

"네, 지금 당장 시작할게요."

일곱 세트. 하나. 셋, 다섯, 일곱…….

27

다음 날 상태가 조금 나아지자 애덤은 척 박사에게 전화를 걸었던 것이 후회되기 시작했다. 완전히 나아진 것은 아니어서 여전히 숫자를 세고, 몸 깊숙한 곳 어딘가에서 성가신 진동이 낮게 울려 퍼지는 것 같았지만 말이다.

애덤은 집에서 척 박사에게 전화를 하고, 에릭 야신스키에게 생물학 수업을 부탁한다고 말하고, 엄마에게 왜 늦었는지 거짓말을 하는 일들이 지질하게 느껴졌다. 어젯밤의 전화는 분명 실수였다.

"실수였어요. 이제 좀 나아졌거든요. 죄송해요. 어제는 제가 잘못 생각했던 것 같아요."

애덤이 문가를 서성이며 척 박사에게 말했다.

"그래도 어쨌든 들어와, 애덤. 가방 내려놓고."

척 박사는 면담 때 앉는 베이지색 팔걸이의자를 뒤로 밀며 몸을 돌렸다. 애덤은 조금도 움직이지 않았다.

"문지방 문제가 있는 게 아니라면 긴장 풀어, 애덤. 조금이라도 나아지기 위해서 다음 주 일대일 면담에 앞서 이야기를 나눈다고 생각하면 어떨까?"

애덤은 자신이 가장 좋아하는 안락의자에 앉았다. 척 박사는 환자들에게 네 개의 의자 중 마음에 드는 것을 고를 수 있도록 했다. 안락의자에는 푹신한 쿠션이 있어서 애덤은 늘 그곳에 몸을 파묻었다. 그럴 때마다 자신이 바보처럼 느껴지긴 했지만 말이다.

"성당에서는 어땠니?"

"괜찮았어요."

"모임 아이들은?"

"괜찮았어요. 다 착하게 있었어요. 좋았어요."

내가 지금 대체 무슨 짓을 하고 있는 거지? 왜 여기 있는 거야?

"지난밤에 계기가 뭐였다고 생각하니? 무슨 생각을 했어? 혹시 정화 의식이 더 늘어났니?"

"계기라고요? 지금 농담하시는 거죠? 전 항상 모든 게 다 계기가 돼요, 박사님."

말을 마친 애덤은 방 안을 가득 메운 자신의 호흡을 깨달았다. 마치 마이크에 대고 숨을 쉬는 것 같았다.

"그래, 알았다, 애덤. 문지방 의식이 점점 더 심해지고 있니?"

"모르겠어요."

애덤이 어깨를 으쓱했다. 이제는 심장이 뛰는 소리를 들을 수 있었다.

쿵, 쿵, 쿵, 쿠쿵, 쿵.

잠깐 저게 맞나?

어쩐지 제대로 된 소리 같지 않았다.

쿵, 쿵, 쿵, 쿠쿵.

애덤의 몸에서 땀이 흘러내렸다.

울버린이랑 끝장을 봐야 할 것 같아. 완전 밥맛이야. 엄마한테 협박 편지를 보내는 게 울버린이면 어쩌지? 아냐, 그건 말이 안 돼. 울버린은 그 정도로는 미치지 않았어. 그냥 나랑 비슷한 녀석이야. 가엾게도.

쿠쿵.

"애덤, 지금 숫자를 세고 있니?"

"아니요."

애덤은 안도의 한숨을 내쉬었다. 적어도 이것은 진실이었으니까.

"그렇다면 좋아. 음, 목록을 썼는지 물어봐도 될까?"

애덤은 지난주 도서관에서 과제를 마치고 나서 했던 것, 함께 있던 에릭 야신스키에게 숨기려고 했던 것을 떠올렸다.

"네, 했어요!"

애덤은 가방을 들어올렸다.

"그런데 박사님. 인터넷을 쓰지 못하는 것 말이에요. 이제 풀어주시면 안 되나요? 저는 그러니까, 너무…….”

“그건 벌이 아니야, 애덤. 네 증상이 인터넷 강박 쪽이 아니라는 것에는 나도 동의한단다. 아주 가까운 시일 내에, 우리는…….”

“여기 있어요!”

애덤은 목록을 척 박사에게 건넸다. 척 박사가 종이를 펼쳤다.

1월 24일 목록 애덤 스펜서 로스

복용량 : 아나프라닐 25밀리그램, 하루 두 알씩

필요시 아티반 복용

주요 강박 증상 : 숫자 세기, 문지방 문제

1. 내 생각에, 나는

척 박사가 안경을 벗었다.

“애덤? 여기엔 아무것도 없구나.”

애덤은 벌떡 일어나서 종이를 도로 가지고 왔다.

쿵, 쿵, 쿵, 쿠쿵, 쿠쿵.

“아! 아, 네. 저 아티반 다 떨어졌으니까 처방 좀 해주세요. 저번에 박사님께 말씀드리는 걸 깜빡했는데 학교 하수구에 한 뭉치를 떨어뜨렸어요."

애덤은 아무것도 적지 않았다. 맹세할 수도 있었다.

"네가 나가고 나면 곧장 약국에 전화할게. 아나프라닐을 75밀리그램으로 올려야 할 것 같구나. 25밀리그램으로 하루에 세 번씩 말이야."

애덤은 이미 그렇게 하고 있었지만 도움이 되지 않았다. 약의 복용량을 좀 더 많이 올려야 했다.

"그렇지만 애덤, 목록은……."

"썼어요. 그러니까 엄청나게 많이요. 하느님께 맹세해요. 그런데 하고 나서 찢어버렸어요. 이유는 모르겠어요. 정말이에요. 다 끝났다고 생각했어요."

애덤은 벌떡 일어나 방을 뛰쳐나가고 싶은 본능과 싸워야 했다. 척 박사가 몸을 앞으로 기울였다.

"솔직하게 말해보렴. 이건 아주 중요한 일이야. 혹시 네 머릿속이 숫자로 가득하니? 육체적이거나 시각적인 정화 의식은 없고?"

애덤이 쿠션을 배 쪽으로 아무렇게나 밀었다.

"가득해요."

하나, 셋, 다섯, 일곱…….

척 박사가 고개를 끄덕였다.

"그게 중요한 거야. 짝수? 아니면 홀수?"

"둘 다요. 상황에 따라 달라요. 아, 아무렇게나 마구 긁어대요."

"긁어댄다고?"

"머릿속이 가려워요. 가끔씩 뜨겁구요."

애덤은 입 밖으로 간신히 말을 내뱉었다. 척 박사는 애덤의 말을 들으려고 의자 끝에 바싹 앉아야 했다.

"집 안 상황은 어때? 물건이 계속 늘고 있니?"

말하지 말아야 하는 문제였다. 배신이었고, 잘못된 일이었다.

엄마를 아프게 할 거야. 나도 아플 거고. 엄마를 배신하는 건 모든 걸 엉망으로 만드는 일이야.

애덤은 가벼운 쓰레기봉투를 떠올리고 움츠러들었다.

"엄마는 일주일에 한 번씩 초록색 쓰레기봉투 두 개를 버려요."

사실이었다. 엄마는 여전히 매주 애덤에게 쓰레기봉투를 버리는 장면을 보여주었다. 척 박사가 고개를 끄덕였다.

"아주 좋아. 엄마에 대해 할 얘기는 없니?"

"없어요, 박사님."

죽어, 이 멍청한 여자야. 넌 네 아들의 삶을 갉아먹으면서 그 아이의 세상을 위협하고 있어.

불편한 진실을 숨기고 있다는 불안감이 애덤의 머리를 점점 더 세게 두드렸다.

제기랄, 엄마 이야기를 해야 하나?

애덤이 머리를 세게 내저었다.

쿵, 쿠쿵.

애덤은 괴물이었다.

"아무 일 없어요."

척 박사가 얼굴을 찡그렸다.

"좋아, 그건 잠시 내버려두자. 아빠는 어떠니? 새엄마하고는 어떻게 지내셔?"

"브렌다 아줌마요?"

브렌다 아줌마?

브렌다 로스 여사는 형을 많이 좋아해. 브렌다 로스 여사가 그렇게 말했어.

"브렌다 아줌마 좋아요."

콩, 쿠쿵, 쿠쿵, 쿠쿵, 쿵, 쿵.

"애덤, 이제 노출 및 반응 방지 치료를 시작하는 걸 진지하게 고려할 때가 된 것 같구나. 난 네가 말을 하게 만들 수 없어. 말을 해주지 않으면 나는 너를 확실하게 보살펴줄 수가 없단다. 내가 보기에는 숫자를 세는 내부 특징이 전문가들이 말하는 '순수 강박장애'로 옮겨간 것 같구나. 그리고……."

말, 말, 말.

"네, 그런 것 같아요, 박사님. 확실히요. 하지만 지금은 아니에요. 지금 당장 발등에 불이 떨어졌어요. 제 생각에는 공황발작이 와서 그런 것 같아요. 그리고 아티반 남은 게 없어요. 아까 말씀드린 것처럼요. 네, 확실히 그거예요! 그러니까……."

애덤은 자리에서 일어났다.

"그냥 약국에 전화해주세요. 제 머릿속을 정리할 수 있게 도움을 주셔서 고맙습니다."

셋, 다섯, 일곱, 아홉, 열하나…….

"화나게 해서 죄송해요."

애덤이 문을 향했다.

"애덤, 화 안 났어. 기다려! 우리 시간은……."

당신이 뭘 할 수 있는데? 그만 지껄이고 나를 고치란 말이야! 나를 고치라고! 난 나아야 해, 나아야 한다고!

"좋아요. 나아졌어요. 아주 익숙한 공황발작이에요. 죄송해요. 감사합니다, 박사님. 조금 나아졌어요. 진짜 확실히, 전부요."

엘리베이터에 도착했을 때 애덤은 휘청거리고 있었다. 애덤은 혼자였다. 적어도 처음에는. 엘리베이터를 타고 있으면 마치 진공관 속에 있는 것 같은 느낌이 들었다.

애덤은 척 박사와 면담을 마치고 나면 이따금 그랬던 것처럼 엘리베이터를 타고 위아래 층을 오르락내리락했다. 엘리베이터 안에 있으면 마음이 조금 누그러졌다. 엘리베이터가 띵 하고 층 안내를 알리는 부드러운 소리를 냈다. 애덤은 엘리베이터에 올라타자마자 자신이 했던 모든 말과 행동을 되짚어보았다.

17분 뒤, 애덤은 추위를 뚫고 약국으로 향했다.

28

약국에서 아티반을 받고 집으로 돌아온 애덤은 로빈에게 전화를 걸었다. 애덤은 로빈이, 자신이 척 박사와 한 임시 면담 내용을 들으면 기뻐할 것이라고 생각했다. 하지만 그렇지 않았다.

"편지에 대해서 말했어?"

"그렇게 많이는 아니야."

애덤은 수족관 쪽으로 걸어갔다. 녀석들은 애덤에게 헤엄쳐왔다가 먹이를 주는 게 아니라는 걸 깨닫고는 발끈해서 돌아갔다. 스티븐을 뺀 모두가 그랬다. 스티븐은 자리에 남아서 애덤을 측은하게 바라보았다.

"그렇게 많이는 아니라고? 네 머릿속에 있는 말들을 하긴 했어?"

"조금은."

소모전이 이어지는 바람에 애덤은 금세 피곤해졌다. 로빈은 매일 저녁 전화할 때마다 애덤이 더 많은 지원과 도움을 받아야 한다고 강하게 주장했다. 다시 말해, 지원 모임에서 편지에 대해 말하라고 말이다.

"그래, 내가 졌어!"

애덤이 투덜거리며 항복 의사를 밝혔다. 일요일 밤이었다. 그러자 로빈이 기분 좋게 말했다.

"괜찮은 결정이야. 난 네가 그러기를 계속 기도했어."

★ ★ ★

월요일, 슈퍼 히어로들은 각자의 장신구를 착용하고 모임에 참석했다. 애덤은 이제 항상 끼고 다니는 배트맨 반지를, 로빈은 긴 초록색 새 가죽 장갑을 가져 왔다. 애덤이 자리에 앉자마자 로빈이 격려하듯 웃어주었다. 애덤은 방을 가로질러 로빈에게 입을 맞추지 않도록 정신을 챙기고 감정을 억눌러야 했다.

애덤이 곧장 말을 꺼냈다.

"애덤, 네가 먼저 시작하고 싶다고?"

척 박사는 기분이 좋아 보였다.

"네, 박사님. 그러고 싶어요. 그러니까, 얘들아, 음, 너희 모두 나한테 숫자를 세는 강박증이 있는 거 알 거야. 문지방 문제도."

울버린만 빼고 모두가 고개를 끄덕였다. 울버린은 조금 지겨워 보였다. 어쩌면 자신의 목표 심장 박동수를 확인하고 있을지도 몰랐다. 토르는 째려보는 듯한 시선으로 애덤을 바라보았다. 토르가 이 이야기에 집중하고 있다는 뜻이었다.

"그게 자꾸 늘어나는 것 같아. 아마도."

스누키가 의자에서 몸을 돌려 애덤을 향했다.

"새로운 곳들이 많이 늘어났어. 왜 그런지 모르겠어. 학교에서는 더 많은 곳이 그래. 성당에서는 너희도 봤을 거고. 지금은 우리 아빠가 사는 집 옆문에서도 그래. 최악은……."

애덤의 입이 바짝바짝 말랐다.

"최악은 우리 집 현관문이야."

"너희 집? 진짜 지독하네."

아이언맨이 고개를 절레절레 저으며 툭 내뱉었다. 아이언맨은 '지독하네'라는 말을 연습해서 완벽한 순간에 써먹기 위해 기다렸던 것이 분명했다.

"맞아, 사실이야. 나는, 그러니까 이웃들을 겁주고 있어."

애덤은 점점 심해지는 자신의 문제에 대해 아주 자세히, 꽤 논리적으로 말할 수 있었다. 로빈은 애덤에게 편지에 대해 말하라고 격려하는 것을 포기하고 싶을 만큼 힘들어하고 있었다.

"하지만 그게 진짜 문제는 아니야."

"젠장, 배트맨! 매번 모임 때마다 머릿속으로 숫자를 세고, 이제는 집에도 들어가지 못하게 되었는데 그게 진짜 문제가 아니라고? 9월에 네가 한 그 멋진 연설은 뭐였어? 매주 좀 더 완전해져서 이곳을 떠나겠다며? 지금의 널 봐, 엉망이라고!"

울버린이 말을 마치자마자 척 박사가 헛기침을 했고 토르는 불쾌한 얼굴로 바라보았다. 그러자 울버린이 입을 꽉 다물었다.

애덤은 숨을 천천히 내쉬면서 이 모든 상황을 지켜보았다. 애덤은 숫자를 세지도, 울버린의 수동적 공격성 때문에 숨이 막히지도 않았고 의자를 로빈 쪽으로 가까이 옮기며 자리에서 일어나거나 울버린에게 몸을 날리지도 않았다.

"어쩌면 그럴지도 몰라. 하지만 그게 진짜 문제는 아니야."

애덤은 두어 번 힘겹게 숨을 쉬었다. 그래도 숫자를 세지는 않았다. 저 돌연변이 앞에서 숫자를 센다면 완전히 지는 것이니까.

"그래서, 이렇게 여기서……."

어디까지 얘기했지?

애덤의 이마에 맺힌 구슬 같은 땀방울이 얼굴 양 옆으로 줄기를 이루어 목으로 줄줄 흘러내렸다.

위험해. 이건 배신이야. 위험해.

애덤은 어떻게 말을 꺼내야 할지 몰라 머릿속을 더듬거렸다. 아이언맨처럼 연습을 해야 했다. 그러다 마침내 로빈이 엄마에 대해서 어떻게 얘기했었는지를 떠올렸다.

"그래, 그러니까……."

애덤은 바닥 위, 자신의 발을 내려다보았다. 잘못된 방향으로 다리를 꼬고 있었다. 그래서 다리를 내리고 제대로 된 방향으로 다리를 꼬았다.

"음, 제가 그 전에 몇 가지를 먼저 말해도 될까요?"

애덤이 척 박사를 보며 물었다. 아이들도 애덤을 따라 척 박사를 바라보았다. 척 박사가 고개를 끄덕이자 모두가 다시 애덤을 바라보았다.

"좋아. 난 지금 문제가 뭔지 말할 거지만 어떤 해결책이나 지적을 원하는 건 아니야. 알겠지? 이건 완전 복잡한 문제라서 경찰이나 어떤 기관에도 말할 수 없어, 어디에도. 너희는 이걸 믿어줘야 해. 나는 지금 커다란 위험을 안고 있는데, 내가 상황을 더 악화시키고 있는 것 같다는 생각이 들어."

울버린이 끙 소리를 내자 토르가 낮지만 부드러운 소리를 내뱉었다. 울버린이 다시 입을 다물었다.

"실은 우리 엄마가…… 우리 엄마가 그동안 협박 편지를 받았어. 엄마한테 욕하고, 죽어버리라고 했어."

아이들이 깊은 한숨을 내쉬었다. 애덤은 망설이며 로빈을 바라보았다. 맞은편에 앉은 로빈은 엄청난 힘을 내뿜으며 계속 이야기하라는 듯 고개를 끄덕이고 용기를 북돋아주었다.

"편지는, 진짜 엄청 역겨워."

두려움이 애덤의 등뼈를 콕콕 찌르더니 온몸으로 퍼졌다. 애덤은 로빈에게서 눈길을 떼지 않은 채 말을 이었다.

"편지에 뭐라고 써 있을지 궁금할 것 같은데, 그냥 말도 안 되는 내용이야. 엄마를 직접 협박하는 건 아니고 교묘하게 피하고 있어. 영화에서 나오는 것처럼 종이를 오리고 붙인 거야. 누가 엄마를 미치게 하려는 것 같아. 꼼짝 못하게 하려고 말이야."

애덤의 심장이 제멋대로 뛰었다. 다른 사람에게 말하기 싫어서 꽁꽁 숨겨두었던 사실을 아이들에게 말해버린 것이다. 누구도 숨을 크게 쉬거나 말을 꺼내지 않았다.

"수고했다, 배트맨. 너한테 잠시 시간이 필요할 것 같구나. 다른 아이들도 마찬가지고. 그러니까 사실에 대해서만 몇 가지 물을게. 부담 가질 필요는 없어. 지금 상황이 충분히 부담스럽다는 거 잘 아니까. 대답하기 싫으면 그냥 고개만 저어. 알았지?"

척 박사가 부드러운 목소리로 말했다.

"네, 알았어요."

"그동안 편지를 몇 번이나 받았니?"

애덤은 잠시 생각했다.

"다섯 번? 아니, 여섯 번이에요. 제가 확실히 아는 건 그래요. 하지만 엄마의 행동을 보면, 일곱 번이나 여덟 번 정도인 것 같아요."

"누가 보낸 건지 짚이는 사람은 있니?"

일부러 그런 것은 아니었지만 애덤은 무의식적으로 울버린을 바라보았다가 고개를 떨어뜨렸다.

"어쩌면 아는 사람일지도요. 사실 잘 모르겠어요. 엄마가 저한테는 편지에 대해서 말을 안 하려고 하거든요."

"어머니는 어떠셔? 잘 대처하고 계시니?"

"엄마한테는 엄마만의 문제가 있어요. 다른 문제요. 엄마는 물건을 많이 쌓아둬요. 정신이 많이 약해진 것 같아요. 그것 때문에 엄마도 집도 위태위태해요. 정말로요."

"좋아, 지금은 그 정도면 됐어."

척 박사가 안경을 벗고는 눈을 비볐다. 척 박사와 애덤 모두 방 안을 둘러봤다. 방 안의 아이들 대부분이 초조해 보였다.

"따로 어떤 말을 하지는 않을 거야. 하지만 잘했어, 배트맨. 우리한테 이 일을 말해줘서 정말 기쁘구나. 큰 진전이야, 아주 멋졌어."

척 박사의 말이 맞았다. 시원한 바람이 불어와 두껍고 묵직했던 마음의 고민을 전부 날려버린 것 같았다. 스누키는 애덤에게 몸을 기울이며 무릎을 토닥여주었다. 그러자 로빈이 스누키에게 매서운 눈빛을 보냈다.

애덤의 기분은 나쁘지 않았다. 충격적이게도 좋기까지 했다. 순수하고 강한 안도감이 애덤의 가슴속까지 파고들었다.

애덤은 남은 시간 동안 차분해지려고 애썼고, 그린 랜턴이 최근 차 안에서 누군가를 본 이야기를 듣고 몇 마디 말을 덧붙이기도 했다. 애덤은 40분 후에 의자를 정리할 때도 여전히 마음이 가볍고 밝았다. 어서 빨리 로빈과 공동묘지로 가서 단둘이 있고 싶었다.

그때 토르가 뒤에서 불쑥 나타나 계단 위로 그림자를 드리웠다. 토르의 발소리는 마치 천둥처럼 우렁찼다. 토르가 계단에서 애덤을 앞지르더니 뒤돌아섰다. 분명 한 계단 아래에 있는데도 애덤을 내려다보고 있었다.

"내가 찾아낼게."

"뭐라고? 아냐. 그럴 필요 없어. 넌 그러면 안……."

"내가 찾아내고 말겠어."

토르의 목소리는 아주 나지막해서 거의 들리지 않았다.

"내가 찾아내서 그 나쁜 녀석을 죽여버리겠어."

토르가 말했다. 아니, 애덤은 토르가 그렇게 말했다고 생각했다. 토르는 애덤의 배를 갈기갈기 찢을 만한 말을 남기고는 자리를 떠났다.

네가 말해버리면 모든 게 엉망이 될 거야, 애덤. 말하지 않겠다고 약속해, 어서!

애덤은 난간에 기대어 무너지지 않으려 애썼다.

내가 지금 무슨 짓을 한 거지?

29

"네가 왜 그렇게 힘들어하는지 모르겠어. 너도 알고 있겠지만 쟤들은 전부 네 편이야. 전부 다."

로빈이 짜증이 난 걸까? 짜증을 내는 건 안 좋아.

화가 났나? 화를 내면 안 되는데.

겁이 났나? 겁을 내는 건 더 안 되지.

이렇게 말하면서도 로빈은 애덤의 팔짱을 끼고 공동묘지 입구를 지나 걸었다. 두 사람이 가깝게 붙어 있었기 때문에 애덤은 자신이 엄마와의 약속을 어겼다는 사실을 까맣게 잊고 있었다.

"정말이야, 애덤. 전부 다! 전부 다 네 편이라고!"

"그래. 특히 울버린이."

로빈이 팔을 빼냈다.

"아니, 특히 스누키가."

두 사람의 첫 다툼이 지나고 정확히 2초 뒤에, 애덤은 속이 메스꺼워졌다. 애덤은 자신의 팔을 로빈의 팔에 다시 밀어 넣으며 사과했다.

“미안해, 로빈.”

애덤은 자신이 정확히 무엇에 대해 사과하는 것인지 알지 못했다. 로빈이 고개를 저었다.

“아니야, 내가 미안해. 내가 억지로 밀어붙인 것 같아. 난 바보야. 정말 미안해.”

“아니야, 기분 나쁘지 않았어. 정말이야.”

애덤이 거짓말했다.

애덤의 증상은 시간이 지날수록 나빠졌다. 애덤은 순간순간 무너질 것 같은 느낌이 들었다. 강박증 때문에 써야 하는 시간과 집중력, 정화 의식이 남긴 수치심 때문에 늘 긴장하고 있어야 했다. 정화 의식에 많은 시간을 썼지만 반대로 조금도 만족스럽지 않았다.

하지만 애덤은 로빈을 위해 강해져야 했다. 로빈에게는 강력한 보호자, 그러니까 지금의 애덤보다 훨씬 더 대단한 존재가 필요했다. 애덤은 로빈을 위해 이런 존재가 될 생각이었고, 또 분명 될 수 있었다. 엄마와 스위티를 위해서도 마찬가지다. 애덤에게는 피곤해할 시간이 없었다.

지난주에 불어닥친 폭풍우의 흔적이 공동묘지에 여전히 남아 있었다. 오솔길은 깨끗해졌고 눈과 얼음이 온 세상을 뒤덮어서 흙 속에서도 반짝반짝 빛을 뿜었다.

로빈이 애덤의 팔을 꽉 움켜잡았다.

"나니아의 하얀 마녀가 만든 백 년째 겨울 같아."

애덤은 고드름 장식을 달고 있는 나뭇가지가 어스름한 어둠을 할퀴고 있는 모습을 훑어보았다. 두 사람은 로빈네 엄마의 묘비 앞에 서있었다. 검고 커다란 화강암이 하얀 세상 위에 새겨진 상처처럼 보였다. 로빈이 십자가를 긋고 기도문을 외울 수 있도록 애덤은 마지못해 로빈의 팔을 놓아주었다. 애덤도 알고 있는 기도였다.

로빈은 이제 충동적인 증상이나 강박에 사로잡힌 모습을 보이지 않았다. 지난 몇 주 동안 성당과 로빈의 집, 지원 모임, 그리고 이곳에서 로빈을 살펴보았지만 그런 낌새는 보이지 않았다.

로빈은 다 나았어.

애덤은 자신이 수영장 바닥에 가라앉거나 숲 속을 달릴 때 쏟아낼 법한 숨소리를 내고 있다는 것을 알게 되었다.

이건 잘못되었어. 대체 누가 누구를 구한다는 거야?

생각했던 것보다 상황이 훨씬 잘못되었다는 것을 알았지만 무엇 때문인지, 또 어떻게 해야 하는지까지는 알지 못했다. 애덤이 몸을 떨었다.

로빈이 애덤에게 다시 몸을 돌렸다. 하늘이 어둑어둑해진 것을 보니 공동묘지의 입구를 닫을 시간이 된 듯했다. 시간을 꼭 지키는 것은 아니어서 보통 어두워지면 문을 걸어 잠갔다. 가을에는 두어 번 공동묘지에 갇힌 적도 있었다. 그럴 때는 메인 스트리트를 지나 집으로 갈 때보다 시간이 두 배 정도 걸렸다. 애덤은 이제 공동묘지 주변의 울타리를 전부 꿰고 있었고, 어떤 울타리를 넘어야 하는지 알고 있었다. 곧 공동묘지 문이 닫힌다는 걸 염두에 두어야 했지만 로빈은 어두워지는 하늘을 신경 쓰지 않는 것 같았다.

"있잖아, 엄마가 늘 싸우던 모습만 기억나."

"싸웠다고?"

로빈은 눈앞의 애덤이 아니라 청중에게 말하고 있는 것 같았다.

"난 엄마가 의식을 잃었을 때도 두 사람이 싸웠을 거라고 생각해. 엄마랑 아빠는 엄마가 약을 먹고, 화를 내고, 머리카락이 빠지고, 토했을 때도 싸웠어. 사람들은 엄마를 사방으로 끌고 다녔어. 실험이나 엉터리 치료를 위해서 말이야. 싸움은 모든 걸 빼앗아갔어. 몇 년 동안 오로지 싸움뿐이었어."

로빈이 자신의 몸을 감싸안았다.

"그런 전쟁 속에는 여자아이가 있을 공간이 없어. 나를 위해 남은 공기가 없었어. 그리고……."

로빈이 묘비를 다시 바라보았다.

"나는, 난 그래서 엄마가 싫었어."

로빈이 애써 웃음을 지으려고 했다.

"난 내가 왜 엄마의 자살 이야기를 했는지 네가 이해할 수 있게 해달라고 기도했어. 네가 아주 조금이라도 날 이해할 수 있다고 생각해?"

주위는 완벽하게 어두웠지만 애덤은 로빈의 얼굴에 흘러내리는 눈물을 알 수 있었다. 애덤이 로빈에게 얼른 다가갔다.

"내가 도대체 왜 이런 걸 너한테 말하는 걸까? 이건 정말…… 진짜 못났지? 그런데도 나는 너한테 말하고 있어. 나도 나를 이해할 수가 없어."

"네가 어떤 사람이든 내가 널 좋아할 거라는 걸 아니까. 네가 무엇을 했든 그건 중요하지 않아. 난 언제나 널 좋아할 거야, 로빈."

"날 사랑해?"

애덤은 로빈에게 한 발짝 다가가며 자신이 욕망으로 터져버릴지도 모르겠다고 생각했다. 애덤은 로빈을 꽉 안는 대신 스위티에게 하듯 로빈의 뺨을 부드럽게 닦아주었다.

"널 사랑해. 널 많이 사랑해. 내 전부를 너한테 줄 수 있을 만큼. 그리고 나는……."

"말 많이 하지 않아도 돼. 그만해, 애덤. 그냥……."

애덤은 로빈의 얼굴을 두 손으로 감싸고 오랫동안 입을 맞추었다. 열기와 추위가 동시에 느껴졌다. 로빈의 입술은 상상했던 것보다 더 부드러웠고 복숭아 맛이 났다. 애덤은 한 손으로 로빈의 머리 뒤쪽을, 다른 한 손으로 로빈의 등을 어루만졌다. 로빈은 애덤의 등에 팔을 둘러 힘껏 껴안았다. 이들은 길고 간절하게, 누구에게도 방해받지 않고 키스를 나누었다. 두 사람의 첫 키스는 그들이 더 이상

숨을 쉬지 않을 때까지 기억 속에 남아 있을 것이다.

그때 자동차 전조등이 두 사람을 비췄다.

"아."

"아."

두 사람은 앞에 있는 자동차에 깜짝 놀란 올빼미처럼 눈을 깜빡거렸다.

"당신들 지금 따로 방을 구하고 싶은 거요? 문은 이미 30분 전에 닫혔어요!"

자동차 문을 열고 내린 경비원이 손전등을 비췄다.

"이런, 조금 전에 했던 그 말은 취소다. 애들이잖아. 부모님한테 전화하기 전에 지금 당장 집으로 가! 메인 스트리트 문을 열어주마. 사람들은 공동묘지를 데이트하기 좋은 장소쯤으로 생각한다니까. 당장 집으로 가, 어서!"

로빈은 한 번, 그리고 또 다시 한 번 애덤에게 입을 맞추었다. 애덤 안의 모든 것이 활활 타올랐다. 애덤은 로빈의 손을 잡고 메인 스트리트 문을 향해 달리는 내내 웃었다. 그동안 장거리 달리기를 연습했었는데 보람도 없이 금세 숨이 찼다. 하지만 그건 큰 문제가 아니었다. 애덤은 힘들지 않았고, 숫자를 세지도 않았다.

"로빈."

"쉿."

로빈이 미소 지으며 애덤의 입술을 장갑 낀 손으로 어루만졌다.

"나도 널 사랑해, 애덤. 정말이야. 아마 처음부터 그랬을 거야."

로빈이 공동묘지를 돌아보며 덧붙였다.

"난 널 사랑할 거야, 언제까지나."

로빈은 애덤에게 다가와 뺨과 눈, 입술에 차례대로 입을 맞춘 다음 메인 스트리트로 사라졌다. 애덤의 뒤로 문이 철컹 소리를 내며 닫혔다.

오늘 밤 집으로 가는 길이 엄청 길 것 같아.

애덤은 이 사실을 신경 쓰지 않았다.

로빈 플러머는 복숭아 맛이 났다. 그리고 로빈 플러머는 애덤을 사랑했다.

30

애덤은 발바닥에 불이 나도록 달려 집에 도착했다.

그래, 이게 바로 그거야! 이게 바로 사랑이라고!

사랑은 아주 놀라운 것이어서 밤공기 속에서도 기적이 타닥타닥 타오르고 애덤의 눈앞에서 꽃이 활짝 피었다. 그렇게 달려 집에 도착했다. 그리고 문 앞에 섰다.

하지만 바뀐 건 아무것도 없었다. 모든 것이 그대로였다. 말하자면 '나쁜 리셋'이었다. 애덤은 집에 들어가는 데 23분이나 걸렸다. 정화 의식을 일곱 번이나 다시 해야 했기 때문이다. 모든 것이 엉망진창이었다.

로빈이 날 동정해서 키스해준 게 분명해. 나는 불쌍하니까.

열쇠를 돌릴 즈음, 애덤은 겨우 아문 듯했던 가슴속의 상처가 벌어진 것 같은 느낌이 들었다.

감사하게도 엄마는 그 주 내내 야간 근무였다. 애덤은 방으로 올라가 어둠 속에서 코트를 입은 채 침대에 앉아 숫자를 셌다. 그러고 있는데 전화벨이 울렸다.

"로빈?"

"아니거든, 멍청아. 발신자 서비스 표시 없어? 벤이야."

"벤 스톤?"

애덤은 재킷을 벗으며 옷에서 몸을 끄집어내기 시작했다.

"웬일이야?"

"그냥."

두 사람은 서로 연락을 할 때 전화보다 문자 메시지를 더 많이 사용했다. 최근 1년은 애덤이 휴대전화를 사용할 수 없었기 때문에 전화로만 연락할 수 있었다. 이들의 대화는 몇 초 이상 이어지지 않았는데 내용은 대개 다음 약속 시간과 날짜를 정하는 정도였다. 하지만 벤은 이따금씩 오늘처럼 딱히 이유가 없어도 전화를 했다.

두 사람은 평소처럼 잠깐 말을 멈추었다.

"그래. 왠지 네가 전화할 것 같더라."

애덤이 벤에게 대꾸하며 고개를 끄덕였지만 벤은 그것을 볼 수 없었다.

"그래서 내가 전화했어. 넌 어때? 아직도 미쳤냐?"

"엄청 많이."

"그럴 줄 알았다."

"넌 아직도 뚱뚱해?"

말을 하자마자 애덤은 자신이 한 말을 도로 주워 담고 싶어졌다.

"아, 미안. 방금 그거 내가 생각해도 좀 치사했어."

"뭐, 어때! 난 뚱뚱해!"

"그건 그러니까…… 진짜 그렇지, 응."

"맞아! 난 여기서 적어도 10킬로그램 이상 더 찌울 거야."

벤이 웃음을 터뜨리며 대답했다.

"뭐? 왜? 말도 안 돼!"

"돼! 난 내년 봄에 풋볼 팀에 꼭 들어갈 거야. 그러니까 내가 해야 할 일은 확실하게 살이 찌는 거지."

"멋진 계획인데? 나도 너랑 같이 할래. 나도 봄에 육상부 시험을 볼까 생각 중이었거든."

"말도 안 돼!"

"돼!"

"하긴 왜 안 되겠냐, 그치? 미친놈이 마라톤 선수가 될 수 없다고 누가 그래? 누가 유대인은 멋진 노즈 태클• 할 수 없대?"

"아니!"

"완벽해! 난 풋볼 스타가 될 거라고. 이번 주에 결정했어."

"치어리더들은?"

• 세 명의 수비수 중 가운데에 위치하는 수비 포지션

애덤은 방에 불을 켜고, 고개를 저으며 낄낄 웃었다.

"치어리더들은 전부 나를 쫓아다닐걸. 포즈도 좀 취해주고 사진도 찍어야지."

어쩔 수 없다는 듯 애덤이 씩 웃었다.

"좋네!"

"너 지금 멍청한 네 물고기 보고 웃고 있지?"

"어떻게 알았어?"

"뻔하지, 뭐. 기분은 좀 좋아진 것 같네. 어쨌든 임무 완료. 일요일에 보자."

기분이 별로였다는 걸 벤이 어떻게 알았지?

"일요일? 좋아. 벤?"

"왜?"

"음, 아냐……. 고마워."

"싱겁긴. 내가 고맙다, 배트맨."

두 사람은 동시에 전화를 끊었다. 애덤은 벤이 자신처럼 웃고 있을 것이라고 생각했다. 3분 정도의 짧은 통화였지만 덕분에 애덤은 기분이 좋아졌다.

깊고 빠른 변화가 다가오고 있었다. 애덤은 자신을 안전하게 만들어줄 보호대를 찾아야만 했다. 그렇지 않으면 롤러코스터를 탄 것 같은 이 느낌이 애덤을 가만히 내버려두지 않을지도 몰랐다.

31

2월 23일 목요일 아침 8시 59분, 결국 애덤은 실패를 인정할 수밖에 없었다.

포기야.

1교시는 대형 실험실에서 진행되는 생물학 수업이었다. 애덤은 1교시 수업이 있는 교실을 그대로 지나쳐 걸었다. 작은 실험실은 그런대로 괜찮았지만 대형 실험실은 몇 달 동안 애덤을 몹시 고통스럽게 했다. 23일 아침, 애덤은 온갖 방해물 때문에 문을 통과할 수 없었다.

봄 육상 테스트에 참가한다고, 애덤?

밥맛없는 워해머 게임 유튜브 링크 봤어?

지난주 실험 메모 좀 빌릴 수 있을까?

기타 등등, 기타 등등, 기타 등등.

8시 40분, 애덤은 대형 실험실 문 앞에 도착했다. 실험실에 들어가기 위해 필요한 정화 의식을 할 시간은 충분했다. 다른 아이들이 앞다퉈 교실로 들어갈 즈음 안으로 들어가서 수업에 자연스럽게 참여하는 것처럼 보이게 할 수도 있었다. 항상 잘 넘어가고는 했지만 오늘은 아니었다. 애덤은 로빈의 모습과 느낌과 향기, 키스를 하며 느꼈던 슬픔과 욕구를 생각하며 소중한 시간을 허비했다.

어느 쪽이든 애덤이 문지방에서 잘못된 쪽에 있었던 것은 분명했다. 그즈음 몇몇 아이들이 실험실을 향해 걸어오기 시작했다. 정확히 8시 43분이었다. 애덤은 정화 의식의 첫 단계를 조정하며 공황에 빠지고 말았다.

대형 실험실에 들어가지 못한 애덤은 정확히 1억 3천 3백만 번쯤 키스에 대해 생각하고 또 생각했다. 여러 번 키스를 했을 때, 손을 잡았을 때, 몸이 밀착했을 때의 느낌을 생각했다. 하지만 오늘 대형 실험실 앞에서 애덤은 자신이 로빈을 잃게 될 것을 분명하게 깨달았다. 로빈이 눈에 보일 만큼 나아지고 있었기 때문에 피할 수가 없었다. 아마 로빈은 다 나았을지도 몰랐다.

로빈은 왜 아직도 모임에 나오는 거지?

그때부터 계속 애덤의 심장이 딸꾹질을 하는 바람에 애덤의 정화 의식은 완전히 엉망이 되었다. 그러는 사이 8시 59분이 되었다. 애덤은 대형 실험실에 들어가는 것을 포기하고 대신 최선을 다해 정상적인 소년의 흉내를 내며 도서관으로 향했다. 그래서 사람들이 애덤을 대형 실험실이 아닌 도서관에서 찾아내게 된 것이다. 마가렛 수녀님은 아빠와 함께 도서관으로 찾아왔다. 아빠를 보는 순간 애덤의 딸꾹질이 뚝 그쳤다.

"아들, 우리 같이 좀 가야 할 것 같아."

애덤이 용수철처럼 벌떡 일어섰다.

"아냐, 애덤, 괜찮아. 그냥 웬델이……."

"스위티가요? 무슨 일인데요?"

"스위티는 괜찮아. 괜찮을 거고. 지금 병원에 있어."

아빠가 손을 들어 소나기처럼 쏟아질 질문을 미리 차단했다.

"놀이터 정글짐에서 떨어져서 팔이 부러졌어. 병원에 입원해서 밤새 검사를 받아야 한다는구나."

아빠가 애덤의 옆 의자에 몸을 밀어 넣었다.

"감사합니다, 수녀님."

마가렛 수녀님이 얼굴을 찡그렸다. 하지만 자리를 뜰 생각은 전혀 없는 듯했다.

"애덤은 오늘 수업에 못 들어갈 거예요."

마가렛 수녀님이 입을 오므리더니 말했다.

"네, 로스 씨. 사무실에 그렇게 말하겠습니다."

마가렛 수녀님이 두 사람의 목소리를 들을 수 없을 만큼 멀어지자, 아빠가 애덤 쪽으로 몸을 기울였다.

"저런, 교회만이 사랑할 수 있는 얼굴이구나."

"아빠! 심해요. 틀린 말은 아니지만……."

"그래, 취소하마. 하지만 저 수녀님은 내가 여기 온 다음부터 계속 모두를 비참하게 만들고 있단다."

애덤은 자신의 흥분 호르몬을 없애기 위해 가엾은 수녀님의 인간성을 어떻게 써먹었는지 떠올리며 얼굴을 붉혔다.

"참, 아들, 걱정 마. 웬델은 괜찮을 거야. 하지만 배트맨이 필요하다면서 엄청나게 고집부리고 있어."

애덤은 곧장 자기 물건을 주섬주섬 챙겼다.

"애덤, 네가 왜 교실에 없었는지 알 수 있을까?"

아빠가 물었다.

"아니요."

"알았다, 그럼."

애덤이 아빠의 팔을 잡아당겼다.

"아빠, 남쪽 문은 안 돼요."

"하지만 자동차가……."

아빠가 곧 아들의 표정을 읽었다.

"정문은?"

"정문은 괜찮아요."

애덤은 죄책감 때문에 하마터면 넘어질 뻔했다. 아빠는 이미 지쳐 있는 것 같았다.

두 사람은 곧장 엄마가 근무하는 글렌 오크스 병원으로 향했다.

스위티는 애덤을 보자마자 표정이 밝아졌지만 그래도 여전히 안색이 백짓장처럼 창백했다.

"배트맨! 배트맨, 올 줄 알았어. 가지 마, 알았지?"

애덤은 동생을 꼭 껴안아주었다. 하지만 스위티의 팔에 붙여놓은 기괴한 장치 때문에 제대로 안는 것이 쉽지 않았다.

"완전 엉망진창이네."

"맞아, 엉망이야! 사람들이 나한테 나사못을 박으려고 해! 난 안 박을 거야!"

"응, 그 사람들한테 말도 안 되는 소리 하지 말라고 해."

애덤이 스위티의 멀쩡한 팔을 토닥였다.

"애덤!"

아빠가 정색하며 애덤을 불렀다. 브렌다 아줌마는 웃었다. 아니 웃으려고 했다. 애덤이 아빠와 브렌다 아줌마를 돌아보았다.

"왜요?"

"의사가 하는 말이 나사못을 박는 수술이 필요할지도 모른대."

브렌다 아줌마는 입술을 떨지 않으려고 안간힘을 쓰고 있었다.

"엑스레이를 몇 개 더 찍어보면 알 수 있대."

브렌다 아줌마의 얼굴은 흘러내린 눈물 때문에 화장이 군데군데 지워져 있었다.

"네가 여기 올 때까지 기다릴 수가 없었어. 하지만 스위티는 아주 용감했단다."

"사람들이 나를 고양이 터널에 넣으려고 해. 난 고양이 터널에 안 들어갈 거야, 배트맨. 싫어, 정말 싫어. 이제 형이랑 같이 하는 거 아니면 아무것도 안 할 거야."

스위티가 멀쩡한 팔로 애덤에게 매달렸다. 애덤은 통역을 해달라는 표정으로 브렌다 아줌마를 바라보았다. 브렌다 아줌마가 한숨을 내쉬었다.

"스위티가 엑스레이를 찍을 때 정말 엄청 용감했단다. 그런데 그때 사람들이 조금 아프게 했어, 그치? 뇌진탕인지 아닌지를 알려면 시티(CAT) 촬영을 해야 한대."

"내 피를 가져갔어. 여긴 엄청 무서운 곳이야!"

스위티가 단단히 쥐고 있던 형의 팔을 놓고 통통하고 작은 팔을 휘둘렀다.

"그리고 나를 찌르고 꼬집었어! 이제 집에 가자."

스위티는 침대에서 다리를 휙 움직여 내려오려 했다.

"꼬맹아, 오늘 밤은 여기 있어야 한다는데? 시티 촬영이랑 몇 가지 검사를 하고 나면 집에 가도 된대."

스위티의 아랫입술이 떨렸다.

"검사 받는 동안 여기 같이 있을 거야, 알았지? 그 터널에 들어갈 때도. 약속해. 정말이야."

"나사못 박는 거 싫어."

"꼭 나사못을 박아야 한다고는 안 했어. 어쩌면 진짜 멋진 깁스를 하게 될지도 몰라."

스위티의 눈이 커졌다.

"진짜?"

스위티는 깁스를 패션 액세서리쯤으로 이해한 것 같았다. 애덤이 스위티의 머리를 헝클어뜨렸다.

"당연하지! 최고로 멋진 사람들은 모두 진짜 멋진 깁스를 하거든. 나도 했었어."

"진짜? 기억 안 나는데."

"네가 태어나지도 않았을 때야, 바보야. 어렸을 때 손목이 부러졌었거든."

스위티가 애덤이 한 말이 사실인지를 확인하려고 아빠를 바라보았다.

"애덤이 막 네 살이 됐을 무렵이었단다. 그때 애덤은 손목하고 침대 프레임을 부러뜨렸어. 애덤이랑 벤이 침대 매트리스 위에서 장난치다가 떨어졌거든. 내 기억으로는 애덤이 했던 깁스는 파란색이었지, 아마."

아빠가 고개를 끄덕이며 말했다.

"색깔은 내가 고를 거야!"

한 고비를 넘긴 모양이었다. 브렌다 아줌마가 손으로 얼굴을 북북 문질렀다.

"고맙다, 애덤. 스위티가 너를 정말 좋아해. 물론 우리도. 정말이야. 이번 일이 끝나면, 너는, 그러니까 네 아빠하고 난 이 문제에 대해 정말 많이 이야기를 나누었단다. 이제 때가 된 것 같아. 우리는 모두 네가…….”

브렌다 아줌마가 애덤의 어깨에 손을 올렸을 때였다.

“내 아들한테서 그 더러운 손 당장 치워, 이 나쁜 년!”

엄마였다. 엄마가 복도에 나타나 소리를 질렀다.

“카멜라, 그만!”

아빠가 자리에서 벌떡 일어섰다.

엄마는 수술복을 입고서 브렌다 아줌마를 노려보고 있었다.

“아직도 부족해?”

“카멜라, 그만하라고!”

엄마가 아빠에게 손을 내저었다.

“진찰 기록은 전부 다 살펴봤어. 아이는 괜찮을 거야.”

말을 마친 엄마가 발걸음을 돌렸다.

“애덤, 일어나. 가자!”

“안 돼!”

스위티가 이불을 내던지며 소리를 질렀다. 애덤은 귀로 피가 몰리는 것 같은 느낌이 들었다. 지금 당장 숫자를 세고 정화 의식을 해야 했지만 시간이 없었다. 애덤이 스위티에게 다가가서 입술에 손가락을 댄 채 속삭였다.

“쉿, 괜찮아. 가만히 있어. 금방 돌아올게!”

애덤은 침대에서 얼른 일어나 다른 누가 미처 뭐라 말하기도 전에 병실을 빠져나왔다. 애덤은 복도 중간에서 엄마를 겨우 따라잡았다. 엄마의 상태는 엉망이었다. 뒷모습과 걸음걸이, 쳐진 어깨를 보고 바로 알 수 있었다. 애덤은 이 사실에 낙담했다.

"엄마, 기다려요!"

애덤의 부름에 엄마가 발걸음을 늦췄다.

"엄마, 진짜 왜 그래요? 또 편지 받았어요?"

엄마가 걸음을 우뚝 멈췄다.

"있잖아요, 엄마. 스위티가 검사를 다 받으면 밤늦게라도 집에 갈게요. 저 지금은 못 가요."

병실에서 애덤을 찾는 스위티의 울음소리가 들렸다.

"시티 촬영인지 뭔지 그거 끝나고 나면 아빠가 집으로 데려다줄 거예요."

엄마는 병원의 형광등 아래서 굳어 있었다.

"엄마, 얼른요! 이건 스위티한테는 큰 문제예요. 지금 애가 울고 있잖아요. 브렌다 아줌마도 나쁜 뜻으로 말한 건 아닐 거예요."

"나한테 감히 그 여자의 뜻에 대해서 말하지 마. 난 그 여자가 뭘 하려는지 다 알아."

엄마는 더 이상 말을 듣지 않겠다는 표정을 하고 팔짱을 꼈다.

이미 너무 늦어버렸다. 엄마는 이미 제정신이 아니었다. 두 사람 모두 이 사실을 알고 있었다.

"이따 봐요. 사랑해요, 엄마."

애덤은 서둘러 엄마를 꼭 안았다. 엄마를 배신했다는 사실이 애덤의 마음을 무겁게 했다.

엄마는 애덤을 마주 안아주지 않았다.

32

애덤은 스위티에게 쿵푸 팬더 잠옷을 입혀주었다. 쿵푸 팬더 잠옷은 브렌다 아줌마가 수선해서 지금은 소매가 없는 옷이 되었다.

"봐, 내가 나사못을 박지 않을 수도 있다고 했잖아."

"나 깁스 마음에 들어!"

스위티가 애덤을 향했다. 스위티는 어둠 속에서도 반짝반짝 빛나는 형광 오렌지색 깁스를 선택했다. 애덤은 스위티의 형광 오렌지색 깁스와 야간 조명등 사이에 앉아 있었는데, 마치 할로윈 파티를 하기 위해서 꾸민 방에 있는 것 같은 기분이 들었다.

"그런데 대체 무슨 일이 있었어? 넌 〈태양의 서커스〉에 나가도 될 정도로 정글짐을 잘 타잖아."

스위티는 서커스라는 말에 어찌할 바를 몰라 하며 잠깐 동안 깊은 생각에 빠졌다.

“그냥 떨어졌어. 엄마가 막 울면서 차를 운전하고, 그러고 나서는 내가 막 울었어. 그것 말고는 아무것도 기억 안 나. 내가 잘못한 거야?”

애덤이 잠옷의 단추를 마저 채웠다.

“아니! 넌 잘했어. 남자답게 잘 견뎠잖아. 아빠도 분명 한숨 돌리셨을 거야.”

“한숨 돌리셨을 거야.”

스위티가 그 말을 따라했다.

“게다가 넌 엄청나게 용감했어. 그 고양이 터널에서 말이야.”

스위티가 고개를 끄덕였다.

“맞아. 나 용감했어. 나 진짜, 진짜, 진짜 용감했어.”

그러더니 문득 침대에서 일어나 애덤의 품으로 파고들었다.

“야, 그만해! 네가 이불을 다 가져가잖아.”

“형, 나 비밀이 있어.”

스위티가 한쪽 팔로 이불을 몸에 감싸며 속삭였다.

“나 사실은 용감하지 않아. 조금 많이 겁나.”

애덤은 스위티의 뒤통수에 입을 맞춰주었다.

“별 거 아니야. 사람들은 모두 그래. 걱정할 필요 없어. 넌 세상에서 가장 용감한 겁쟁이 다섯 살이야.”

“한 살 더 먹으면 더 용감해질까?”

스위티가 하품을 하며 물었다.

"그래, 그럴 거야. 안 그렇다고 해도 금방 그렇게 될 거고."

"내가 열다섯 살이 되면?"

스위티의 목소리가 점점 잦아들었다.

"꼬맹아, 네가 열다섯 살이 되면 너는 진짜 슈퍼 히어로가 될 거야. 약속해. 이제 자자, 벌써 한밤중이야."

"잠이 안 와, 배트맨."

애덤은 동생을 꼭 안았다.

"쉿, 숫자 111을 생각해봐. 1, 1, 1 기억해?"

"응."

스위티는 그렇게 잠이 들었다. 스위티에게는 온오프 스위치가 있었다. 애덤은 그 스위치가 정말 좋았다.

탁자 등을 끄자 야간 조명등의 불빛만 남았다. 애덤은 자신의 생각이 환한 방 안에서 이리저리 움직이는 것을 또렷한 정신으로 지켜보았다.

목요일 밤, 애덤은 엄마와의 약속을 지켰다. 스위티의 검사는 밤 11시 41분이 되어서야 끝이 났다. 늦은 시간이었지만 애덤은 아빠에게 부탁해 새벽 1시 3분에 집으로 돌아올 수 있었다. 엄마는 이미 잠들어 있었다. 어둠이 집안의 온갖 잡동사니를 감싸고 있는 채츠워스 97번지는 숨이 막힐 정도로 답답했다.

애덤은 집에서 잠을 잘 수 없었다. 그리고 이곳에서도 눈부신 불빛 속에 혼자 깨어 있었다. 스위티는 담요를 독차지한 채 자고 있었다. 잠을 잘 수 없다는 사실에 애덤은 마음이 아팠다.

애덤은 엄마에게 편지에 대해서 다시 묻지 않았다. 그렇지만 엄마가 편지를 또 받은 게 분명했다. 엄마의 눈이 퉁퉁 부어 있었던 것이다. 아마 그래서 병원에서 그렇게 날카로웠던 건지도 몰랐다. 하지만 그렇다고 해서 아빠와 브렌다 아줌마에게 이 상황을 설명할 수는 없었다. 엄마에게 편지에 대해서 물을 수도 없었다. 애덤은 아침을 먹으면서도, 다음 날 학교에 다녀와서도 물어보지 않았다. 물어볼 시간은 무척 많았지만 질문에 대한 답을 견딜 수 없을 것 같았기 때문이다.

★ ★ ★

엄마는 아주 열심히 노력하고 있었다. 일요일 아침에는 식사로 시나몬 팬케이크를 준비하기까지 했다. 두 사람은 부엌 조리대에서 네모난 팬케이크를 먹었다.

"엄마 괜찮겠어요? 외롭지 않겠어요?"

브렌다 아줌마가 자동차로 데리러오길 기다리며 애덤이 물었다.

"안 외로워, 아들. 너 아직 모르는구나? 엄마가 이번 주엔 커다란 쓰레기봉투를 다섯 개나 내놨어. 그래도 아직 잘 모르겠지? 그래서 이번 주말에는 부엌을 확실히 정리하려고! 분명 힘든 일이겠지만 그래도 네가 집에 올 때까지 열심히 할 거야! 네가 돌아왔을 때 깜짝 놀라게 해줄게."

엄마가 살짝 갈라진 목소리로 말했다.

"진짜 멋질 거예요, 엄마. 그렇게 하면 엄마한테도 좋은 일이에요. 진짜로요! 저도 도울게요."

애덤이 엄마를 향해 웃어 보이면서 구역질이 나오려는 것을 팬케이크와 메이플 시럽으로 꾹꾹 내리눌렀다. 엄마는 애덤이 지난주에 브렌다 아줌마네 집에 갔을 때도, 2주 전에도 분명 똑같은 말을 했었다.

"알아, 알고말고. 내가 일단 좀 치우고 나서 도와줘. 내가 먼저 분류하지 않으면 도저히 치우지 못할 것 같거든."

그때 바깥에서 자동차 경적이 울렸다. 엄마가 애덤을 꼭 껴안았다. 애덤의 키가 엄마보다 더 커지는 바람에 두 사람의 포옹은 아직 조금 어설펐다. 엄마는 애덤의 귓등에 입을 맞추는 것으로 인사를 마무리했다.

"최악의 상태가 지나고 나면 네가 분명 도와줄 수 있을 거야. 우리, 집을 되돌려놓자! 얼마나 멋지겠니?"

브렌다 아줌마가 다시 자동차 경적을 울렸다.

"좋아요. 분명 멋질 거예요."

애덤은 자신의 짐을 움켜잡으며 말했다.

엄마는 아빠의 낡아빠진 스웨터를 입고 초록색 쓰레기봉투를 든 채 부엌에 뿌리를 내린 것처럼 서있었다.

"참, 스위티한테, 그러니까 내가……."

"그럴게요, 엄마. 걱정 마세요. 제가 잘 설명할게요."

애덤은 후다닥 문을 닫고 나왔다. 아빠를 만나러 가기 위해 집을 나설 때마다 애덤은 엄마를 버리는 것 같은 기분이 들었다.

★★★

새벽 1시 39분, 애덤은 밝은 조명등 빛과 잠에 빠진 스위티를 향해 눈을 깜빡였다. 스위티의 깁스가 침대의 대부분을 차지하고 있었다. 팔을 다치는 것은 아이들에게 흔히 일어나는 일이었다. 스위티는 다양한 장소에서 엉뚱한 일을 하고 다니는 아이니까 더 말할 것도 없었다. 하지만 여전히 마음이 불편했다.

애덤은 침대에서 조심스럽게 일어나 기지개를 켜고 정화 의식을 시작했다. 왼손을 두드리면서 벽을 따라 걸었다. 이렇게 걸을 때는 두드리는 작업이 필요했다.

97세트.

애덤은 서른셋까지 두드리고 나서 다시 시작했다.

새벽 3시 17분, 애덤은 스위티의 침대에 앉아서 동생이 자는 모습을 물끄러미 바라보았다. 동생을 바라보면서도 의식의 패턴을 깨지 않았다.

열일곱, 열아홉, 스물하나…….

애덤은 다시는 정화 의식을 망치지 않겠다고 다짐했다. 결과가 무시무시했기 때문이었다. 자신이 사랑하는 사람들이 대가를 치르고 있었다. 몇 번의 의식을 치렀지만 여전히 '이젠 됐어'라는 느낌이 들지 않았다. 그래서 애덤은 111까지 열일곱 세트를 세야 했다. 스위티는 111을 무척 좋아했지만, 이 숫자에 맞춰 정화 의식을 하기에는 애덤은 너무 지쳐 있었다. 모든 것이 엉망진창이어서 처음부터 다시 시작해야 했다.

새벽 4시 57분, 애덤은 야간 조명등의 코드를 모두 뽑았다.

"전부 내 잘못이야, 스위티."

애덤은 자기 방식대로 스위티를 꼭 안아주고는 자신을 위해 남아 있는 침대 속으로 들어갔다.

"이런 일은 이제 다시는 일어나지 않을 거야."

애덤은 자고 있는 스위티에게 이렇게 약속했다.

동이 트기 시작한 새벽 5시 3분, 애덤 스펜서 로스는 마침내 잠이 들었다.

33

"어서 오렴, 애덤."

척 박사가 푹신한 팔걸이의자에 애덤을 앉히고서 자신이 앉은 의자를 작은 테이블 맞은편으로 당겼다. 그런 다음 휴대용 녹음기를 키고 목소리를 가다듬었다.

"3월 2일 오후 5시 35분, 애덤 로스."

새로운 방식이었다.

"아, 이건 크게 신경 쓰지 마. 최고의 정신과 의사들은 모두 석기시대부터 기록을 해왔거든. 그에 비하면 난 조금 늦게 합류한 편이란다."

척 박사가 작고 검은 상자를 두드렸다.

"켜진 것 같구나. 하지만 혹시 모르니까 네가 괜찮다면 난 계속 메모를 할게."

애덤은 고개를 끄덕이고는 마치 이곳에 처음 온 사람처럼 진료실을 둘러보았다. 척 박사의 진료실은 퀸즈웨이 병원의 다른 정신과 진료실처럼 지하에 있었다. 방은 온통 베이지색으로 뒤덮여 있었는데, 벽지 무늬도 차분한 모양이었다.

척 박사는 이런 배경과 어울리지 않는 옷을 입는 사람이다. 오늘은 자신이 좋아하는 자메이카 올림픽 봅슬레이 팀 셔츠에 빨간색 스키니진을 입었다. 방 안에는 아무것도 없었기 때문에 척 박사에게서 눈을 떼기가 어려웠다.

척 박사는 애덤에게 무언가 할 말이 있는 듯 입술을 달싹였다.

"그러니까 지난번에, 아 찾았다. 임시 면담을 한지 한참 됐구나, 그렇지?"

척 박사가 파일을 뒤적이며 말했다. 고개를 끄덕이긴 했지만 실제로 그 면담에 대한 기억은 거의 없었다. 애덤이 기억하는 것이라고는 자신이 몹시 격양되어 있었다는 것뿐이었다. 하지만 애덤은 늘 격앙되어 있었다. 무엇보다 지금 애덤에게 필요한 것은 잠이었다. 애덤은 밤마다 진통제인 애드빌을 삼키면서 이것이 아티반 복용량을 늘리지 않는 가장 바람직한 방법일 것이라고 스스로를 설득했다. 이제 애드빌은 효과가 없었지만 척 박사에게 다른 처방을 해달라고 요구할 수는 없었다.

"애덤?"

지금 무슨 이야기를 하고 있었지?

"죄송해요. 잠을 많이 못 잤어요. 자다 깨다 했거든요. 그러니까, 제가 두려움을 느끼거나 걱정거리가 생겼을 때의 증상은 여전히 숫자를 세는 거예요. 모임에서는 정확하게 말하지 않았지만요. 숫자 세기는 점점 늘어나고 있고, 패턴의 배치와 속도도 더 나빠지고 있어요."

"이 순간도 그렇구나."

이것은 질문이 아니었다. 숫자를 세고 있다는 것을 스스로도 깨닫지 못하고 있었던 머릿속을 척 박사에게 들키고 말았다.

"네, 지금도요."

애덤이 순순히 인정했다.

"이곳에 있는 것이 두렵니?"

"조금요."

"좋아, 그걸 자책하지는 마. 괜찮아, 애덤. 네가 증상이 점점 심해지는 걸 걱정하는 거 알지만 넌 지원 모임을 시작한 후로 엄청나게 성장했단다."

척 박사가 애덤을 향해 웃으며 덧붙였다.

"말 그대로든, 상징적으로든 말이다."

빨리 숨쉬기 다섯 번.

"박사님이 노출 및 반응 방지 치료에 관심이 많으신 거 알아요."

척 박사가 고개를 끄덕였다.

"우린 노출 및 반응 방지 치료를 시작할 거야. 부적응 대처 전략에 대해서 하나씩 풀어나갈 거란다. 기록하고, 검사하고, 분류하는 방법으로 말이야. 네 상황이 선천적인지 후천적인지, 아니면 두 가지가 결합된 것인지는 모르지만 나는 올바른 복용량과 노출 및 반응 방지 치료가 이 문제를 해결해줄 열쇠라고 믿는단다."

애덤은 고개를 끄덕였지만 마음속 깊이 받아들이지는 않았다. 이런 것들에 집착하는 것이 조금 우습게 느껴지기까지 했다. 애덤은 목록을 작성해야 한다는 것을 기억조차 할 수 없었다.

목록! 목록 작성하는 걸 까먹었어. 척 박사님도 까먹었나 봐.

"넌 이미 준비가 되어 있어. 그렇지 않았다면 제안하지도 않았을 거야."

"전 진짜 낫고 싶어요. 엄청나게 급하거든요."

"오늘 당장 시작하자는 게 아니니까 긴장 풀어. 오늘은 그냥 집중해서 이야기해보자."

척 박사가 필기를 시작했다. 애덤은 숨을 내쉬고는 심장 박동수를 세는 것을 그만두었다.

"처음부터 시작하자. 집은 어떠니? 집 안의 상황 말이야."

"복잡해요."

"공동 양육이라는 상황에 놓인 아이는 스트레스를 많이 받아. 아주 이상적인 환경에서도 말이다. 그런데 넌 강박증이 있고 또 어머니도 문제가 있으니까 악조건을 두루 갖춘 셈이지."

"제 어려움을 알아주시다니 정말 감사하네요."

애덤은 척 박사에게 스위티의 팔이 부러졌다는 것과 두 집안 사이에 적대감이 늘어가는 상황을 설명하면서도 엄마의 문제에 대해서는 대충 둘러댔다.

척 박사가 편지에 대해 물었다.

넌 기형아야.

애덤의 가슴 깊은 곳에서 경보음이 울려 퍼졌다.

"전 못해요. 죄송해요, 박사님. 엄마한테 말하지 않겠다고 약속했어요. 그러니까 엄마랑 편지에 대해서는 말할 수 없어요. 둘만의 비밀이었어야 했는데 제가 모임에서 말해버렸거든요."

척 박사는 한참동안 잠자코 있었다.

척 박사님의 녹음기에 달린 플레이 단추를 누르면 어떤 소리가 날까?

"하지만 그 편지는 네게 직접적인 영향을 주고 있어. 당연히 조치가 필요한 시점이지. 지원 모임이 끝날 때마다 새로운 편지가 왔었는지 알려줄래?"

"그 후로 새로 도착한 건 없었어요."

애덤은 거짓말을 들키지 않으려고 안간힘을 썼다.

내가 거짓말을 한다는 걸 녹음기가 알 수 있을까?

"편지가 또 왔다면 해당 기관에 전화를 해야 할 시점인 것 같구나. 우리는 원인을 밝혀내야 해. 너의 회복은 이것과 밀접한 관련이 있어."

엄마는 애덤에게 경고하고 또 애원했었다. 하지만 애덤은 결국 이야기하고 말았다.

"다음 모임에서는 편지에 대해 조금 더 깊게 이야기를 나눠보자. 분명 도움이 될 거야."

척 박사가 파일을 흘끗 다시 돌아보았다.

"문지방 문제는 어떠니? 전에 성당 문에 대해서 얘기했었는데. 문지방 문제가 점점 심각해지고 있니?"

미친 목록 같으니.

척 박사님이 목록을 보며 애덤의 상황을 확인할 때면 애덤은 숨을 곳이 없었다. 애덤은 나아지는 것과 정반대에 있었고, 점점 더 망가지고 있었다.

애덤이 자세를 낮춰 몸을 의자에 조금 더 깊이 파묻었다.

"네, 사실 엄청 많이 심각해요. 성당이나 학교 교실에서도 그러거든요. 특히 대형 실험실이 심해요. 지하철 출입문 세 군데랑 브렌다 아줌마네 집 옆문, 상점 네 곳이랑 로빈네 집 문도 그렇고요. 로빈은 아직 몰라요. 지난주에 두어 번 그냥 지나쳤어요."

애덤은 오른발을 왼발 뒤로 숨기고는 발을 굴렀다.

"최악은 우리 집이에요. 점점 늘어나고 있어요."

애덤이 고개를 저었다. 척 박사는 애덤의 말을 듣고도 그다지 놀라지 않았다.

"앞문? 옆문? 아니면 뒷문이니?"

"전부 다요. 앞문이 제일 문제예요. 솔직히 이제는 옆문이든 뒷문이든 더 이상 들어갈 수 있을 것 같지가 않아요."

"들어가려면 얼마나 걸려?"

"제일 빠른 게 27분이요."

척 박사가 길고 느리게 숨을 내쉬었다.

"심각하구나. 하지만 다시 한 번 말하는데 이건 정상적인 거야. 조금씩 악화되었을 뿐이지 미친 건 아니야. 머릿속에서 그런 생각을 떨쳐내야 해. 물론 너도 그렇게 생각하겠지만, 그런 생각의 뿌리에는 공포와 불안, 걱정이 존재하고 있어. 난 개인적으로 강박증은 심리적인 것이라기보다는 신경생물학적인 것이라고 믿는단다. 인간의 감정적인 환경이 강박증 증상이 생기는 핵심적인 원인이야. 대부분의 문지방 문제가 환자의 주거지에서 가장 심하게 나타난다는 걸 명심하렴."

"어쨌든요."

애덤은 다리를 꼬았다가 풀었다.

이런 대화는 아무 소용없어. 척 박사님은 이해하지도, 알지도 못하실 거야.

"저는 완전히 나아야 해요. 인터넷을 스크롤하는 증상은 없어졌지만 상태는 그때보다 더 나빠졌어요. 제 상태를 좀 보세요. 완전하게 치료될 것 같지 않아요. 하지만 조절은, 그건 가능하겠죠? 박사님이 언젠가 그렇게 말하셨잖아요. 저 그 노출 반응 치료인지 그거

할게요. 뭐든 전부 다요."

애덤이 몸을 덜덜 떨었다.

"선생님은 제 목록을 보셨잖아요, 옛날 거요. 저 로빈을 위해서 다 나아야 해요. 제가 로빈을 보호해야 하거든요. 그러니까 로빈하고 저는……."

척 박사가 파일과 연필을 내려놓고 미소 지었다.

"로빈을 정말 많이 좋아하는구나."

"음, 네, 조금요."

애덤이 깜빡이는 녹음기를 물끄러미 바라보며 말했다.

"로빈은 저를 앞서가는 것 같아요. 그냥 알 수 있어요. 로빈은 그러니까…… 훨씬 좋아진 것 같아요."

척 박사가 녹음기의 멈춤 버튼을 눌렀다.

"로빈은 거의 회복되었단다, 애덤."

로빈이 다 나았다고?

척 박사가 진지하게 고개를 끄덕였다.

"그래. 난 로빈의 담당 의사가 아니니까 이건 그저 내 생각일 뿐이지만, 로빈은 받아들이려고 노력하고 있어. 그 애는 자신을 통제하기 위해서 모임에 나오는 거야. 너도 알다시피 슈퍼 히어로들은 가끔 다른 사람의 문제를 해결해준단다. 다들 자신만의 문제를 안고 있는데도 말이지."

"네?"

"강박증은 우리가 잘 알고 있는 것처럼 시간에 따라 상태가 수시로 변해."

척 박사가 몸을 앞으로 기울이며 애덤과 거리를 좁혔다.

"모든 사례의 5내지 10퍼센트의 경우, 환자들은 강박증의 자발적이고 완전한 회복을 경험해. 일부는 그것이 호르몬과 관련이 있을지도 모른다고 하지만, 아직 정확한 원인은 알지 못한단다."

회복.

애덤은 '회복'이라는 단어 이후에는 한마디도 듣지 못했다.

회복? 치유와 비슷한 걸까?

척 박사는 애덤과 회복에 대해서 말한 적이 없었다. 지금까지 단 한 번도. 애덤은 자신의 증상을 통제할 수만 있다면 무엇이든 할 수 있었다.

"내 경험상 그건 일시적인 회복일 수 있어. 다시 재발할 수도 있다는 뜻이지. 몇 달 또는 몇 년 뒤에. 하지만 일상은 아마도……."

"천국에서 보내는 하루."

애덤이 작은 목소리로 말했다.

어떤 느낌일까? 어느 날 아침 정상으로 깨어나는 것, 물어뜯지 않는 것, 마음이 매 순간 조각조각 찢어지지 않는 것, 자신의 강박과 씨름하고 협상하지 않는 것, 자신을 바닥으로 밀어붙이는 생각을 하지 않는 것은.

고요한 마음을 갖는 것.

고요한 마음.

고요한.

쉿.

하지만 엄마는 여전히 애덤과 함께, 애덤을 지켜보면서, 애덤에게 악영향을 주면서 지옥에 있었다.

"회복…… 얼마나요?"

척 박사는 애덤의 질문에 직접적으로 대답하지 않았다.

"이론적으로 말하자면, 주치의와 함께 회복 과정을 진행해야 하는 단계야. 강박증 모임이 방해가 될지도 모르지."

애덤의 배가 매듭처럼 단단히 꼬였다. 애덤이 아무 말도 하지 않자 척 박사가 애덤에게 좀 더 가까이 몸을 내밀었다.

"애덤, 너도 그렇게 될 수 있어. 내가 알아, 넌 분명 해낼 거야. 넌 곧 우리가 필요하지 않아질 거란다."

어쩌고, 저쩌고, 어쩌고, 저쩌고.

하나, 셋, 다섯, 일곱, 아홉, 열하나…….

애덤은 마지막 15분을 현실을 정리하고 확인하는데 썼다. 그사이 척 박사가 애덤에게 문에 대한 두어 가지 조언을 해주었다. 하지만 안타깝게도 애덤은 그 말에 집중하고 있지 않았으므로 조언이 무엇이었는지 기억하지 못했다. 그래도 척 박사의 부드럽고 온화한 목소리가 요란하게 뛰던 애덤의 심장을 차분하게 달래주었다. 효과는 일시적이어서 곧 근심이 다시 솟아났지만 말이다.

척 박사가 안경을 벗고 눈을 비비며 물었다.

"애덤, 짧게 하나만 더 물어도 될까? 최근에 운 적이 있니? 내가 알기론, 넌 지난 몇 년간 울지 않았어. 알고는 있지만 최근의 일들 때문에 운 적이 있나 해서 묻는 거란다."

척 박사의 질문에 애덤은 깜짝 놀라 기억을 더듬었다.

"어, 전 엄청 남자답지는 않지만 그래도 남자잖아요. 그러니까, 아니요. 안 울어요. 최근에 운 적 없어요."

"한 번도?"

"한 번도요."

"운다는 건 좋은 표시일 수도 있어. 건강하다는 증거니까. 다시 잘 생각해보렴. 나중에 다시 이야기해보자."

★ ★ ★

"제기랄!"

애덤은 엘리베이터의 홀수 층을 전부 누르고 올라갔다 내려갔다 하기를 반복했다. 누가 듣거나 말거나 신경 쓰지 않고 혼자서 중얼거리며 진료실이 있는 층과 멀어지기 위해 노력했다. 사람들은 초조해 보이는 사람이 혼자 중얼거리는 것에 퍽 익숙해져 있었다.

"빌어먹을 배트맨. 넌 대단한 보호자라고!"

로빈의 배트맨은 로빈을 구하러 가지 않았다. 로빈은 배트맨이 자신을 구하러 오지 않아도 혼자서 잘하고 있었다. 그리고 지금 로빈은 배트맨 때문에 위험에 빠지고 말았다.

1층에 도착한 애덤은 다시 17층으로 가는 홀수 층을 전부 눌렀다. 스스로가 몹시 혐오스러웠다. 37분 뒤, 애덤은 엘리베이터에서 탈출했다.

애덤은 낫겠다고 자신에게 약속했다. 빨리 나아야 했다.

그런데 점점 나빠졌다.

34

병원 엘리베이터에서 나온 애덤은 곧장 공동묘지로 향했다. 날은 이미 어두워졌고 공동묘지의 문이 닫혀 있었기 때문에 울타리를 뛰어넘었다. 애덤은 6개월 전에 우연히 마주쳤던 검고 커다란 화강암 묘비로 향했다. 제니퍼 로햄프턴의 묘비 앞에 선 애덤은 무릎을 꿇고 십자가를 그은 다음, 로빈에게 도움이 되지 못한 것을 정중하게 사과했다. 하지만 어떤 일이 있든 계속 해나가겠다고도 다짐했다.

어두웠지만 아무렇게나 늘어진 버드나무 가지가 보였다. 이 나무가 지난 월요일에 애덤과 로빈을 보호하고 숨겨주었었다. 애덤은 이 나무에 로빈을 밀어붙였고, 그 상태로 잠시 시간이 멎었다. 나무 안쪽으로 들어가서 마냥 그곳에 머무르고 싶었지만 이내 그 마음을 접고 남쪽 울타리를 다시 껑충 뛰어넘었다.

애덤은 부지런히 달려 집에 도착했지만 집에 들어가지 못했다.

41분간의 시도 끝에 결국 집에 들어가는 것을 포기하고 말았다.

문을 열 수 없어. 정화할 수가 없으니까.

오후 9시 7분, 애덤은 길 건너편에 사는 폴란스키 부인의 집 문을 똑똑 두드렸다. 폴란스키 부인이 곧장 문을 열어주었다. 말하자면 폴란스키 부인은 이 부조리한 연극의 맨 앞자리에 앉아 있는 관객이었다.

"저기, 안녕하세요?"

"애덤, 괜찮니?"

"예, 그러니까, 아니요. 집에 들어갈 수가 없어요. 엄마가 이번 주에 야간 근무를 하시거든요."

"오, 이런."

폴란스키 부인이 얼굴을 찡그리며 문을 활짝 열어주었다.

"우리 집 문도 너희 집하고 거의 비슷할 거야."

말을 마친 폴란스키 부인이 옆으로 비켜 서며 문을 보여주었다.

"우리 집 아이들은 자물쇠를 어찌어찌 움직여서 문을 열 줄 안단다. 신용카드로 말이야. 내 신용카드를 줄 테니까 문을 한 번 열어 보겠니?"

폴란스키 부인이 돌아서서 신용카드를 찾으려 했다.

"아니, 아니에요. 전 못해요. 저희 집 문은 그렇게 해서는 안 열려요."

집 안으로 들어선 애덤은 폴란스키 부인의 집, 더 정확히는 '오래 전에는 깨끗했던 자신의 집' 같은 모습을 보고 잠시 멍해졌다. 티끌 하나 없이 깨끗하고 넓은 복도가 부엌과 연결되어 있었다. 애덤은 자신이 편히 숨 쉴 수 있었던, 깨끗했던 집을 떠올렸다. 놀랍게도 눈물이 눈동자 뒤쪽에서 샘솟았다. 하지만 고맙게도 흘러나오지 않고 그곳에 그대로 머물러 있었다.

"나는 신경 쓰지 마라. 난 그저 수다쟁이 노인네란다. 어서 들어오렴. 아가, 어떻게 할 생각이니?"

"전화 좀 쓸 수 있을까요? 아빠한테 저를 데리러오라고 전화하려고요."

"물론이지! 부엌으로 오렴. 거기에 전화가 있단다. 전화가 벽에 붙어 있거든. 뭐든 제자리에 있지 않으면 곧잘 잃어버린단다. 그렇지 않니?"

애덤은 자신의 웃음이 폴란스키 부인이 보기에 자연스러워 보였기를 바랐다.

폴란스키 부인의 부엌은 현대적이지는 않았다. 하지만 반짝반짝 빛이 났고 만반의 준비가 되어 있었다. 찬장은 새하얀 색이었고, 파란색 조리대에는 토스터와 사과가 담긴 그릇이 놓여 있었다. 예전에 깨끗했을 때의 부엌을 보는 것 같았기 때문에 애덤은 이곳을 떠나고 싶지 않았다. 모든 일이 벌어지기 전의 부엌처럼 이곳은 몹시 평화롭고 정돈되어 있었다.

애덤이 전화를 하는 동안 폴란스키 부인은 찻주전자를 데우고,

커다란 사과 파이 한 조각을 잘라 접시에 담았다.

"스위티? 아빠 지금 집에 계셔?"

"배트맨! 집에 올 거야? 집으로 와, 올 거지?"

"그래, 그럴게. 그러니까 아빠 좀 바꿔줘, 어서!"

"지금? 지금 오는 거야? 지금 와!"

"그래, 갈게. 약속해. 그러니까 이제 가서 아빠 좀 오시라고 해."

전화기가 떨어지는 소리가 나더니, 수화기 너머로 스위티가 집을 돌아다니며 아빠를 부르는 소리가 들렸다.

"아-빠, 배트맨이 집에 와요. 아빠!"

"애덤, 무슨 일이니?"

아빠의 목소리를 듣자마자 심장이 착 가라앉았다.

"아빠? 저 좀 데려가주세요. 저 폴란스키 아줌마 댁에 있어요."

"무슨 일 있어?"

"아니에요."

"괜찮은 거야? 엄마는?"

"그게⋯⋯ 집에 들어갈 수가 없어요."

애덤이 폴란스키 부인을 흘끗 바라보고는 말을 이었다.

"약속이 있어서 나갔다가⋯⋯."

폴란스키 부인은 통화 내용이 들리지 않는 척하며 차를 준비하기 위해 분주하게 움직였다.

"심부름을 하고 돌아왔는데 집에 들어갈 수가 없어요."

"엄마한테……."

"안 돼요. 아빠가 엄마한테 전화해서 말해주실 수 있어요?"

"엄마는 야간 근무니?"

"네, 오늘 밤하고 내일 밤까지요. 제가 며칠 거기에 있을 거라고 엄마한테 얘기 좀 해주세요."

"애덤, 알잖아. 엄마가 어떻게……."

"아빠랑 보내기로 한 주말이 아니란 건 알아요."

폴란스키 부인이 탁자에 찻잔과 설탕, 우유, 적어도 40년은 되었음직한 고디바 초콜릿을 차렸다. 애덤은 고마움의 표시로 폴란스키 부인에게 고개를 끄덕이며 미소를 지었다.

"제가 부탁했다고 엄마한테 말해주세요."

이제 폴란스키 부인은 소시지와 치즈를 자르고 있었다. 마치 순서가 뒤바뀐 저녁 식사 같았다.

"척 박사님이 그렇게 하라고 했다고 하면 엄마도 받아들일 거예요. 척 박사님은 제 편을 들어주실 거고요."

애덤이 손으로 입 주위를 감싸고 말했다.

"애덤, 정말 집에 들어갈 수 없는 거니? 어쩌다가 이렇게까지 된 거야?"

"네, 못해요, 아빠. 안 돼요."

"곧 가마. 폴란스키 부인께 감사하다고 전해주렴."

"네, 알았어요. 꼭 그럴게요. 끊을게요."

방 안에 갑자기 평화가 찾아왔다.

“아빠가 무척 감사하대요. 불편을 끼쳐드려서 정말 죄송해요. 그리고…….”

애덤이 폴란스키 부인을 향해 말했다. 폴란스키 부인은 두 걸음 만에 가까이 다가와서 푹신한 팔로 애덤을 아주 꼭 껴안아주었다. 놀랍게도 애덤은 폴란스키 부인의 짧고 땅딸막한 몸에 아주 잘 맞았다.

“우리는 사랑하는 사람을 종종 아프게 한단다, 얘야.”

애덤이 숨을 내쉬었다.

“이게 제가 할 수 있는 최선이에요.”

“넌 착한 아이야, 애덤. 그건 조금도 의심할 필요가 없단다. 나는 아주 많은 것을 봤기 때문에 알 수 있어.”

폴란스키 부인이 한숨을 쉬더니 소시지 쪽으로 몸을 돌렸다.

“난 바빠서 어떤 일을 일일이 기억하지 못하니까, 나를 신경 쓰지 않아도 된단다.”

말을 마친 폴란스키 부인은 여러 명이 먹고도 남을 만큼의 고기를 자르고 접시와 은그릇을 바쁘게 날랐다.

“가끔은 사랑하는 사람들을 아프게 해도 괜찮아. 그 멋쟁이 의사랑 상의해도 되고, 월요일마다 네가 만나러 가는 사람들과 상의해도 돼.”

부인이 애덤의 손을 토닥였다.

"힘든 일은 금방 지나갈 거야, 애덤. 멋지게 자라는 건 정말 힘든 일이란다."

폴란스키 부인의 말이 옳았다.

하지만 이제 어떻게 하지?

"소시지에 머스터드랑 케첩 뿌릴래?"

35

애덤이 집에 도착하자마자 스위티가 착 달라붙었다.

"형 왔다! 형 왔어! 나 착하게 굴게, 귀찮게 안 할게. 약속해!"

스위티의 '착하게'는 애덤이 로빈과 통화할 수 있도록 혼자 두겠다는 것이 아니라 통화하는 동안 시끄럽게 떠들거나 놀아달라고 귀찮게 하지 않겠다는 뜻이었다. 앞으로 애덤이 로빈과 전화하는 동안 스위티의 일은 애덤의 침대 맞은편에 조용히 앉아 장난감 트럭을 가지고 노는 척하는 것이 될 터였다.

애덤은 통화를 할 때면 언제나 눈을 감고 로빈의 부드러운 목소리를 들었다. 오늘 밤 로빈은 아빠가 자신과 봄 방학에 놀러가려고 일주일 내내 야근을 한 이야기를 했다. 로빈은 아빠와 친구인 조디와 함께 휘슬러에 갈 예정이었다. 휘슬러에서 스키 강습을 받는다고 했다.

"네가 조디 대신 갈 수 있으면 얼마나 좋을까? 하얀 눈 속에 같이 있으면 진짜 좋을 텐데!"

로빈은 아빠가 이 모든 것을 준비했다는 사실에 감동해 행복감에 젖어 있었다.

애덤은 봄방학 동안 매일 로빈이 보고 싶었다. 로빈에게 키스하고 싶었고, 이야기를 나누며 두 사람만의 영화를 만들고도 싶었다. 또 마니 위더롤의 묘비에 기대거나 차가운 겨울 잔디밭 위에 나란히 앉아 키스하고, 어루만지고, 서로를 알아가는 두 사람의 모습을 기대했다.

"사랑해, 애덤."

"내가 더 사랑해, 로빈."

두 사람은 추위 속에서도 언제나 함께했고, 함께 있는 것이 좋았다. 하지만 애덤은 로빈을 집으로 초대할 수 없었고, 로빈도 자기 집에 또 오라고 말하지 않았다. 그래서 애덤은 마니 위더롤과 버드나무의 보호를 받으며 했던 키스와 포옹의 느낌을 떠올렸다.

"내 능력을 한번 확인해보려고. 지금까지 연기를 한 적은 없지만 이번만큼은 1등으로 붙고 싶어."

"연극 제목이 뭔데?"

"〈뻐꾸기 둥지 위로 날아간 새〉"

"로빈, 지금 간호사 역할에 떨어질까 봐 걱정하는 거야? 넌 그 역할을 완벽하게 할 수 있어. 벌써부터 걱정하지 마."

"애덤, 어떻게 그렇게 예쁘게 말할 수 있어? 너는 정말 좋은 사람이야."

그렇지 않아.

"사실이니까. 넌 사랑스러워, 로빈."

"넌 정말 멋진 사람이야. 난 네가 원더우먼을 생각해서 계단으로 가자고 말했을 때부터 알고 있었어. 너랑 같이 있으면 마음이 편해지는 것 같아. 이 세상 다른 누구와 함께 있는 것보다 말이야."

"정말?"

애덤은 얼음을 통째로 꿀꺽 삼킨 기분이 들었다.

"응, 사실이야."

로빈은 웃고 있었다. 목소리로 그 사실을 알 수 있었다. 그래서 더 마음이 아팠다.

애덤은 로빈에게 며칠 동안 전화할 수 없을 것이라고 말하고 그 이유를 설명했다. 브렌다 아줌마네 집에서는 사생활을 보장해달라고 주장할 수 없었다. 미칠 것 같았지만 분명한 사실이었다. 또 애덤에게는 모든 것을 정리할 시간이 필요했다.

모두가 거짓말을 해.

"목소리 듣고 싶을 거야. 언제 한번 그 애를 만나보고 싶어, 네 동생."

"그래, 그래."

애덤이 속삭였다.

스위티는 더 이상 참을 수가 없었는지 두 사람이 네가 먼저 전화를 끊으라는 길고 지루한 싸움에 빠져 있는 내내 총알처럼 이 침대에서 저 침대로 방방 뛰어다녔다.

"그럼 잘 자, 공주님. 네가 먼저 끊어. 내가 듣고 있을게."

"안 돼요, 왕자님. 왕자님이 먼저 끊으세요."

"잠깐만 기다려."

애덤이 수화기를 가리고 말했다.

"스위티, 내가 멀쩡한 한쪽 팔까지 부러뜨리기 전에 그만 좀 뛰어다녀."

하지만 스위티는 그 말에 킥킥 웃음을 터뜨리더니 더 제멋대로 뛰어다녔다.

"네가 왜 그러는지 알겠다."

로빈이 웃음을 터뜨렸다.

"그래, 그럼 끊자. 그러니까 천사님, 내가 수화기를 들고 있을 테니까 이제 끊으시지요."

"안 돼요, 천사님. 당신이 먼저 끊으시지요."

스위티가 애덤의 말을 따라했다. 애덤은 동생을 들어올려 몸 가까이에 바짝 붙잡아두었다. 마침내 로빈이 먼저 전화를 끊고 나자 애덤은 기운이 쏙 빠지고 말았다. 스위티는 다시 자유로워졌다.

"이제 됐지? 이제 우리 같이 놀 수 있어?"

"아직은 아니야. 형은 과제 할 게 남았어. 그걸 먼저 해야 해. 알겠지?"

스위티가 땅이 꺼져라 한숨을 내쉬고는 장난감 트럭으로 앞을 막는 모든 것에 쾅쾅 소리를 내며 부딪쳤다. 그사이 애덤은 책상에서 종이를 꺼냈다. 애덤은 척 박사에게 다음 모임에 목록을 가져가겠다고 약속했다. 목록을 가져가면 노출 및 반응 방지 치료를 조금 더 미룰 수 있을 지도 몰랐다.

3월 9일 목록 애덤 스펜서 로스

복용량 : 아티반(새로운 처방이 필요함)

아나프라닐 25밀리그램, 하루에 세 알씩(새로운 처방이 필요함)

1. 내 생각에, 로빈 이소벨 플러머는 하나밖에 없는 나의 진실한 사랑, 첫사랑 같다. 그리고 난 로빈을 사랑하는 것처럼 다른 누구도 절대 사랑하지 않을 것이다.
2. 내 생각에, 병을 고치는 일이 이 세상에서 가장 중요한 것 같다.
3. 내 생각에, 이번에는 노출 반응 치료라든가 내가 해야 하는 일을 확실히 시작해야 할 것 같다. (이 거지 같은 목록도 포함해서)
4. 내 생각에, 우리 엄마에 대해서는 어떻게 해야 할지 모르겠다.
5. 내 생각에, 우리 엄마, 우리 아빠, 브렌다 아줌마, 스위티와 로빈은 실제로 모두 나를 사랑하는 것 같다. 하지만 그것만으로 내가 치료

될 것이라고는 더 이상 믿지 않는다.

6. 내 생각에, 난 필요할 때 거짓말을 하고, 모두가 거짓말을 하는 것 같다. 받아들이자.

7. 내 생각에, 짝수는 개소리인 것 같다.

8. 내 생각에, 문지방하고 문에 대한 문제가 악화되는 것 같다.

9. 내 생각에, 슈퍼 히어로들은 전부 내 친구고(어쩌면 울버린도), 나도 그 애들의 친구인 것 같다. 세상에, 난 지금까지 이걸 깨닫지 못하고 있었다.

10. 내 생각에, 내가 깨끗하지 않으면 내가 가장 걱정하는 사람들이 다칠 것 같다는 생각이 든다. 머릿속 잡음이 심해져서 진짜 더럽게 피곤하다.

애덤은 종이를 접고는 느릿느릿 일어나서 잠옷에 손을 뻗었다. 스위티는 골든리트리버를 꽤 닮았다.

"이제 우리 놀 수 있어, 배트맨? 내가 로빈을 흉내 낼 수 있어. 형한테 로빈이 있는 거 알아, 여자지만. 내가 로빈이 되면 우리가 조커를 죽일 수 있지? 그치?"

애덤은 기가 막혔지만, 기운이 쏙 빠져서 동생을 향해 웃어줄 수 없었다.

로빈.

둘이서 계속 걸었던 때가 있었다. 두 사람이 아직 제대로 사귀기 전의 일이었다. 그때 두 사람은 그저 서로에게 속삭였다. 어쩌면 마니는 두 사람의 이야기를 전부 들었을지도 모른다. 애덤은 로빈을 웃기려고 노력했고, 로빈은 애덤의 이야기에 자주 웃곤 했다. 이야기가 재미있는지 아닌지는 중요하지 않았다. 로빈은 애덤을 놀렸고, 애덤은 이전에 자신이 어떻게 행동했었는지 말해주었다. 그리고 두 사람은 앞으로 어떤 일이 일어날지 이야기했다. 마치 사랑에 빠진 평범한 두 사람이 부모님의 눈치를 보지 않고 소파에 앉아 서로에게 거의 모든 것을 시시콜콜 이야기하는 것 같았다. 이들이 평범한 아이가 아니라는 것만 빼고는 말이다. 이것은 결코 현실이 될 수 없었다.

"아니, 미안해. 난 못해. 나는 그냥……."

애덤은 자신의 침대로 들어가 옆으로 돌아누웠다.

"형은 지금 슬프구나. 그 누나가 형을 슬프게 했어?"

"아니, 아니야. 그렇지 않아. 그런 게 아니야. 그냥, 있잖아, 형 너무 피곤해. 알겠지?"

애덤은 스위티가 퍼부을 공격을 각오했다. 하지만 그런 일은 일어나지 않았다.

"알았어."

스위티가 자그맣게 속삭였다. 스위티는 탁자 등을 끄고 야간 조명등 네 개 중에서 두 개의 코드를 뽑고 애덤의 이불을 꼭 덮어준

다음, 깁스한 팔로 애덤을 툭툭 건드리며 토닥였다. 애덤이 이불을 제대로 덮은 것에 만족한 스위티는 침대에 올라가 애덤 옆에 자리를 잡고는 침대 머리에 등을 기댔다.

"내가 형을 지켜줄게, 알았지? 내가 형을 무사히 지켜줄 거야."

그러더니 스위티가 늘어지게 하품을 했다. 졸음이 쏟아지는 목소리 때문에 신뢰할 수는 없었지만 애덤은 고개를 끄덕였다.

"형, 내 111 빌려줄까? 내가 형한테 줄게. 하나, 하나, 하나야."

애덤이 또 고개를 끄덕였다. 눈물을 참느라 기운을 다 빼서 말이 나오지 않았다.

36

원더우먼의 의자가 비어 있었지만 누구도 그 사실에 대해 먼저 말을 꺼내지 않았다. 애덤은 그것이 괴로웠다. 원더우먼은 다시 무단결석을 했고, 나머지 슈퍼 히어로들은 모두 개근 기록을 세웠다. 제정신이 아니긴 해도 무척 성실한 슈퍼 히어로들이었다.

애덤은 방을 둘러보다가 울버린을 보고 멈칫했다. 울버린의 상태가 아주 좋아 보였다. 사실 울버린은 언제나 그랬지만 최근에는 눈에 띌 정도로 좋아졌다. 정말로 그런 것이라면 견딜 수 없을 것만 같았다.

울버린도 다 나아가고 있나?

애덤은 오늘의 질병에 대해 이야기하는 울버린의 말을 귀 기울여 들었다. 울버린의 이야기는 이제 심장 질환에서 치명적인 혈액암으로 넘어가고 있었다.

"다발성 골수종• 알아? 나 지금 5일째 무기력해. 검사를 받아볼까 봐……."

아냐, 울버린은 아직도 미쳤어. 그린 랜턴은 점점 나아지는 것 같은데…….

하지만 애덤은 자신이 얼마나 엉망인가를 떠나서 그린 랜턴의 성공을 시샘할 수는 없었다.

"그러니까 나는 강박증 매뉴얼을 하나하나 따라하는 중이야. 어쨌든 난 척 박사님을 여전히 지나치게 많이 만나는 것 같아."

척 박사가 씩 웃으며 고개를 내저었다. 그 순간 애덤은 이들 상당수가 개인적인 환자로서도 척 박사를 만난다는 사실을 떠올렸다. 척 박사에게는 자신을 찾아와 울고불고 난리 치는 개인 환자들이 아주 많을 것이다.

그러면 척 박사님은 언제 긴장을 풀고 식구들과 바비큐 파티를 즐길까? 가족은 있나?

척 박사는 마치 다른 세상에 있는 것처럼 잠자코 앉아서 아이들에게 용기를 북돋아주었다. 척 박사는 메달이나 자동차 같은 상을 받을 자격이 있었다.

애덤은 자신이 왜 이런 쥐뿔같은 통찰력을 갖게 되었는지 몰랐다. 하지만 애덤은 최근 자신을 둘러싼 세상을 조금 더 넓게 알아차

• 형질세포가 비정상적으로 분화 및 증식되어 나타나는 혈액암

리기 시작했고, 척 박사와 브렌다 아줌마, 아빠가 얼마나 많이 견디고 있는지 알게 되었다. 그리고 자신이 이런 것을 알아차렸다는 사실에 짜증이 났다. 이런 것을 알지 못할 때도 충분히 힘들었기 때문이었다.

"그러니까 상상하지 않는다고?"

스누키가 물었다. 모임의 아이들 모두가 알고 있는 그린 랜턴의 증상 중 하나는 가상의 대재앙을 상상하는 것이다. 육체적으로든 머릿속으로든.

"조금은 해. 하지만 147페이지에 나온 것처럼 각각의 강박 증상에 등급을 매기고 있어. 왜 그런지는 나도 잘 모르겠는데, 그렇게 하니까 강박 증상이 좀 줄어든 것 같아."

그린 랜턴이 스누키의 말을 인정했다.

"와, 그거 진짜 대단한데? 난 걔가 나한테 어떤 허튼소리를 할지 겁나서 멍청한 매뉴얼을 펼쳐보지도 않았거든."

애덤의 말에 그린 랜턴은 뿌듯해하는 모습을 보이지 않으려 표정 관리를 했다. 애덤은 자신의 직설적인 말이 토르를 제외한 아이들에게 감동을 주었다는 것을 알 수 있었다. 하지만 토르가 자신의 의식과 강박을 파악하고 있다는 것까지는 알지 못했다.

그래, 똑바로 보라고. 저 녀석은 평균적인 강박증 환자보다 더 심하게 미친 게 틀림없어.

애덤이 토르를 바라보았다. 한 덩치 하는 토르가 평소와 달리 조용했다. 토르는 으르렁거릴 때를 제외하면 언제나 차분했지만 오늘은 지나칠 정도로 차분했다.

뭐지? 왜 이렇게 차분하지?

눈이 마주쳤지만 토르의 눈은 반응이 거의 없었다. 그래서 애덤은 견디기 힘들 정도로 슬퍼졌다.

"난 이제 강박 측정 지수가 높든 낮든 상관없어. 이미 그걸 넘어섰으니까. 난 집에 들어갈 수 없어. 문을 통과할 수가 없거든."

애덤의 말에 모두가 관심을 보였다. 토르도 흐릿한 눈으로 애덤을 바라봤다.

"어느 날부터 집으로 들어가지 못하게 됐어. 그냥 갑자기 문을 통과할 수가 없었는데, 그 뒤로 계속 들어가지 못하고 있고. 지금은 브렌다 아줌마네 집에서 지내고 있어."

"뭐라고? 넌 어떻게 된 인간이냐? 너희 엄마는 지금 사이코 같은 놈한테 협박을 받고 있는데 너는 엄마랑 따로 지내고 있다고?"

그때 갑자기 울버린이 몹시 화를 내며 끼어들었다. 모두가 몸을 곧추 세우고 앉았다. 로빈과 스누키는 울버린을 뚫어져라 바라보았고 토르조차도 관심을 보였다.

"그래, 네 말이 맞아. 난 완전 멍청이지. 근데 나는 엉망진창이고 집 안이랑 여러 가지 상황이……."

애덤이 고개를 푹 숙였다. 스누키가 애덤의 무릎에 손을 얹고 격려하듯 토닥였다.

조심해, 조심해!

"우리 엄마하고 편지, 그리고 문지방을 통과할 수 없는 것…… 그냥 모든 게 다 걱정돼. 난 엉망진창 쓰레기야. 난 이 상황에서 빠져나올 수도, 돌볼 수도 없었어."

"여기서 너를 판단하는 사람은 없어, 배트맨. 아무도 그럴 수 없어. 넌 네가 할 수 있는 일을 한 거야."

아이언맨이 끼어들었다. 토르가 아이언맨의 말이 맞다는 듯이 끙하는 소리를 냈다.

"누구도 너를 판단하지 않아."

토르가 이렇게 말하며 울버린을 빤히 쳐다보았다.

"맞아. 너는 우리 모두를 위해서 여기에 있는 거야. 너한테 문제가 있는 게 아니야. 넌 너무 많은 사람을 걱정하고 있어. 너희 엄마나 네 뚱뚱한 친구, 네 남동생, 그리고……."

스누키가 토르의 말에 맞장구를 치다가 로빈을 흘끗 바라보고는 말을 이었다.

"다른 누구는 하느님만 아시겠지. 여유를 좀 가져, 배트맨."

내가 로빈을 좋아한다고 얘기한 적이 있었나?

"스누키 말이 맞아."

로빈이 자그맣게 속삭였다.

"그래, 친구."

캡틴 아메리카와 그린 랜턴도 한 목소리를 냈다.

"헛소리 하지 마. 지나친 건 지나친 거라고."

아이언맨이 울버린의 말에 고개를 내저었다.

"방금 전에 울버린이 한 말은……."

"잠깐, 배트맨."

척 박사는 여간해서는 아이들의 대화에 끼어들지 않았다. 척 박사가 말을 할 때는 언제나 특별한 경우였다.

"배트맨, 네가 아이들의 말을 곰곰이 생각해보면 어떨까? 너희는 잠깐 진정하고 말이다. 어쩌면 아이들 말이 맞는 걸지도 몰라. 이 아이들의 판단을 믿어도 돼."

"고마워, 얘들아. 정말이야."

애덤은 숨을 몰아쉬고는 고개를 숙인 채 말했다. 발을 구르며 숫자를 세지도 않았고, 숨도 차분히 쉬고 있었다. 애덤은 모임이 끝날 때까지 숫자를 세지 않았다.

★ ★ ★

오후 4시 51분, 척 박사가 목소리를 가다듬고 말했다.

"음, 원더우먼, 아니 코니가 결석한 거 모두 알고 있지?"

코니? 왜 원더우먼이 다시 코니가 되었지?

"코니와 가족들은 코니가 휴스턴에 있는 병원에 입원해서 치료받는 게 좋겠다고 결정했단다."

입원.

입원이라는 단어가 애덤의 머릿속을 빙빙 맴돌다가 가슴으로 쿵 하고 떨어졌다.

입원. 빌어먹을.

뭐라고 대꾸하기는커녕 누구도 크게 숨을 쉬지 않았다. 척 박사는 아이들의 침묵에 깜짝 놀란 것 같았다.

그때 로빈이 말했다.

"저기, 애들아! 그건 사형 선고가 아니야. 코니, 그러니까 원더우먼한테는 좋은 일이야. 우리 모두 원더우먼의 증상이 심해지고 있다는 거 알고 있었잖아. 병원은 내가 제대로 생활할 수 있도록, 사람들 앞에 나설 수 있도록 도와주는 곳이야."

입원.

"병원에 입원하지 않아서 너희를 만나지 못했다면, 난 내가 지금쯤 어디에 있을지 상상조차 할 수 없는걸."

로빈은 애덤을 곧장 쳐다보았다.

"로빈의 말이 맞아. 코니는 지금 긍정적인 단계를 거치고 있어. 몇 주만 지나면 다시 여기에 합류할 거란다. 그때까지 너희에게 소식을 전해주마. 다음 모임 땐 코니에게 연락할 수 있는 방법을 알려줄게, 알겠지? 이 방법이 코니에게 최선이었다는 걸 기억하렴."

척 박사가 고개를 끄덕이더니 손목시계를 흘끔 쳐다보았다.

"좋아, 슈퍼 히어로들. 오늘도 잘했어, 모임 끝."

스누키가 자리에서 일어나더니 말도 없이 방을 나가버렸다.

아이들이 의자를 정리하는 사이, 애덤은 로빈에게 그 문에서 만나자고 자그맣게 속삭였다.

"알았어."

로빈이 애덤에게 길게 키스했다. 척 박사와 토르는 슬픈 눈으로 두 사람의 모습을 지켜보았다.

토르가 무거운 발걸음으로 방을 나갔고 애덤이 그 뒤를 쫓았다. 토르는 언제나 계단으로 내려갔는데 폐소공포증이 있기 때문은 아니었다. 아니 어쩌면 토르는 폐소공포증을 포함해 수천 가지 강박증을 가지고 있을지도 몰랐다. 애덤은 토르의 증상에 대해 자세히 알지는 못했지만, 엄청나게 큰 고통을 겪고 있다는 것만은 알 수 있었다. 물결처럼 쉴 새 없이 몰아치는 고통이 항상 토르를 따라다녔다. 그 물결은 첫 모임 때 애덤에게도 물방울을 튀겼었다.

"토르, 잠깐만!"

토르가 계단에서 비틀거리며 몸을 돌리는 순간, 애덤의 긴장은 눈 녹듯 사라졌다. 토르는 두 계단 아래에 있었지만 애덤보다 키와 덩치가 컸다. 사실 토르는 모든 면에서 애덤보다 더 견고했다.

"있잖아, 토르. 내가 참견할 일은 아닌데, 너 괜찮아? 복용량이 잘못되면 강박증만큼 괴로워. 내가 겪어봐서 잘 알아."

애덤은 자신이 마치 우뚝 솟은 산과 대화를 나누는 것 같다고 생각했다.

"네가 괜찮은지 알고 싶어. 괜찮지? 원더우먼 같은 일은 사람을 불안하게 만들잖아."

토르는 애덤의 얼굴에 초점을 맞추려 애썼지만 제대로 맞추지 못했다. 애덤은 토르의 노력을 알아채고 자신이 겪었던 일을 떠올렸다. 애덤의 경우에는 약의 부작용 때문에 혀가 두꺼워지고 탈진과 오한이 났었는데, 약의 복용량을 조절하면서 상태가 좋아졌었다.

"우리 모임 첫날에 전화번호 교환한 거 기억하지?"

토르는 여전히 애덤과 눈을 맞추기 위해 애쓰고 있었다.

"음, 아마 넌 문자 메시지가 더 편할지도 모르겠다. 하지만 난 못하는 거 알지?"

토르가 고개를 끄덕였다. 아니, 끄덕이고 싶어 했다. 애덤은 토르의 마음이 그럴 것이라고 생각하며 이 예의 바른 친구가 저기 어딘가에 갇혀 있다고 확신했다.

"우리 아빠랑 재혼한 브렌다 아줌마의 전화번호가 목록에 있어. 언제든 그 번호로 전화해도 돼. 복용량만 잘 맞추면 상태가 훨씬 좋아질 거야. 그렇게 되면 내가 워해머 게임을 가르쳐줄게. 장담하는데 넌 그 게임을 엄청 좋아하게 될 거야."

토르는 애덤의 말에 아무런 반응도 보이지 않았다.

"넌 최고로 용감한 오크족 전사를 맡아. 네가 벤보다 더 용감한 것 같으니까. 벤은 스누키가 말한 뚱뚱한 내 친구야. 음, 어쩌면 벤이 너를 한방 먹이고 싶어 할지도 모르지만 금방 그 애를 좋아하게 될 거야. 내가 보장해!"

토르는 커다랗고 두툼한 팔을 들어 애덤의 앙상한 어깨에 얹고는 애덤을 멍하니 바라보았다.

"내가 널 지켜줄게."

이건 내가 들으려던 말이 아닌데.

"그래, 고마워. 어쨌든 내 말은, 언제든 전화하라고."

토르가 돌아서며 한숨을 내쉬었다.

두 사람은 남은 계단을 다정하게 내려갔다. 마치 혼란스러운 침묵처럼.

37

"아까 모임에서 정말 잘했어. 네가 토르와 이야기하려고 노력했던 거 알아."

로빈이 애덤의 뺨에 키스하며 늘 그랬던 것처럼 팔짱을 꼈다. 두 사람은 이 상태로 공동묘지로 걸어갔다. 로빈이 다시 애덤에게 키스하며 물었다.

"하지만 네가 모두를 구할 수 없다는 거 알지?"

"뭐라고?"

"그게 네 문제야."

"무슨 뜻이야?"

"토르 말이야. 난 여러 프로그램에 다니면서 의사 선생님이나 병원 프로그램을 너보다 많이 경험했어. 그런데 있잖아, 토르 같은 아이들은 다른 아이들보다 느리기도 해."

완전 딴사람이 말하는 것 같아.

"아냐, 그냥 토르의 복용량이 잘못된 것 같아서 그래. 토르가 전에 먹던 벤제드린은 개한테는 너무 강한 약이야. 클로나제팜이나 아나프라닐도 그렇고. 예전에 토르는 거의 움직일 수가 없었잖아. 나는 토르가 약을 바꾸고 나서 훨씬 좋아진 것 같다고 생각해."

로빈이 고개를 들어올렸다.

"최근에는 아니지만."

"넌 그냥 이 세상을 구해야 하는 거지? 그게 내가 너를 사랑하는 7만 3천 가지 이유 중 하나야."

로빈이 애덤을 자기 쪽으로 끌어당겼고, 애덤은 머릿속으로 마가렛 수녀님을 떠올렸다.

두 사람은 가지가 축 늘어진 그 버드나무 근처에 도착했다.

"하지만 나의 배트맨, 너는 모든 걱정을 내려놓고 너 자신한테 집중해야 해."

로빈이 불안해하고 있었다.

"진심이야. 넌 너를 위해 나아가야 해. 제발 너를 먼저 생각해."

로빈은 다시 한 번 애덤에게 키스하고는 차분하게 엄마의 무덤으로 다가갔다. 검은색 묘비는 주변에 힘없이 내려앉은 마지막 햇빛을 흡수하고 있었다.

공동묘지에 묻힌 사람들과 기념비, 그 위를 장식하고 있는 천사상이 친근하게 느껴졌다. 불과 몇 달 전만 해도 애덤은 로빈이 찾는 곳이 어떤 곳인지 알아내려 노력했었다.

애덤은 아키발드-루이스 중위와 뾰족한 오벨리스크 바닥에 새겨진 사람들, 그리고 두 사람이 모두 좋아하는 마니 위더롤에게 인사했다. 이들의 영혼을 위해 짧게 기도한 다음 자신에게 힘을 달라는 긴 기도도 드렸다.

로빈은 묵주 기도의 마지막으로 십자가를 긋고 나서 애덤을 향해 돌아섰다.

"내가 릭 신부님을 만났다고 얘기했니? 릭 신부님이 스티븐 신부님의 연락처를 주셨어."

애덤은 아무 말도 하지 않았다.

"나 4월 27일부터 예비 신자 모임에 나가기로 했어."

애덤은 로빈과 조금 떨어져서 로빈을 바라보고 있었지만, 로빈이 중심을 잃지 않고 있다는 것은 충분히 알 수 있었다.

"근사하지?"

애덤이 여전히 대꾸를 하지 않자, 로빈이 얼굴을 찡그리며 다시 물었다.

"안 멋있어?"

로빈은 이제 하느님에 대한 것을 알기 위해 애덤을 찾을 필요가 없었다. 더는 애덤의 도움이 필요하지 않게 된 것이다. 애덤은 로빈이 속하지 않은 곳에서 로빈을 끌어당기고 있을 뿐이었다.

더 이상은 스스로에게 거짓말할 수 없어.

애덤은 여전히 죄수였고, 로빈은 자유의 몸이 되었다.

"정신 좀 차려!"

로빈이 허공에 대고 두 팔을 흔들었다.

"왜 그래, 배트맨? 무슨 일 있구나."

로빈이 애덤의 얼굴을 똑바로 바라보았다.

"뭔가 큰 문제가 있는 거지? 지난 몇 주 동안, 모임이랑 통화를 하면서 느꼈어. 엄마랑 관련된 문제가 엄청나게 많다는 건 아는데, 그것 때문은 아닌 것 같아. 그치?"

"맞아. 나 너한테 거짓말한 게 있어."

로빈이 두 팔로 자신의 몸을 감싸고 고개를 끄덕이며 애덤의 다음 말을 기다렸다.

"나 너희 집 근처에 살지 않아. 우리 집은 너희 집이랑 반대쪽에 있어. 몇 달 내내 길을 돌아서 집에 갔어. 아빠네 집은 훨씬 북쪽에 있어."

"아, 그거! 나 알고 있었어."

로빈이 근심하던 표정을 거두며 말했다.

"뭐라고?"

"거의 처음부터 알고 있었어."

로빈이 손을 내저으며 말했다.

"내가 친척한테 물어봤거든. 그 애 선배가 세인트 메리에 다니는데, 나한테 너희 학교 주소록을 줬어. 그 애는 나쁜 애지만 어쨌든 중요한 건 내게 주소록을 줬다는 거야. 거기에 네 주소가 있었어. 채츠워스 97번지."

로빈이 미소 지었다. 애덤은 자신의 심장이 쿵쾅거리는 소리가 바깥까지 들리는 것 같다고 생각했다.

"그런데 왜 아무 말도 안 했어? 난 완전 바보 같았잖아."

"아냐, 그렇게 생각하지 마! 나랑 같이 집에 가려고 근처에 사는 척하는 게 엄청나게 멋지다고 생각했거든."

애덤은 신발을 내려다보며 고개를 끄덕였다.

"내가 한 발 늦었네. 네가 이미 알고 있는지 몰랐어. 그동안 내가 한 형편없는 거짓말을 어떻게 말해야 할지 많이 고민했거든. 네가 어떻게 생각할지 몰랐으니까."

애덤이 고개를 숙이며 말했다.

"모두가 거짓말을 해."

로빈이 미소가 가신 얼굴을 하고 다가와 애덤 앞에 섰다.

"하지만 그것 때문에 이러는 건 아닐 거야."

로빈의 말에 애덤은 눈을 들어 로빈의 눈을 바라보았다.

"아니야."

단호한 애덤의 대답에 로빈의 눈이 살짝 흔들렸다.

"넌 다 나았어. 하지만 난 아니야."

로빈이 애덤의 두 팔을 움켜잡았다.

"그렇지 않아! 그렇다 하더라도, 난 그런 거 신경 안 써! 넌 나아지고 있어. 게다가 빨리. 대체 뭐가 문제야?"

애덤은 손가락으로 로빈의 입을 막았다.

"나는 지금 낫는 것과 거리가 멀어. 도착점은 너무 멀어서 보이지도 않고."

애덤은 숨을 고르고 길게 쉬려 노력했다.

"넌 이제 지원 모임에 안 나와도 되잖아. 나는 말이야, 의사 선생님이 내게 너를 떠나라고 말할까 봐 걱정스러워. 나는, 그러니까 우리는 너에게 도움이 되지 않아, 로빈."

"입 다물어!"

로빈은 두 팔로 애덤을 꼭 끌어안았다.

"애덤, 너는 내가 만난 사람 중에 제일 멋진 사람이야, 정말로! 넌 나를 정말 많이 도와주었어."

로빈이 애덤에게 매달렸다.

"넌 내가 문제를 정면으로 바라보고 진실을 말할 수 있게 해줬어. 네가 나한테 용기를 줬단 말이야. 네가 치료를 하게 되면……."

"네 말처럼 넌 많은 프로그램과 의사와 모임을 경험했어, 로빈. 내 상태가 좋지 않다는 걸 이미 잘 알고 있을 거야."

애덤은 로빈의 이마와 얼굴에 키스하며, 로빈의 복숭아 향을 떠올렸다.

"자연치유에 대한 글을 전부 읽었어. 이건 기적 같은 일이야. 하지만 재발할 수도 있지. 재발하기 전에 넌 꼭 완치해야 해. 로빈,

내가 나를 조절할 수 없다는 것 때문에 죄책감을 느끼지 말고 이 시간을 스스로를 위해서 써. 지금보다 더 강해지기 위해서 써야 한다는 뜻이야. 너는 잘할 수 있어."

"난 네가 하는 게임에 나오는 전사가 아니야! 난 네가 필요해!"

"로빈, 넌 이미 전사야. 모르겠어? 넌 내가 필요 없어. 내가 너를 정말 많이 사랑해서, 네가 그렇게 믿게 만든 거야."

애덤은 로빈을 끌어당겨 머리카락에 입을 맞추며 말했다.

"내가 더 널 사랑해! 그게 나를 강하게 만든 거야, 정말이야!"

"아니! 넌 너이기 때문에 강한 거야."

애덤은 자신을 집어삼키려는 고통을 꿀꺽 삼켜버렸다. 로빈 앞에서 애덤은 무기력했다.

"로빈, 넌 충분히 그럴……."

로빈이 다시 애덤을 포옹하려 했지만 애덤은 로빈의 팔을 꽉 붙잡았다. 공동묘지는 기분 나쁠 정도로 조용했다. 마치 침묵 속에 두 사람만이 존재하고 있는 것 같았다.

"넌 내가 만난 사람들 중에 최고로 용감한 사람이야, 이 세상 최고로."

"난 무서워, 로빈! 난 매일, 매 순간 갑자기 겁이 나. 진짜 미친놈이 될까 봐 겁이 난다고."

"바보야, 그런 게 용기라는 거야. 두려워도 나아가는 거."

로빈이 뒤로 물러나 팔짱을 꼈다.

"그리고 그건 시간문제일 뿐이야. 그러니까……."

어둠이 짙어진 하늘이 이들의 말다툼에 끼어들어 비를 내리기 시작했다.

"넌 내 말을 듣고 있지 않아, 로빈. 내 상태가 어떻든 내가 네 곁에 있는 건 좋지 않을 거야. 너희 집 가정부도 척 박사님도 잘 알고 있어. 담당 의사선생님이 너한테 경고했을 거고."

"그 사람들의 생각은……."

"그리고 너도 그걸 알고 있어."

애덤이 로빈의 뺨을 어루만졌다.

"로빈, 나를 봐. 너희 아빠한테 나에 대해서 말한 적 있어? 네가 말하겠다고 했잖아?"

로빈의 눈에 눈물이 일렁였다.

"나는, 그러니까……."

"그것 봐. 네 마음은 잘 알고 있어. 네 마음을 믿어, 로빈. 네 마음이 너를 지켜줄 거야."

로빈이 와락 울음을 터뜨렸다. 콧물을 흘리고 엉엉 소리를 내어 우는 모습이 예쁘지는 않았지만 애덤은 여전히 로빈을 사랑하고 있었다.

"애덤, 난 못해. 난 거짓말을 너무 많이 했어. 너한테 내가 얼마나 끔찍한 사람인지 너무 많이 말해버렸어."

"아니! 그건 아무것도 아니야. 나는 영광으로 생각해. 넌 내가 스스로를 중요한 사람이라고 느끼게 해줬어."

"그러니까 내 말 들어, 애덤."

"쉿, 내 결정이 옳다는 거 알잖아. 네가 모른다고 해도 내 마음을 바꾸지는 못해. 넌 이제 가야 해."

로빈에게 기대며 속삭이는 순간, 애덤은 폴란스키 부인의 충고를 떠올렸다.

힘든 일은 금방 지나갈 거야, 애덤. 멋지게 자라는 건 정말 힘든 일이란다.

"누가 간다는 거야, 애덤? 도대체 누가 가는 거냐고. 대답해봐! 난 너 없이는 용감해질 수가 없어."

"아니야, 넌 할 수 있어. 넌 이제 정상적인 사람들과 함께 있어야 해. 네겐 그런 사람들이 필요해. 이게 너한테 필요한 거야. 내가 옳다는 거 알잖아. 난 너를 감당할 수 없어."

"알았어. 난 너 싫어! 너 때문에 힘들 테니까!"

로빈이 애덤을 향해 이렇게 퍼부었다. 하지만 곧 애덤에게 몸을 돌렸다.

"그런 뜻이 아니었어, 미안해. 난 널 보내지 않을 거야. 난 못해, 애덤. 그러지 마."

로빈의 애원에 애덤의 마음이 흔들렸다. 이대로라면 애덤 안에 숨어 있는 비겁함과 욕망이 이길지도 몰랐다.

"네가 갔으면 좋겠어."

애덤은 마치 잡아먹을 것처럼 로빈의 어깨를 꽉 움켜잡았다.

"난 나한테만 집중해야 해. 난 점점 추락하고 있고, 넌 날 구할 수 없어. 오히려 더 악화시키고 있을 뿐이야."

모두가 거짓말을 해.

드디어 로빈이 애덤의 말을 이해했다.

"애덤! 아, 하느님. 너무해. 나는……."

애덤이 로빈에게 입을 맞추었다.

두 사람은 포옹하고, 상심하고, 비참해했다. 애덤과 로빈은 울고 한탄하면서도 서로의 느낌을 오래 기억하기 위해 서로를 꼭 안고 있었다.

★ ★ ★

그때 자동차의 전조등 불빛이 두 사람을 방해했다.

"차라리 방을 구하지. 문 닫는 시간 지났다고요!"

자동차 문이 쾅 소리를 내며 닫히더니 이내 손전등 불빛이 두 사람을 비췄다. 애덤과 로빈의 얼굴을 확인한 경비원이 못마땅한 말투로 구시렁거렸다.

"또 너희 둘이냐! 너희, 비를 피해서 실내로 들어가야겠다는 생각은 못하는 거니? 꼬락서니가 아주 말도 아니구나."

그러다가 문득 경비원이 말을 멈추었다.

"5분 동안 남문과 북문 둘 다 열어두마. 알아서들 해."

경비원은 중얼거리며 자동차로 돌아갔다. 그러고는 자동차 문을 쾅 닫고 자리를 떠났다.

"우리 가는 게 좋겠어."

로빈이 손을 내밀어 남쪽 문을 가리키며 말했다.

"아니, 로빈. 난 저쪽에 살지 않아. 우리 더 이상 그런 척하지 말자. 난 북쪽 문으로 돌아갈 거야."

두 사람은 뼛속까지 비에 흠뻑 젖었지만 여전히 꼼짝도 하지 않았다.

"알았어. 네가 먼저 가. 내가 널 지켜줄게."

마침내 로빈이 말했다.

"아니, 너를 보호하는 건 내 일이야."

"가! 비가 퍼붓고 있잖아. 우리 익사하겠어. 어서 가! 내가 널 보호하게 해줘. 이번만."

로빈이 애덤을 밀치며 말했다. 애덤은 주머니에 손을 깊이 찔러 넣고 고개를 저었다.

"싫어, 로빈. 내가 마지막으로 한 번만 더 하게 해줘, 제발."

로빈의 뺨을 지난 눈물이 빗물과 뒤섞였다. 애덤의 마음에는 슬픔이 가득 차서 논리적인 사고를 위한 공간이 조금도 남아 있지 않았다.

로빈이 돌아서서 걷기 시작했다. 애덤은 로빈이 멀어져가는 모습을 바라보며 마음속 깊이 로빈을 간직했다. 마침내 모퉁이를 돌아 로빈의 모습이 사라졌다.

애덤이 속삭였다.

"난 언제나 널 사랑할 거야, 로빈."

로빈의 모습이 사라지는 순간 애덤은 로빈의 목소리를 들었다.

"난 언제나 널 더 사랑할 거야, 애덤."

38

북쪽 문에 도착한 애덤은 오른쪽이 아닌 왼쪽으로 돌아 채츠워스 97번지로 향했다. 어떤 결정을 하기에는 마음이 너무 심란하고 공허했다. 아빠네 집을 향해 가고 있지 않다는 것을 깨달았지만 돌아가지는 않았다. 애덤은 그저 집에 가고 싶었다.

몇 분, 어쩌면 몇 시간이 지나 집 앞 골목에 도착한 애덤은 폴란스키 부인의 집을 물끄러미 바라보았다. 불이 켜지지 않은 것을 보니 폴란스키 부인은 집에 없는 것 같았다.

폴란스키 아줌마가 날 위해 늘 그곳에 있어줄 수는 없어. 괜찮아, 엄마가 집에 있을 거야.

엄마는 지난주 내내 야간 근무를 두 배로 하고 나흘 동안 집에 있었다. 그러니까 애덤은 집으로 들어가기만 하면 됐다.

문에 가까이 다가갈수록, 애덤은 칼날로 만든 그물 위를 걷는 것 같은 기분이 들었다. 강박증 체크 표의 최고치를 훌쩍 뛰어넘은 것 같았다. 물론 그 빌어먹을 매뉴얼에서 강박증 체크 표를 확인했더라면 말이다.

빗물을 뚝뚝 떨어뜨리며 현관 앞에 발을 올리자, 문지방을 둘러싼 '눈에 보이지 않는 힘의 구역'이 느껴졌다. 칼날이 애덤을 스쳤다. 사실이 아니라는 건 알고 있었지만 그럼에도 불구하고, 스친 곳에서 피가 흐르는 것만 같았다.

이런 생각은 현실이 아니야. 단지 생각일 뿐이라고.

애덤은 간신히 숨을 쉬며 문을 마주했다. 힘의 구역이 눈앞에 어른거렸다.

어림없어.

애덤의 용기는 안개 속으로 사라졌다. 로빈의 말은 틀렸다. 애덤은 무기력했다.

★ ★ ★

그때 갑자기 매캐한 냄새가 났다. 애덤은 지난 몇 년간 이런 일이 벌어질지도 모른다는 공포 속에서 살았다.

연기!

집 안에서 연기가 나고 있었다.

"엄마! 엄마! 문 열어요, 엄마!"

애덤은 팔을 내밀어 정화 의식을 시작하려 했지만 완성할 시간이 없었다.

전부 거짓말이야. 진짜가 아니야! 그냥 들어가!

애덤이 주머니 속에 손을 집어 넣었다. 간신히 열쇠를 끄집어냈을 즈음에는 온몸이 땀으로 흠뻑 젖어 있었다.

정화 의식을 하지 않은 문에 손을 대면 엄마가 죽을 거야. 아냐, 문에 손을 대고 지금 당장 열지 않으면 엄마가 죽을 거야.

애덤의 몸이 주체할 수 없이 떨렸다. 손을 들어 열쇠를 꼭 쥐자 세상이 빙그르르 돌며 점점 더 빨리 채찍질을 했다. 배가 뒤틀리고 메스꺼움이 밀려왔다. 애덤은 구역질을 하며 자물쇠에 열쇠를 넣고 돌렸다.

"엄마!"

애덤이 엄마를 부르며 문을 밀었지만 문은 꼼짝도 하지 않았다. 문의 뒤쪽 복도에 짐이 너무 많았기 때문이다.

"엄마! 엄마!"

어깨로 문을 밀치자 부엌에서 연기가 높이 치솟는 것이 보였다.

"엄마, 제발!"

애덤이 다시 문으로 몸을 던지려는 찰나, 바로 뒤에서 쿵쿵 다가오는 발소리가 들렸다. 곧 누군가가 애덤과 함께 문을 밀쳤다. 문이 부서지며 15센티미터 정도 더 열렸다.

"다시! 다시 해, 배트맨! 같이! 셋 하면 밀어. 하나."

"토르! 뭐, 도대체 어떻게?"

"둘."

"토르?"

"셋."

두 사람이 함께 문을 향해 몸을 던지자 10센티미터 정도 더 열렸다. 그래도 공간은 충분하지 않았다.

"내가 밀고 있을 테니까, 안으로 들어가."

토르가 퉁명스럽게 말했다.

애덤은 토르의 도움으로 문을 겨우 통과해 부엌으로 가는 복도에 놓인 잡동사니 더미를 뛰어넘었다.

"엄마! 엄마!"

애덤은 금세 엄마를 발견했다. 엄마는 주방과 부엌을 가르는 탁자 옆에 쓰러져 있었다. 겨울 장화 한 짝이 엄마의 발치에 어색하게 놓여 있었다.

넘어진 걸까?

엄마는 눈을 감고 있었는데, 이마에는 달걀만한 혹이 나 있었다. 애덤이 엄마를 일으켜 세우려고 하자 엄마의 손에서 풀이 데굴데굴 굴러떨어졌다.

"엄마!"

애덤은 엄마를 내려놓고 가스레인지로 달려갔다. 냄비 하나에서 연기가 치솟듯 피어오르고 있었다. 불은 나지 않았지만 냄비에 담긴 수프와 플라스틱 손잡이는 이미 다 타고 없었다.

애덤은 문득 지금 복도에 토르가 있다는 것을 떠올렸다. 토르가 아니었다면 애덤은 집 안으로 들어올 수 없었을 것이다.

"토르, 119에 전화 좀 해줘!"

애덤이 엄마에게 팔을 뻗으며 소리쳤을 때였다.

"애덤! 애덤, 안 돼! 사람들이 들어오면 안 돼. 못하게 막아."

엄마가 갑자기 눈을 뜨더니 소리쳤다. 애덤은 엄마를 일으켜 세우려 했지만, 엄마는 공포에 사로잡혀 애덤에게 매달렸다.

"그 놈이 여기 왔었어!"

엄마의 목소리는 잔뜩 메말라 갈라져 있었다.

"놈하고 싸웠어. 정말 끔찍하고 무시무시했어. 놈은 악마야. 네가 집에 있었다면 놈이 오지 않았을 텐데! 그놈이 그랬어, 그렇게 말했다고! 우리는 싸웠어. 봐, 그놈이 나를 때렸다고! 나를 때렸어, 애덤."

엄마가 이마에 손을 대며 몸을 움츠리더니 곧 울기 시작했다. 하지만 눈물이 흐르지는 않았다.

"그놈이 나를 죽이려고 했어."

애덤은 조리대에 놓인 컵과 그 옆에 놓인 보드카 병과 잡지, 그리고 다른 잡동사니들 위에 찢긴 종이가 있는 것을 알아차렸다.

"엄마, 일어나게 도와드릴게요, 일어날 수 있겠어요?"

"물론이지, 애덤 난 괜찮아. 그러니까 사람들은 내보내, 난 정말 괜찮아!"

하지만 엄마는 일어나지도 않았고, 그렇다고 애덤이 가게 내버려 두지도 않았다.

“그놈은 정말 악마 같았어. 정말 끔찍했어. 네가 와서 정말 다행이야. 고맙습니다, 하느님!”

엄마의 눈이 필사적인 빛을 뿜었다.

“이제 저 아이한테 당장 그만하라고 해. 사람들이 오기 전에 말이야. 실수였다고 해. 너도 알잖아. 사람들이 이곳에 들어오면 안 돼. 사람들이 보면 안 돼, 애덤.”

엄마가 애덤의 코트를 움켜쥐고 애원했다.

“엄마.”

애덤은 엄마와 싸울 힘이 없었다. 애덤에게는 아무것도 남지 않았기 때문이다.

두 사람이 부엌 바닥에 주저앉아 있는데, 토르가 복도를 휘젓고 다니며 짐을 이리저리 치우는 소리가 들렸다.

“토르!”

애덤이 소리쳤다.

“소방관 아저씨들이 들어올 수 있게 길을 내고 있는 중이야!”

“저 아이 좀 말려! 당장 그만두라고 해! 애덤, 제발.”

엄마의 얼굴에 공포가 떠올랐다. 애덤은 조심스레 엄마의 손을 코트 자락에서 떼어냈다.

엄마는 며칠 동안 낮에 일하러 나가지 않는데도 여전히 수술복을 입고, 그 위에 아빠의 낡은 스웨터를 걸치고 있었다. 까만 머리카락이 형편없이 헝클어지고 이마에는 짙은 색으로 변한 혹이 있었지만, 그럼에도 엄마는 여전히 사랑스러웠다. 사람들은 항상 그렇게 말했고, 그건 틀림없는 사실이었다. 그리고 애덤은 이런 엄마를 닮았다.

제기랄.

"애덤, 우리 아들. 지금 당장 그만둬! 누구한테든 말하면 다시 오겠다고 그놈이 말했어. 그놈이 나를 죽일 거야, 애덤. 편지로 볼 때보다 더 나쁜 인간이었어. 편지가 얼마나 끔찍했는지 너도 알잖아. 네가 편지를 봤다는 거 알아."

엄마가 손가락으로 머리카락을 쓸어내렸다.

사이렌 소리가 희미하게, 아주 멀리서 들렸다. 듣고 싶지 않았지만 그럴 수 없었다. 마치 멀리서 들려오는 소리에 압도당하는 느낌이었다.

"엄마, 제 말 들으세요. 저는 처음부터 알고 있었어요."

"편지가 또 왔었어, 아들. 아주 많이 왔어. 네가 신경 쓰게 하고 싶지 않았는데 그놈이……."

"그만, 엄마. 그만 하라고요!"

애덤이 엄마의 귀에 가까이 대고 말했다.

"제발 그만하세요. 그런 사람 없는 거 알아요."

애덤이 엄마에게 다가갔지만 엄마는 몸을 뒤로 피했다.

“엄마가 했다는 거 알아요. 엄마가 직접 편지를 썼다는 거 알고 있다고요!”

애덤은 바닥에 떨어진 풀을 들어 찢어진 잡지 위에 올려놓았다.

“아니, 아니야. 그렇지 않아. 넌 이해 못해. 잘 봐.”

사이렌 소리가 이제 가까이서 들렸다.

“토르, 척 박사님에게 전화해줘! 나 척 박사님이 필요해.”

애덤이 토르에게 소리쳤다. 토르에게는 전화번화가 다 있었다.

“안 돼, 아들. 제발!”

“그러고 나서 우리 아빠한테도 전화해줘.”

토르는 애덤의 말대로 전화를 했다. 토르가 몇 년간 해왔던 것 중에 가장 긴 대화였다. 어쨌거나 토르는 무사히 해냈다.

두 사람은 토르가 애덤의 지시대로 전화하는 소리를 듣고 있었다. 엄마는 애덤을 말리는 것을 포기했는지 애덤의 품에 쓰러져 조용히 흐느꼈다.

★ ★ ★

드디어 모든 일이 끝이 났다.

집 안은 순식간에 온갖 소리와 사람들로 가득 찼다. 장화를 신은 남자들, 야광 줄무늬 유니폼을 입은 사람들, 들것이나 뭔가가 가득 찬 아이스박스를 든 구급대원들이 널려 있는 잡동사니 더미를 밟으며 작게 욕설을 내뱉었다.

진실은 사람들 앞에 불쑥 모습을 드러냈다. 그제야 애덤은 사람들의 눈으로 자신의 집을 볼 수 있었다. 애덤과 엄마는 창문을 판자로 가린 브롱크스의 허름한 건물 속, 잡동사니가 가득찬 방을 점령한 무단 거주자처럼 보였다.

언제부터 이렇게 된 걸까?

포크와 나이프가 가득 든 상자 하나가 산더미처럼 쌓여 있던 옷과 신발, 텅 빈 방향제 상자 맨 꼭대기에서 툭 떨어져서 소방관 옆을 아슬아슬하게 비껴갔다. 발을 디딜 만한 공간이 없었기 때문에 전화를 받고 처음 도착한 사람들은 요리책, 가방이 잔뜩 들어 있는 가방, 새와 햄스터 우리 위로 발을 디뎌야 했다. 잡동사니가 사람 키보다 더 높이 쌓여 있었다. 이것들이 무너져 내렸기 때문에 애덤이 집으로 들어오지 못했던 것이다.

엄마는 왜 물건들을 저렇게 높이 쌓아 놓았던 걸까? 왜 전에는 이걸 알아차리지 못했지?

부엌 바닥에는 플라스틱 밀폐 용기, 알루미늄 프라이팬, 10킬로그램짜리 쌀 포대가 어지럽게 널려 있었다. 엄마는 휴지 무더기, 나무 주걱 수백 개, 애덤이 아기 때 입던 옷으로 보이는 짐 사이에 처박혀 있었다. CD와 빈 양념통이 사람들의 발밑에서 찌그러졌다.

엄마가 애덤에게 지친 목소리로 속삭였다.

“난 정리하고 있었어. 저 사람들한테 쓰레기봉투 얘기 좀 해줘, 애덤. 난 정말로 정리하고 분류하고 있었어. 저 사람들한테 말해줘, 얼른!"

애덤은 조리대 위에 놓인 〈센티널〉 한 무더기를 보았다. 족히 백 장은 될 터였다. 애덤이 팔로 밀치자 한때 거실이었을 바닥으로 신문 더미가 떨어졌다. 모두 어제 날짜의 것이었다.

"움직이지 마세요. 일어설 수 있겠습니까, 부인?"

소방관이 조용하면서도 힘 있는 목소리로 물었다. 엄마는 아무 말도 하지 않았다. 소방관이 엄마 옆에 무릎을 꿇고 엄마의 손을 부드럽게 잡았다.

"이곳은 정말 충격적이군요. 부인, 어디 다친 곳은 없습니까?"

엄마는 엄청나게 많은 질문을 받았다. 하지만 그럴수록 엄마는 질문을 이해하지 못한 척, 이해할 수 없는 척하며 애덤의 뒤로 점점 더 깊이 파고들며 움츠러들었다.

엄마는 의료진에게도 같은 질문을 받았다. 청진기와 붕대, 산소마스크가 등장하기도 했다. 그러는 내내 소방관들은 1층 복도를 쿵쾅거리며 지나다녔다. 한 소방관은 엄마가 몇 년 전에 분해해버린 화재경보기를 찾아내기도 했다.

"제가 손가락을 몇 개 흔들고 있죠, 부인?"

다른 소방관들이 위층으로 올라가자 엄마가 절박하게 비명을 질러댔다.

"안 돼, 안 된다고! 제발……."

토르가 문가에 서서 방향을 알려주었다.

애덤은 곧 울음이 터질 것만 같았다. 하지만 그 순간 정말 감사하게도 척 박사가 나타났고, 뒤이어 아빠가 나타났다. 아빠를 보자 애덤은 무너지고 말았다.

엄마는 여전히 애덤에게 매달려 있었다. 의료진은 자신들과 함께 병원에 가서 몇 가지 검사를 하자고 엄마를 설득했다.

"엑스레이만 찍읍시다, 부인. 뇌진탕 위험이 있을지도 몰라요."

엄마는 애덤을 보내고 싶지 않아 의료진의 요구에 순순히 응하지 않았다. 엄마는 애덤에게 끊임없이 약속하고 애원했다. 의료진과 척 박사, 아빠에게도 그랬다.

"하지 마! 저 사람들 좀 말려줘, 애덤! 무슨 일이 일어날지 넌 알잖아. 날 가둘 거야. 내가 그렇게 되는 건 너도 싫지? 넌 내 아들이야! 넌 너 자신을 절대로 용서 못할 거라고!"

"엄마를 위해서 이렇게 하는 거예요."

애덤이 말했다. 아니, 그렇게 생각했다.

척 박사가 끼어들어 엄마를 애덤에게서 떼어내며 의사답게 사무적으로 말했다. 아빠는 옛날에 자신이 살던 집을 가득 채운 잡동사니를 바라보며 분노로 몸을 떨었고, 한때 부엌이었던 곳을 입을 벌린 채 멍하니 바라보았다. 어디에 무엇이 있는지 알아볼 수 없었기 때문이었다.

"애덤, 정말 미안하다. 내가 진작 알았어야 하는데…… 내가 알아차렸어야 했어. 정말 미안해."

아빠가 애덤을 품으로 잡아당겨 꽉 끌어안았다.

"미안하다."

아들은 아빠만큼 키가 컸다.

★ ★ ★

얼마 후 엄마는 떠났다. 사람들은 엄마를 앰뷸런스에 태웠는데, 척 박사도 함께였다. 엄청나게 많은 말이 오갔지만 애덤은 너무 지쳐서 어떤 말도 듣고 싶지 않았다. 그저 눕고만 싶었다.

비는 그쳤지만 아빠는 토르를 집까지 태워다주고 싶어 했다. 토르에게 땅이라도 떼어줄 기세였다. 토르는 아빠의 두 가지 청을 모두 정중하게 거절했다.

아빠와 함께 차에 타기 전, 애덤은 남아 있는 모든 힘을 다해 토르를 꽉 껴안았다.

"고마워!"

애덤이 깜짝 놀란 토르를 더 세게 껴안았다.

"어떻게 알았던 거야?"

"몇 주 동안 너를 지켜봤어. 내가 놈을 잡아주겠다고 했잖아. 난, 난, 늦어서 미안해."

토르가 웅얼거리며 나무둥치 같은 팔로 애덤을 안아주었다.

"아냐, 넌 정말 대단했어, 네가 아니었다면…… 아무튼 넌 진짜 대단했어."

애덤이 칭찬하자 토르가 쑥스러운 듯 콧바람을 불었다. 토르는 채츠워스 97번지를 다시 한 번 보고는 고개를 내저었다.

"넌 진짜 슈퍼 히어로야. 대단해."

이렇게 말하고 토르는 웃었다.

생애 최악의 밤이었던 그날, 애덤은 천하무적 바이킹인 토르를 웃게 해주었다. 웃음으로 화답할 수만 있었다면, 애덤은 분명 토르에게 환하게 웃어주었을 것이다.

39

애덤은 그 주 내내 학교에 가지 않았다. 좀 더 오랫동안 학교에 가지 않아도 괜찮았지만 4월 첫째 주에 육상 테스트가 있었다. 이대로 팀에 들어갈 기회를 날려버릴 수는 없었다. 그동안 공동묘지 주위를 달렸으니 무엇이든 보여줄 생각이었다.

그사이 애덤은 척 박사를 두 번이나 만났지만 당장 노출 및 반응 방지 치료를 시작하지는 않았다. 아직은 아니라고 했다. 대신 애덤이 지난 몇 달 동안 혼자 끌어안고 있던 문제를 풀기 위해 애썼다. 바로 그 빌어먹을 목록 말이다.

학교의 대형 실험실이나 남쪽 문, 로빈네 집 현관은 아직 확인해 보지 못했지만 채츠워스 97번지를 포함한 다른 곳들은 이제 통과할 수 있었다. 애덤은 집으로 돌아온 후에 이 사실을 알게 되었다. 그래서 문지방은 더 이상 목록에 등장하지 않았다.

집 안에서는 여전히 수프와 플라스틱 타는 냄새가 코를 찔렀다. 심지어 현관문 앞에 서기만 해도 그 냄새를 맡을 수 있을 정도였다. 하지만 애덤이 현관문을 지나는 데는 아무 문제가 없었다.

애덤이 척 박사에게 말했다.

"화재로 시험해볼 것. 매뉴얼에 이 말도 넣어야 해요."

* * *

목요일에 애덤은 릭 신부님과 함께, 엄마의 케어 팀에서 일하게 될 여자 사회복지사를 만났다. 3시 정각에 집에서 만난 사회복지사는 파일과 핸드폰, 카메라로 중무장한 채 나타났다. 채츠워스 97번지 같은 집을 많이 봤던 것처럼 행동하려 했지만 사회복지사의 일그러진 입술과 희번덕거리는 눈동자로 보건대, 이렇게 기가 막힌 집은 생전 처음 본 것이 분명했다. 구급대원들이 들이닥치면서 더 엉망이 되었기 때문에 상태는 전보다 더 심각했다.

릭 신부님은 엉망인 집안 꼴을 살펴보면서 복도 한 가운데에 서 있었다.

"이런."

릭 신부님이 중얼거렸다. 사회복지사는 사진을 찍고 계획을 세우는 동안 애덤을 애써 못 본 체했다. 하지만 자신이 하는 일에 대해 묻는 릭 신부님의 질문에는 황공하게도 대답해주었다.

"이 과정은 분류와 청소 작업이 일관성 있게 진행될 수 있도록 계획을 세우는데 도움을 줄 겁니다. 로스 부인이 자신의 회복에 참여할 준비가 되었을 때요."

매뉴얼에 있는 말 그대로인데?

사회복지사는 매뉴얼에 적힌 내용을 기계처럼 읊었다. 애덤도 매뉴얼을 읽어보았으므로 알고 있었다. 사회복지사는 잡동사니를 뚫고 움직이며 메모를 하거나 자신의 전화기에 대고 거드름을 피우며 말했다. 애덤은 릭 신부님이 사회복지사를 해결하게 놔두고 방으로 올라가 물고기에게 밥을 주었다.

스티븐이 또 새끼를 가진 걸까?

애덤은 스위티가 옆에 달라붙어 있지 않을 때처럼 벤에게 전화를 걸어 이 공허함을 메우고 싶은 생각에 전화기를 열한 번 들었다가 다시 놓았다.

★ ★ ★

"이건 진짜 말도 안 되는 짓이야. 뭐라고 말해야 할지도 모르겠다고! 이건 영혼을 파는 짓이야!"

애덤은 벤과 통화하면서 자신이 들고 온 상자 네 개 중 하나를 채우기 시작했다. 애덤은 벤에게 자신의 오크족 피규어들이 모두 벤네 집 주차장에서 영원히 살게 될 것이라고 말했다.

"안 돼!"

"돼!"

"된다고?"

"돼."

"이제 다 끝내려는 거야, 애덤?"

"뭐? 도대체 무슨 말이야?"

"설마 절벽에서 뛰어내리려고?"

"어떻게 알았냐?"

벤과 애덤의 통화 중 말없이 있던 가장 긴 시간으로 기록될 순간이었다.

"강박증에 대해 검색했었거든. 우울증은 진짜 끔찍한 거야."

침묵을 깨고 벤이 말했다.

"공존이환•이라고 해."

애덤이 답해주었다.

"그래, 그것도."

"얼마나 검색했는데?"

"몇 년 동안. 너 지금 짜증내는 거야?"

"아니. 강박증에 대한 거라면 네가 나보다 더 많이 알지도 모르겠는데? 난 수요일에 매뉴얼을 처음 봤거든."

"그러니까, 넌 아직도 미친 거지?"

"더 미쳤지. 넌 아직도 뚱뚱하냐?"

• 두 가지 만성 질환을 동시에 앓는 상태

"더-더-더 뚱뚱하지! 그래도 난 멀쩡하거든! 야, 피규어들을 다 어쩌려는 거야?"

"몰라. 음, 지원 모임에서 만난 친구가 있는데 우리가 놀 때 끼워 주는 건 어때? 한두 번만. 내가 전에 말했던 앤데, 너도 그 애를 좋아할 거야. 갠 힘은 센데 말이 없어."

상자 하나가 가득 찼다. 애덤은 다른 상자로 손을 뻗었다.

"상관없어! 너네 그 거지 같은 학교에 다니는 여자애들을 다 데리고 와도 돼. 우린 워해머 게임에 관심이 있는 사람들을 구해야 할 의무가 있거든. 그리고 넌 이제 자유야. 새로운 세상이 열린 거지."

"벤, 분명하게 해두자. 난 여자애들을 꼬시려는 게 아니야. 여자랑 비교하면 강박증은 진짜 아무것도 아니니까."

애덤이 퉁명스레 대꾸했다. 그런 다음 갑자기 밀려든 감정 때문에 잠깐 제자리에 앉아 로빈을 생각했다.

로빈, 로빈, 로빈.

"아니야?"

"아니야."

"그래. 하지만 이미 시작됐어! 너한테 과거를 생각할 시간을 1분 정도 줄게. 난 네가 필요해! 넌 예쁘니까 여자애들이 좋아할 거야. 나머지는 내가 해치울게!"

애덤의 마음속에는 로빈이 아니라면 누구도 들어올 수 없었다.

"아주 좋은 계획인데?"

"하지만 우린 잠깐 어른들한테서 떨어져 있어야 해."

"그래."

두 사람은 몇 분 더 수다를 떨었다. 애덤은 벤의 집에서 토요일을 보내기로 약속했다. 그날 아빠가 피규어와 함께 애덤을 차로 태워줄 것이다. 애덤과 벤의 대화는 너무나 일상적이었다.

폭풍이 한 차례 애덤의 삶을 휩쓸고 지나간 이후에도 삶은 계속되었다. 우유를 사고, 부서진 창문을 고치고, 워해머 게임을 하고, 여자애들 이야기를 했다.

★ ★ ★

"애덤, 너 괜찮니?"

릭 신부님이 문 입구에 기댄 채 말했다.

"네, 신부님. 벤하고 통화하고 있었어요."

"그렇구나. 벤은 착한 녀석이야. 좋은 친구지."

"네, 정말 그래요. 사회복지사 아줌마는요?"

릭 신부님이 하늘을 향해 눈을 굴렸다.

"그분은 이 집을 나갈 준비를 이미 다 마쳤단다. 병원으로 데려다드릴 거야. 너 먼저 집에 데려다줄까?"

릭 신부님이 고개를 절레절레 저으며 말했다.

"난 병원에 가서 기도할 거란다. 엄마는 만났니?"

"엄마요? 한 달 동안 가족 면회는 안 된대요."

"이해한다. 넌 괜찮고?"

"사실 살짝 안심하고 있어요. 죄송해요, 신부님. 저 바보 같죠."

애덤이 얼굴을 살짝 붉혔다.

"애덤, 넌 자신의 행동을 후회할 필요가 조금도 없어."

애덤은 자신이 가장 최근에 했던 거짓말과 병적인 집착, 소심함, 욕구의 목록을 마음속으로 훑었다. 그 안에 로빈이 있었다.

"신부님, 신부님은 아무것도 모르세요."

릭 신부님이 껄껄 웃으며 고개를 저었다.

"애덤, 나도 열다섯 살이었던 때가 있었단다."

그러면서 애덤을 향해 팔을 쭉 내밀었다.

"자, 네게 필요한 물건을 들고 여기서 나가자. 폴란스키 부인과 얘기를 나누었는데, 부인이 우리가 물고기들을 어떻게 처리할지 결정할 때까지 네 물고기에게 먹이를 주시기로 했어."

"네, 신부님. 갈 때 공동묘지를 좀 지나갈 수 있을까요? 인사할 데가 있어서요. 딱 1초면 돼요."

"거기 신사분들, 준비됐나요? 정리해야 할 서류가 엄청나게 많거든요. 4시 47분에 회의도 있고요. 빨리빨리요."

사회복지사가 아래층에서 소리쳤다.

"물론이지. 네가 원하는 곳이라면 어디든 데려다주마. 필요한 만큼, 얼마든지."

릭 신부님이 애덤에게 팔을 두르며 말했다.

40

애덤은 릭 신부님의 자동차에서 가까스로 몸을 꺼내서 집으로 들어갔다. 최근 애덤은 죽은 것처럼 잠을 자고도 너무 피곤해서 이따금 기진맥진한 상태가 되었다. 브렌다 아줌마는 몇 달 간의 수면 부족을 채우는 중이라 그런 것이라고 했다.

브렌다 아줌마와 아빠는 스위티에게 많은 것을 가르쳤다. 문을 열자마자 애덤에게 몸을 날리지 말라는 것도 그중 하나였다. 두 사람은 신중하고 성가실 정도로 사려 깊었다. 스위티가 애덤에게 할 수 있는 사려 깊은 행동은 형에게 끊임없이 관심을 요구하면서 괴롭히지 않는 것이었다. 하지만 스위티는 여전히 애덤이 집에 들어선 순간부터 잠자리에 들 때까지, 혹시나 형이 다시 사라지지 않을까 두려워하면서 주위를 알짱거렸다.

"어서 오렴, 애덤."

브렌다 아줌마가 애덤의 이마에 키스를 퍼부으며 물었다.

"어땠어? 견딜 만했니?"

애덤은 고개를 끄덕이긴 했지만 확신할 수는 없었다. 자신에게 일어났던 일들을 정리하려면 시간이 조금 필요할 것 같았다.

문지방에 관한 강박은 떨쳐냈지만 애덤은 여전히 여러 패턴으로 숫자를 세고 있었다. 척 박사는 '여운일 뿐이야. 대단한 건 아니란다. 노출 및 반응 방지 치료가 완전히 없애줄 거니까 걱정하지 마. 너한테는 어마어마한 힘이 있어. 넌 곧 괜찮아질 거야!'라고 말해주었다.

"릭 신부님하고 병원에서 나온 여자도 거기에 있었니?"

"네, 신부님이 데려다주셨어요. 사회복지사 아줌마는 일을 잘할 것 같던데요? 그렇지만 엄마 근처에는 가지 않으면 좋겠어요."

애덤은 냉장고에서 비스킷을 하나 꺼낸 다음 브렌다 아줌마에게 인사를 하고 방으로 향했다. 스위티가 애덤의 뒤에 바짝 붙은 채 따라왔다.

방은 크리스마스트리처럼 빛났다. 탁자와 침대 위쪽의 야간 조명등도 모조리 켜져 있었다. 스위티는 형이 엄청나게 밝은 방을 편안하게 여길 것이라고 확신했다. 그래서 아빠의 책상 위에 있던 등도 가져왔다. 지금 이 등은 휴지통 옆 바닥을 비추고 있었다. 브렌다 아줌마의 크리스마스 촛대가 창틀에서 기분 좋게 빛나고 있어서 축제 같은 분위기를 더해주었다. 지금 당장 영화를 찍어도 될 정도였다. 스위티는 침대에서 제일 먼 곳에 앉아서 장난감 트럭에 푹 빠진 척했다.

애덤이 떨리는 손으로 주머니에서 카드를 꺼냈다. 마니 위더롤의 묘비 앞에서 찾아낸 카드였다. 카드는 물론 로빈이 보낸 것이었다. 애덤은 릭 신부님과 사회복지사가 기다리고 있는 곳에서 카드를 펼칠 용기가 없어서 그대로 가져오기만 했다. 꼬깃꼬깃 접힌 크림색 카드를 꺼낸 자리에는 스누키와 원더우먼이 주었던 6.99달러짜리 배트맨 반지를 넣어두었다.

애덤은 침대에 누워서 로빈이 멋지게 그린 배트맨 그림을 뚫어지게 쳐다보았다. 심장이 요동쳤다.

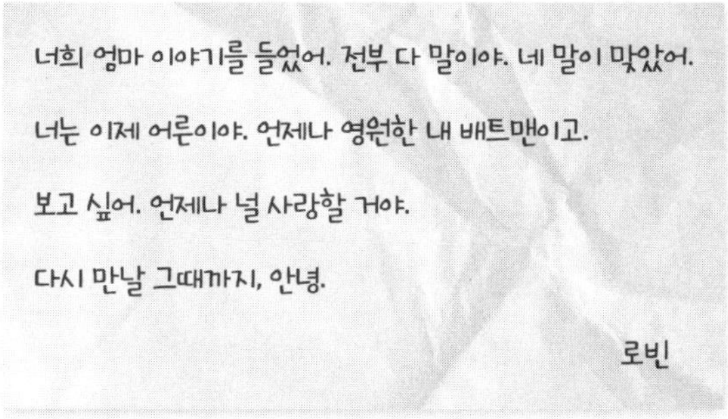
너희 엄마 이야기를 들었어. 전부 다 말이야. 네 말이 맞았어.

너는 이제 어른이야. 언제나 영원한 내 배트맨이고.

보고 싶어. 언제나 널 사랑할 거야.

다시 만날 그때까지, 안녕.

로빈

애덤은 한참 동안 침대 모서리에 앉아 환한 방 안에서 눈을 깜박였다. 그리고 나서 아직 떨리는 손으로 카드를 주머니에 다시 집어넣었다.

"형, 나한테 말해도 돼. 알잖아. 난 절대 놀라지 않을 거야."

애덤이 뭐라 말하기도 전에 스위티가 총알처럼 쏘아댔다. 그러고는 애덤의 무릎으로 기어올랐다.

"배트맨?"

"왜?"

"내가 아직도 형을 돌봐줘야 해?"

도대체 이 녀석의 마음속에는 뭐가 들어 있을까?

"아니."

"좋아! 난 형이 나를 돌봐주는 게 더 좋거든."

"넌 무릎에 앉기에는 너무 커!"

애덤이 동생을 바닥으로 내려놓으며 말했다.

"아니야! 사람들이 나보고 너무 어리대. 정글짐에서 형들이 그랬어. 뭐라고 했냐면……."

스위티가 입술을 삐죽거렸다.

"그 애들이 또 그러면 우리 형이 가만두지 않을 거라고 해."

애덤이 스위티의 머리를 헝클어뜨렸다.

"너하고 나는 대기만성형 인간이야."

"대기만성."

스위티가 애덤의 말을 따라했다. 그러고는 다시 무릎 위로 올라왔다.

"형은 우리랑 같이 계속 살 거지?"

"스위티, 그건 꽤 복잡한 문제야."

"아니야. 아빠하고 브렌다 로스 여사는 카멜라 로스 여사보다 형을 더 사랑해. 그리고 나는 두 사람보다 형을 더 사랑해. 우리는 셋이고 카멜라 로스 여사는 하나니까 우리가 더 세! 우리가 형을 지킬 거야!"

스위티는 자신이 한 말을 몹시 대견해했다.

"스위티, 그건 공평하지 않아. 우리 엄마는 나를 사랑하거든. 나를 엄청 사랑한다고."

스위티가 애덤의 말을 순순히 인정했다.

"좋아. 하지만 카멜라 로스 여사는 완전 미쳤어. 그러니까 형한테 잘해줄 수 없어."

애덤은 동생을 다시 억지로 떼어놓았다.

"스위티, 우리 집안 남자가 다른 사람을 미쳤다고 말하는 건 누워서 침 뱉기야."

스위티는 얼굴을 찡그리며 애덤의 말이 무슨 뜻인지 알아내려고 끙끙거렸다.

"아빠도 미쳤어?"

한참을 고민하던 스위티가 물었다.

"아니! 아빠는 그냥 일중독이래. 의사 선생님이 그랬어. 그게 아빠가 자신의 걱정을 다루는 방식이래."

"걱정."

"걱정은 두려움이랑 비슷한 거야."

"브렌다 로스 여사도 걱정이야?"

애덤이 스위티에게 베개를 휙 던졌다.

"너희 엄마는 그냥 조금 예민해. 상황을 지켜보고 나서 사람을 판단하거든."

"형처럼? 하지만 형은 진짜, 진짜, 진짜 예민해. 맞지?"

"아니, 나는……."

잠깐, 내가 그런가?

"응, 아마 네 말이 맞을 거야, 스위티. 나는 다른 사람들보다 더 많이 그래."

"그래서 내가 무섭다고 하면 형이 나를 고쳐줄 수 있는 거야?"

"아마도."

"하지만 형은 아주, 아주, 아주 미치지는 않았어. 그치?"

모두가 거짓말을 한다. 어쩌면 모두가 거짓말을 할 만한 이유가 있다. 우리는 상처를 숨기기 위해서, 혹은 강한 척하려고 거짓말을 한다. 우리가 스스로 충분히 강해질 때까지. 사실 그게 그렇게 나쁜 건 아니잖아, 그치?

"그래. 아주, 아주, 아주는 아닌 것 같아."

스위티는 이 모든 것을 정리하느라 머리를 굴리고 있었다.

"하지만 카멜라 로스 여사는 미쳤어. 그러니까 형은 여기에서 계속 지내야 해!"

"아-악! 내가 졌다! 그래, 어쩌면, 아마도 그럴지도 몰라."

애덤이 침대 머리에 등을 기댔다. 스위티는 자신의 침대에 앉아서 형의 동작을 따라했다. 하지만 깁스한 팔이 계속 방해가 되었다.

"난 다시는 팔을 부러뜨리지 않을 거야."

애덤이 팔로 무릎을 잡자 스위티는 형의 동작을 따라하면서 큰 소리로 말했다.

"그래. 아주 좋은 생각이야."

"나 생각하고 있었어. 생각하고, 생각하고, 생각하고……."

"뭘 생각했는데?"

"형은 아직도 배트맨이지?"

"응, 아직 그 모임에 나가니까 배트맨이야."

"하지만 형은 형의 로빈을 잃어버렸어."

나의 로빈.

애덤은 목이 메어서 일어섰다, 앉았다, 일어섰다를 반복하다가 걷기 시작했다. 스위티도 애덤을 따라 일어섰다.

"로빈 누나는 떠났어?"

"그래, 맞아. 난 로빈을 잃어버렸어."

하나, 셋, 다섯, 일곱, 아홉, 열하나…….

"알았어, 좋아."

스위티는 애덤의 뒤를 쫓아 걷기 시작했다. 방은 두 사람이 동시에 걷기에는 충분하지 않았지만 그럼에도 불구하고 계속 걸었다.

"그러면 내가 형의 새 로빈이 되어도 돼? 형은 나를 스위티라고 부를 필요가 없어. 영원히 말이야. 브렌다 로스 여사가 '내 생각에 로빈이라는 이름이 스위티보다 아주 조금 더 나은 것 같아'라고 했어. 아빠도 '만약 저 아이가 로빈이라면, 하루걸러 애덤을 부르지 않아도 될 텐데'라고 했고. 그러니까 내가 형의 로빈이 될 수 있다는 거지? 로빈은 어쨌든 남자여야 해. 내가 전부 다 물어봤는데, 모두가 그렇대. 난 이 세상 최고로 멋진 로빈이 될 거야. 평생 다시는 형을 귀찮게 굴지 않을게. 약속해."

스위티의 대대적인 여론조사 그룹에 누가 포함되었는지 애덤은 몹시 궁금해졌다.

"제발, 배트맨! 제발!"

이 아이는 진짜 어쩔 수가 없어. 우리는 둘 다 미쳤으니까.

애덤은 주머니에 손을 넣어 쪽지를 꼭 쥐었다. 달콤하고 딱딱한 상처가 애덤을 위협했다.

"좋아, 로빈. 브렌다 로스 여사한테 가서 너의 새로운 정체를 말씀드려."

애덤은 파트너에게 팔을 두르며 말했다.

"응!"

스위티가 방에서 뛰쳐나가며 고함을 질렀다.

"이름 변경. 엄마! 엄마! 있잖아, 엄마!"

스위티가 나가자마자 애덤은 다시 쪽지를 꺼냈다. 애덤은 숨을 내쉬었다가 들이마셨다. 자신이 감당하기 벅찬 무게였다.

하나, 둘, 셋…… 안 돼!

애덤은 쪽지를 펼쳐 손가락으로 글을 따라 읽었다.

너는 이제 어른이야.

어른이라고?

로빈의 말을 곱씹던 애덤 스펜서 로스는 환한 방 한가운데, 침대 끝자락에 앉아 부모님이 이혼한 뒤 처음으로 눈물을 흘렸다.

옮긴이의 말

자신이 정한 순서대로 일을 해야 마음이 편하거나 주변이 익숙한 대로 정리되어 있지 않으면 불안해하는 등 정도의 차이만 있을 뿐, 누구나 약간의 강박증이 있다.

강박증의 종류도 매우 다양하다. 저장 강박증, 정리 강박증, 완벽주의 강박증……. 이것이 충족되지 않을 때, 사람들은 자신이 원하지 않는 반복적인 행동을 한다. 손을 자주 씻거나 숫자를 세며 일시적인 편안함을 느끼려고 한다. 강박증은 복잡한 현대 사회를 감당하지 못하는 이들이 나름의 위안을 느끼는 반작용 증세로, 요즈음 사회 전반적으로 관심을 불러일으키고 있다. 2010년 개봉 당시 큰 관심을 받았던 영화 〈블랙 스완〉 역시 예술에 대한 완벽주의 강박증을 소재로 다루고 있다.

〈13층의 슈퍼 히어로〉는 바로 이런 강박증에 걸린 아이들의 이야기다. 강박증이 있는 애덤은 매주 월요일, '강박증 지원 모임'에 참석한다. 이 모임에 로빈이 새로 들어오면서 이야기가 시작된다. 저마다의 상처 때문에 강박증이 생긴 아이들이지만 이들도 여느 아이들과 다름없이 사랑하고, 우정을 쌓으며 자신의 상처를 극복하고자 노력한다.

이 책의 해외 리뷰대로 '저자는 따뜻한 시선과 객관적인 관찰, 꾸준한 연구를 통해 강박에 시달리는 아이들의 심리와 행동을 절묘하게 잡아내 사실적으로 묘사하고 있다.' 이 때문에 이 작품은 2013년 캐나다 최고의 도서상을 거머쥘 수 있었다.

'우리는 상처를 숨기기 위해서, 혹은 강한 척하려고 거짓말을 한다. 우리가 충분히 강해질 때까지.'

애덤의 말처럼 우리는 모두 상처를 안고 살아간다. 미래가 불안한 가운데, 살아가면서 좌절을 맛보고 여기에 덧붙여 성장까지 해야 하는 십대 청소년들의 모습을 독자들이 애정 어린 눈으로 바라봐주면 좋겠다.

옮긴이 김선희

13층의 슈퍼 히어로

초판 발행 2015년 12월 30일
초판 8쇄 2021년 02월 15일

저자 테레사 토튼
역자 김선희
발행인 이진곤
발행처 블랙홀
출판등록 제 25100-2015-000077호(2015년 10월 26일)
주소 경기도 파주시 문발로 405
전화 02-338-0092
팩스 02-338-0097
홈페이지 www.seentalk.co.kr
E-mail seentalk@naver.com

ISBN 979-11-956569-2-9 44840
ISBN 979-11-956569-0-5 44800 (세트)

이 도서의 국립중앙도서관 출판예정도서목록(CIP)은 서지정보유통지원시스템 홈페이지(http://seoji.nl.go.kr)와 국가자료공동목록시스템(http://www.nl.go.kr/kolisnet)에서 이용하실 수 있습니다.(CIP제어번호: CIP2015032593)